I MITI

Manuel Vázquez
Montalbán

LO STRANGOLATORE

Traduzione
di Hado Lyria

Arnoldo
Mondadori
Editore

Il nostro indirizzo Internet è:
http://www.mondadori.com/libri

ISBN 88-04-45305-2

La traduzione italiana di questo libro
ha beneficiato di un contributo
della Direzione generale del libro e delle biblioteche
del ministero della Cultura spagnola

Titolo originale dell'opera: *El estrangulador*

Edizione su licenza
I edizione I Miti luglio 1999

Questo volume è stato stampato
presso Arnoldo Mondadori Editore S.p.A.
Stabilimento Nuova Stampa – Cles (TN)
Stampato in Italia – Printed in Italy

Lo strangolatore

Alle mie vittime

Parte prima

Ritratto dello strangolatore adolescente

«Sì, ma lì tutti, a modo loro, sono per le nuove verità. Se a lei queste non interessano, non deve venire con noi.»
«Ripeto che non so proprio quali possano essere. Fino a oggi, nel mondo, mi sono imbattuto soltanto in vecchie verità..., vecchie come il sole o la luna. Come potrei conoscerle? Per me sarà un'occasione per conoscere Boston.»
«Non si tratta di Boston, ma dell'umanità!»

Henry James, *I bostoniani*

1

C'è sempre (o c'è stata?) una prima volta, ma mi si spappola il cervello quando cerco di ricordarla e allora concludo che "la prima volta" è una metafora e tutte le altre, invece, no. Si può considerare "prima volta" il primo atto, pur essendo il risultato di una serie di "altre volte" immaginarie e cito come esempio la mia tenera vicina Alma, la ragazza dorata per eccellenza, che sgozzai con un coltello giapponese assai prima che da noi arrivasse la moderna immagine del Giappone. Sgozzare qualcuno con un coltello giapponese negli anni Cinquanta poteva essere frutto dell'influenza metafisica di *Rashomon*, il film di Akira Kurosawa, o della promiscuità sgozzatrice attribuita ai giapponesi, kamikaze o non, nelle pellicole nordamericane sull'epopea yankee nel Pacifico durante la Seconda guerra mondiale. Vale a dire che lo strumento sarebbe stato più simile al pugnale o al machete che non alla sofisticata condizione del coltello da cucina. Ma all'inizio degli Ottanta e con il coltello che adoperai io, fu un atto premonitore di una futura sensibilità nei confronti del Giappone, comune nel prossimo millennio, quando i giapponesi saranno di nuovo l'*ennemi à battre*, l'arrivo del tanto atteso "pericolo giallo" di cui l'Occidente sente la mancanza dai tempi delle invasioni turche reali e delle letterarie orde tartare di Michele Strogoff. L'Occidente è una sedimentazione di barbari successivi, pertanto ha sempre desiderato, quanto temuto e respinto, l'invasione di nuove ondate rigeneratrici. Parte della sua effettiva decadenza è dovuta alla presunzione che i barbari non ci siano più e che, comunque, la barbarie altrui sia sempre meno temibile di quella propria.

Era uno di quei coltelli che oggigiorno tutti adoperano nella cucina amatoriale più colta, lungo, a lama larga e puntuta, più adatto a delineare che a tagliare filetti dei pesci più sodi, conferendo a questi filetti una trasparenza d'ala di farfalla. Nel mio fascicolo penale 1988/712, l'esecuzione di Alma figura con lo sprezzante titolo: *Sul crimine improbabile e gratuito.* Improbabili, secondo gli psichiatri, psicoanalisti e simili, sono tutte le mie esecuzioni, chiamate anche crimini dai criminologi, vale a dire da quegli eruditi che sono anche professionisti della criminalità. Gratuito è un aggettivo che non si merita nessuno dei miei crimini, perché di solito li preparo per decenni, come quello di Alma, con la mia ossessione di voyeur per quella donna ricca di innocenza quasi quanto di generosità. Avevo assistito incantato allo sviluppo della sua anatomia asimmetrica che lei aveva continuato a mostrarmi sin da bambina, fino a quando la colsero i pudori dell'adolescenza e allora me l'occultò fino al momento della sua morte, quaranta o cinquant'anni più tardi, dopo essere stata protagonista di un'esemplare storia di ragazza dorata e mitica.

Nel mio archivio segreto, il caso di Alma figura sotto il titolo veritiero di *Assassinio di Danae*, sebbene quando conobbi Alma non sapessi niente del personaggio del quadro di Klimt, delle similitudini tra le due dee assorte, e ad Alma mancasse la malizia masturbante e pertanto castratrice delle lascive donne di Klimt. E nemmeno conoscevo i rapporti della futura Alma Mahler con Klimt, davanti al quale avrebbe posato per *Giuditta, Pallade Atena*, e forse anche per *Il bacio*, prima di farlo per *La sposa del vento* di Kokoschka. La mia Alma dea era frutto di un culto segreto e minore. Quello che io dedicavo a un suo seno, un prodigio di armonia nella disarmonia che sezionai e che conservo in una bottiglia di formalina seppellita nel giardino del Lussemburgo, a Parigi, assai vicino alla statua di Pierre Mendès-France che nasconde sotto una corazza di impermeabile la sua probabile pulsione di esibizionista da parco importante. Del resto, non tanto lontano dall'ingresso dal quale si raggiunge l'infame monumento all'esibizionismo travestito da Mendès-France, si trova la copia della scultura di Rodin dedicata alla bruttezza profonda di Balzac, quel reazionario maligno e pettegolo lodato da Marx, Engels e Lenin, non per una reale affinità di gusti letterari, ma perché il reazionarismo *ancien régime* di Honoré andava a pennello per la loro critica della borghesia, come potei dimostrare nella mia tesi di laurea su *Il realismo come fatalità*, presentata all'università di Praga pochi giorni prima delle famose defenestrazioni del 1948 che aprirono la strada alla dittatura del Partito Comunista.

Le mie digressioni colte hanno sempre innervosito i miei interlocutori e ora ho preso l'abitudine di esagerarle di fronte agli psichiatri del penitenziario, ostinati a dimostrarmi che è impossibile un livello culturale tanto qualificato in un presunto idraulico per quanto specializzato nell'"installazione", occhio alla parola, e riparazione di sciacquoni di gabinetto. È curioso come, ogni volta che mettono in dubbio il mio livello culturale, e lo mettono in dubbio perché lo sfoggio, ossia lo dimostro, mi portino il *Dizionario enciclopedico* di Boston in dieci volumi e un'appendice, per domandarmi invariabilmente se lo riconosco. E come potrei non riconoscerlo se ne assassinai l'editore? Fu in una circostanza non ancora chiarita né dagli investigatori pubblici né da quelli privati, pochi attimi prima che lui annunciasse il vincitore del premio Boston, vincitore di cui non si seppe mai il nome, e non si sono mai trovati né l'originale del possibile vincitore né quello di alcun concorrente, sebbene io possa dichiarare di aver ucciso l'editore perché il vincitore del premio sarei stato io. Finalmente hanno lasciato nella mia cella nove di quei dieci volumi, manca quello che va da Tam a Zyw e il supplemento con gli aggiornamenti, ma con grande disappunto dei miei aguzzini, non ho mai, mai, nemmeno insinuato loro che desideravo averli. Nei primi tempi, senza rendermene conto, stavo al gioco e gli domandavo quale relazione di causa ed effetto ci fosse tra le mie esibizioni culturali e quel faticoso trasloco del *Dizionario* che mi veniva portato da ben dieci psichiatri e un'infermiera, perché il tono muscolare di quella gente lascia piuttosto a desiderare e sono incapaci di portare il peso dei dizionari alleggeriti che oggi sono in commercio. Come se la sarebbero cavata questi stregoni handicappati se avessero dovuto portarmi i dizionari enciclopedici di una volta, simili piuttosto a un tempio greco, un volume dopo l'altro, che sembravano fatti di marmo e con le lettere scolpite dal cesello preciso dei migliori calligrafi dello spirito? Più li vedevo stanchi, più insistevo a chiedergli la relazione causa-effetto di quello stupido sforzo, e mi rispondevano che la relazione di causa ed effetto era qualcosa che *io* avrei dovuto chiarire, non *loro*, come se fossi io a spiare il loro comportamento e la loro logica e non il contrario. Fatto sta che si servivano di una retorica da mediconzoli per dissimulare quello che volevano dire, quello che un poliziotto senza doppiezza avrebbe espresso così: "Qui le domande le faccio io!". Pertanto, ogni volta che si presentano con il *Dizionario* gli canto la canzone dei battellieri del Volga o *Sixteen Tons*, in entrambi i casi con chiaro riferimento a quanto sia pesante il lavoro dei battellieri o dei minatori. La mia crescente diffidenza per le intenzioni reali di quella gentaglia mi ha spinto a rifiutarmi di rispondere alle domande che mi fanno sempre, sempre, su argomenti che cominciano, sempre, con la lettera "t". Per esempio: Termier (Pierre), tiofene, tomista, Torricelli, Trediakovskji (Vassili Kirillovic'), Turró y Darder (Ramón), tuziorismo... Di fronte al mio rifiuto, mi hanno proposto di farmi domande su termini che cominciano con la "u" e avanti così fino alla "zeta"... Ma se mi rifiuto di aprir bocca per quelli che cominciano con la "t", che ragioni morali posso avere per rispondere su quelli che cominciano con "u, v, w, x, y, z"?

2

Mi chiamo Albert DeSalvo e sono lo strangolatore di Boston, della razza dei migliori strangolatori di Boston. Sono diventato universalmente famoso per via di un malaugurato film, chiamato per l'appunto *Lo strangolatore di Boston*, diretto da un certo Richard Fleischer, uno di quei registi che i critici pedanti definiscono artigianali ma che rasentano l'autentica creatività. Al giorno d'oggi, come si può stabilire una distanza, dato che si fissa un confine tra "artigianato" e "creatività", soprattutto nel cinema, dove i bravi registi raggiungono a malapena la condizione di abili direttori d'orchestra? Non nego che il film si lasci guardare con interesse, che tu vi sia o no implicato, e io l'ho visto decine di volte, soprattutto prima che mi ricoverassero in questo penitenziario psichiatrico dove sconto, a quanto pare, la condanna per schizofrenia, perché solo a questa colpa credono gli psichiatri. Quanto ai poliziotti e ai giudici, diffidano della loro diagnosi, ma hanno una gran paura degli psichiatri, come ogni psicopatico potenziale teme i suoi futuri guaritori convenzionali. Da quando sono qui, i guaritori dello spirito, psichiatri, psicoanalisti, assistenti di varia specie hanno tramato perché non possa vedere ogni volta che lo desidero il film di Fleischer, adducendo il pretesto che mi fa male in quanto "mi spinge alla verifica di una falsa personalità". Il regista del film è figlio dell'autore di Braccio di Ferro, il personaggio dei fumetti, ma a lui non sono arrivati in tempo gli spinaci redentori che salvavano Braccio di Ferro dalle catastrofi e lo preparavano per le sue prodezze, perché il film è soltanto un'ombra in technicolor delle vicende della mia vita e mi storicizza solo a partire dal momento in cui mi arrestano o, per dir meglio, in cui *credono di arrestarmi.* Ho passato abbastanza anni in quest'istituto perché sia io ora a raccontare il film e a lanciare la bottiglia del naufrago col mio messaggio, al di là di queste mura di mattoni scuri, nella contraddizione vissuta a causa di una detenzione non giustificata dalla convinzione della mia colpevolezza. Non solo. Io insisto a dimostrargli che sono lo strangolatore di Boston, quello autentico, il "più", il migliore strangolatore di Boston, e loro si chiudono nei cerchi concentrici della cultura psichiatrica *supponendomi* un caso clinico, giammai un assassino. E se sono un caso clinico, va da sé che posso essere soltanto uno schizofrenico, tra l'altro perché questi stregoni si muovono tra le miserie di una filologia psichiatrica insufficiente per comprendere tutte le tipologie dell'animo umano, ulteriore evidenza che il linguaggio è soltanto un'ombra quasi avulsa dalla realtà. All'inizio cercarono di prendermi in considerazione soltanto come paranoico, nel tentativo di minimizzarmi persino nella malattia, perché essere paranoici è alla portata di chiunque e, sebbene non tutti gli psichiatri ritengano la paranoia una forma di schizofrenia, è tanto diffusa e comune che non intendo venir preso per paranoico, e così lo feci sapere a quegli stregoni.

La paranoia è soltanto una psicosi cronica caratterizzata da un delirio più o meno, meglio o peggio, sistematizzato e suppone disorientamento, ma non indebolimento intellettuale, un aspetto che non ritengo possiate riscontrare in me. Non mi soddisfa nemmeno un'interpretazione etimologica della parola: follia o disordine dello spirito. Lor signori hanno mai guardato lo spirito nello specchio degli spiriti?

O schizofrenico o niente, e tale fu la mia resistenza che mi classificarono come schizofrenico e, senza dargli ragione, non gli diedi nemmeno torto, perché quella gente, se non ha le persone e le cose aggettivate, non sa che farsene. Ma devo essere qualcosa di più di uno schizofrenico, perché mi son preso l'ergastolo e nelle democrazie è ancora malvisto condannare qualcuno all'ergastolo solo perché schizofrenico.

Supponiamo che sia schizofrenico. Di che si tratta? Le parole si impadroniscono delle cose e dei fatti, ma non sempre ricordiamo di che si sono impadronite e talvolta è stato di noi stessi. Così come altri detenuti si son fatti una ragione della loro vita di reclusi apprendendo le leggi che si suppone abbiano infranto, hanno studiato diritto e sono riusciti infine a saperne quanto i loro accusatori e difensori, io ho studiato psicologia, psicoanalisi e psichiatria fino a ottenere una sicurezza filologica equivalente a quella degli stregoni di tali discipline, addirittura più viva, tant'è che talvolta li sconcerto, li costringo a prendere appunti in mia presenza e a tornarsene di corsa a casa per rileggere quello che un giorno forse si erano letti. Nel mio diario ho scritto il dettagliato resoconto delle mie esperienze e dei miei progressi e su di essi mi baso per elaborare questa ambiziosa denuncia della manipolazione dei miei cervelli, no, non è un errore, dei *miei* cervelli. Sono diventato tanto esperto in pazzie quanto il povero Caryl Chessman in áppelli da leguleio per salvarsi dalla sedia elettrica, ed essendomi impadronito del sapere e del gergo degli stregoni, mi sono guadagnato la loro animosità per tutta la vita. Più si irritano perché ho carpito il loro sapere, più cresce la mia ansia esibizionistica di dimostrare questo sapere.

I primi a parlare della schizofrenia la chiamavano "demenza precoce" (Kraepelin) e poi Bleuler nel 1911, addirittura nel 1911, osò descrivere la schizofrenia non come una malattia ma come un gruppo di malattie mentali, diverse tra di loro, seppure con un comune denominatore: disturbi nell'associazione di idee e nell'affettività. Altri stregoni in seguito si sfogarono a loro piacimento perché la logorrea non viene punita e nessuno psichiatra è mai stato processato o internato in una clinica per sfacciataggine terminologica. Ma ecco a voi questa sfilza di connotazioni della schizofrenia: ipotonia della coscienza (Berze); atassia intrapsichica (Stransky); un processo irreversibile che altera la personalità di base (Jaspers); un adattamento patologico della personalità all'ambiente (Meyr). E se devo dimostrare a qualcuno di essere aggiornato, lascio testimonianza del mio percorso sistematico lungo le tesi nordamericane della psichiatria, dal vecchio Stack Sullivan fino alle teorie del "doppio vincolo" di Bateson, alla teoria sistemica e della terapia famigliare della scuola di Palo Alto e alla torbida faccenda dell'"io diviso" di Laing, personaggio a cui farò spesso riferimento. Sebbene mi sia interessato con ironia alla teoria lacaniana della psicosi, l'intellettualismo con cui gli europei affrontano i disturbi del comportamento (a chi non è mai capitato di crepare dal ridere davanti al discorso antiedipico di Deleuze e Guattari o alle considerazioni sulla follia di Foucault, basate sulla sua critica della coscienza?), credo che gli europei contemporanei siano più vicini alla letteratura che a qualsiasi altra disciplina. Gli psicoanalisti parlano di disturbi della libido – introiezione-regressione narcisista – e proiezione che porta alla sostituzione della libido con la pulsione di distruzione o di morte. L'inventario dei sintomi non spreca nulla, in quanto puro spreco della capacità di osservare tutti gli schizofrenici possibili: disturbi del pensiero, disgregazione, perdita della connessione logica, idee deliranti, vissuti di interpretazione morbosa – stupido eufemismo che serve a mascherare i deliri di grandezza o le manie di persecuzione – logorrea, allucinazioni, illusioni ottiche e sonore, movimenti affettati, perdita della flessibilità, autismo... autismo... Questa bella parola, loro l'hanno ridotta e sottomessa alla descrizione del comportamento degli esseri patologicamente non comunicanti secondo le convenzioni e non ne hanno tenuto conto per capire noi che raggiungiamo il livello superiore di un codice personale non interscambiabile, perché il suo valore d'uso è solo e strettamente personale e non ha assolutamente alcun valore di scambio. Ma poniamo fine quanto prima all'excursus nel territorio gnoseologico degli stregoni, riassumiamo tutto ciò che loro sanno sulla schizofrenia, trascurando che Freud, che tengo d'occhio di continuo, sotto stretto controllo intellettuale, non aveva ben chiara la faccenda e sospettava che accettare la possibilità di una doppia personalità relativizzasse i suoi giochetti da sottomarino dell'inconscio o, se preferite, da cunnilingus dell'inconscio, e lascio al giudizio degli interessati la sua interpretazione del caso Schreber. A quanto pare le schizofrenie, come le piramidi di Egitto o i generi, sono tre: la schizofrenia *paranoide*, disturbi della percezione e del pensiero che portano alla demenza; l'*ebefrenia*, disturbi dell'affettività e della volontà che pure portano alla demenza; e la *catatonia*, che è quella di maggior soddisfazione, perché fa spettacolo e lo schizofrenico catatonico si muove in modo stravagante, e fa paura o ridere, per cui risulta che è un matto assai gradito e redditizio. Mentre gli stregoni più o meno classici teorizzano basandosi sulla miseria di una percezione mutilata dalla stessa teoria e dal suo gergo, non meno temibili sono i sociologi sostenitori del fatto che schizofrenici non si nasce, ma si diventa, per non parlare di Laing e compagnia bella, i quali considerano la schizofrenia non una malattia ma un "mito" che sublimerebbe i problemi di vissuto e di comportamento causati dalle difficoltà di comunicazione con gli altri e in particolare con gli "altri" più immediati, quelli che chiamiamo "parenti e affini".

Laing venne a trovarmi all'inizio degli anni Settanta, suppongo per farsi fotografare da antipsichiatra apostolico – sebbene avesse sempre rifiutato di ritenersi "antipsichiatra" e rimproverasse Cooper per quest'epiteto – accanto alla vittima della psichiatria da redimere. Con me si comportò più da monaco dell'ordine della Mercede che da medico, e non solo non gli concessi quella foto, ma gli dedicai uno show catatonico che lo mise molto a disagio... perché si può essere antipsichiatri fin che si vuole, ma appena fai il pazzo chiamano gli infermieri. Aveva cominciato dicendomi: «Lei è stato rinchiuso in una metafora medica: la pazzia. La pazzia è una metafora e mediante questa metafora la persona è considerata un paziente, un ricettore passivo del medico stregone che finisce specializzando il paziente nella sua condizione e spersonalizzandolo, nonostante lo psichiatra paghi a sua volta il prezzo della propria spersonalizzazione. Alla fine psichiatra e paziente sono due falsi pazzi decontestualizzati». Io lo lasciavo parlare. Poi, quando feci il catatonico totale, Laing suonò il campanello per chiamare gli infermieri, e chiuse con le metafore.

Non posso dire che Laing mi abbia deluso perché non mi aveva mai illuso, ma gli avevo concesso il beneficio del dubbio, e persino quello della sorpresa sino a quando non lo conobbi personalmente e anche dopo, fino a quando non lessi i suoi orribili *Sonetti e aforismi*, che cominciano subito male, con una prefazione puerile in cui rivela gli scrupoli privati che gli hanno impedito di essere un autentico antipsichiatra. Come può essere antipsichiatra una persona adulta che domanda alla madre se le è piaciuto il libro che ha appena pubblicato, di conversazioni con due dei suoi figli, e quando quel donnone vittoriano gli risponde che le era piaciuto ma "non poteva approvare l'uso di un certo linguaggio", invece di sottoporla a un trattamento shock antipsichiatrico, la lascia vivere felice e contenta come prima?

«Oh, quanto mi spiace.»
«Bevi ancora un po' di tè, Ronald.»
«Oh, beh, grazie, solo un pizzico.»
«Mi riferivo proprio a questo. Perché devi adoperare un simile linguaggio? Non è affatto necessario.»

E se mi si controbatte che a Laing non era dato di cambiare sua madre, basterà ricordare alcune delle sue poesie per capire come la sua capacità di percezione emozionale e della relativa espressione non fu mai al di sopra di quella di un adolescente sensibile non troppo dotato per la poesia.

Se lei non ti amasse, non sarebbe
gelosa. Vorrei che tu considerassi
un po' di più quant'è giustificato il suo odio
Chiudesti la porta e gettasti la chiave.
Non cercare di dirmi che non vedo
che lei non ti appartiene. È la compagna eletta.
E dovresti sapere che il matrimonio
non è un contratto, ma un mistero.

Io, ora, non sono più l'uomo che fui.
Sono dolente, lei ha smesso di piacermi.
Che diritto hai di chiedermi di fingere
che non è morto tutto il desiderio che per lei ho
[provato?
Gli inattesi moti dell'anima
interamente sfuggono a ogni controllo.

Bisogna essere privi del più elementare senso poetico per non raggiungere manco il livello di una mediocre canzonetta. Appena lessi questa poesia e altre pure peggiori, Laing e l'antipsichiatria mi rivelarono tutti i loro misteri. Come me li aveva rivelati il possesso del codice adoperato nei miei riguardi dagli psichiatri normali e soprattutto la profonda, essenziale insufficienza insita nel chiamare schizofrenico qualcuno in grado di sapere che può esserlo... ma anche fingerlo.

3

Coloro che hanno visto il film saranno già caduti nel tranello semiotico di associare il funzionario John Bottomly, causa della mia perdizione, alla figura dell'attore che incarna il personaggio, Henry Fonda. In realtà, non avevano nulla a che vedere l'uno con l'altro, come nulla ho a che vedere io, Albert DeSalvo, con l'attore Tony Curtis a cui ho procurato il miglior ruolo della sua carriera, occasione che non colse del tutto, perché Tony Curtis era più bravo a fare l'acrobata senza cervello che l'autistico insigne Albert DeSalvo. Eppure Tony Curtis veniva dalla gavetta, come me, ma si è sempre limitato a prestare il proprio corpo a personaggi che con lui avevano poco o nulla a che vedere e non ha mai raggiunto quel livello superiore, enciclopedistico, rinascimentale, dato soltanto dall'appropriarsi di conoscenze diversificate e dall'applicare la ragione a tutto ciò che si addentra nel territorio del nostro comportamento. Va bene che io mi vanto di essere un autistico fuori del comune, ma mi parve una cafonata che gli autori del film non mi avessero consultato sulla scelta di Curtis per incarnare il mio personaggio, vale a dire, *la mia persona*. Vi consiglio di osservare, se il film è ancora in circolazione, che a Tony Curtis hanno aggiunto una nota artificiale di volgarità, modificandogli il naso, perché pare che un naso deforme sia più schizofrenico di un naso normale. Hanno ugualmente drammatizzato le scene in cui Bottomly fa pressione su di me affinché io, ignaro della mia doppia condotta, la accetti e mi cacci a capofitto nel buco nero della follia senza ritorno. Chiunque avesse osservato i miei incontri con Bottomly avrebbe potuto capire come all'inizio mi rifiutassi di ammettere che ero lo strangolatore di Boston, ma come finalmente facessi in loro onore il numero dello schizofrenico, mi cacciassi nel buco nero da dove tiro fuori di tanto in tanto la testa e li sollecito: Ehi... eccomi qui! Ma non sempre si è in vena di giocare e, tenuto conto dei colpi bassi che mi stanno propinando, esclusivamente perché mi de-identifichi, non ho trovato altro rimedio che ricordare, e nemmeno questo mi lasciano fare in pace, perché alle mie spalle spargono la voce che i miei sono "ricordi allucinatori", basati su un processo di rievocazione falsificante. Preferiscono i ricordi mascheratori. A loro non piace che la gente abbia memoria *per conto proprio*, a meno che non siano loro stessi a graduarla mediante la scena del lettino, degli elettroshock, del pentotal o delle macchine della verità. Quella gentaglia ama soltanto i ricordi incistiti e, possibilmente, maligni, perché così si giustificano come macellai dello spirito e torturatori, a loro parere sottili, come dimostra il trattamento che hanno riservato alla mia manifesta ammirazione per i dipinti di Klimt, le cui riproduzioni, soprattutto quella di *Danae*, erano arrivate a ricoprire le pareti della mia cella – tollerate come scariche di transfert – ma che tuttavia hanno continuato a togliermi e restituirmi a seconda di quanto le ritenessero dannose per il mio spirito. Non erano quel che si dice degli esperti d'arte, nonostante che Klimt sia un ricco filone per qualsiasi psichiatra, in quanto pittore per eccellenza della crisi dell'io borghese in quella Vienna dell'Impero terminale che rese possibile la comparsa di un Freud e di tutte le rivoluzioni etiche, estetiche e filosofiche che compensarono l'impotenza di una intellighenzia locale composta da stronzi figli di papà, incapaci di fare la rivoluzione sociale e politica che in fondo non desideravano, in quanto geometri orgasmici individualizzati, ossia, una banda di grandi masturbatori, come tutti i migliori strangolatori del mondo.

Danae era uno dei sedici dipinti di Klimt esposti a Vienna nel 1908 e facenti parte della cosiddetta "chiesa di Klimt", e fu il quadro più provocante dell'autore giacché rappresentava l'estasi dell'orgasmo in piena masturbazione, indicato dalla polvere d'oro che fuoriesce dal sesso della ragazza. L'ornamentalismo del Déco è sempre stato masturbatorio, sia nella pittura sia nella filosofia, nei quadri di Klimt come nel pensiero di Ortega y Gasset. La mia insistenza su Klimt costrinse uno di quegli psichiatri, il guru supremo William Dieterle – che mi utilizzò sfacciatamente per fare carriera e poi chi si è visto si è visto – ad auscultare l'opera del pittore viennese per studiare me e giungere alla curiosa conclusione che tutta la pittura di Klimt non era che un semplice mascheramento provocatorio della sua anima conservatrice e filistea, come il mio esibizionismo assassino non fa altro che occultare l'inalterabile ancoraggio della mia anima profonda alla terraferma dei valori convenzionali. «Lei ha un'anima da padre di famiglia con fantasticherie erotico-tragiche, come Klimt.» Io, un padre di famiglia, io che ho ucciso i miei tre figli per liberarmi del sudiciume de-identificante della paternità? Klimt, un padre di famiglia? Lui aveva avuto, come me, tre figli, ma tutti e tre illegittimi. Mi mostravano la riproduzione di *La musica II* e mi dicevano, questa, questa è l'opera iniziale della rottura di Klimt con il suo io convenzionale, la sua "prima volta". Lei, come la interpreta? Pazzia e gusto del dettaglio. Come potremmo percepire la pazzia senza la correlazione di un gusto del dettaglio o suggerita da un'apparente volontà decorativista? Dieterle pubblicò un mucchio di relazioni sulla mia patologia e relativa terapia, e, sebbene poi mi abbia lasciato nelle mani dei suoi aiutanti e discepoli leccaculo, so con certezza di averlo inquietato, fino a togliergli la vita, nonostante il suo potere intellettuale ed economico. Si era comprato una Jaguar decappottabile. Ricordo che si riteneva un genio perché all'inizio mi aggrediva con la domanda: «Che cosa ha provato la prima volta che si è autoriconosciuto come uno strangolatore?».

4

Poiché una volta avevo loro rivelato che, insieme al fascino esercitato su di me dal seno destro di Alma, poteva esserci l'attrazione irresistibile per le gambe della vicina del piano di sopra – era la sola cosa dorata che avesse – i miei inquisitori si abbandonarono a ogni tipo di elucubrazioni, talvolta persino burlesche, e mi invitarono a immaginare quale orribile mostro la mia mente avesse concepito: un corpo di donna con un seno soltanto, quello destro, e due gambe, per quanto belle le avessi immaginate. Non potevano nemmeno supporre che nei miei sogni a occhi aperti, al "mostro" formato dalle gambe della vicina del piano di sopra e dal seno di Alma io aggiungevo la vulva della missionaria laica che accompagnai per tutta la durata del Congresso eucaristico di Boston, una donna di inguine e cosce tormentati che si metteva seduta a gambe larghe, ed era un viaggio negli inferi vedere la sua vulva umida nel sudario delle mutande in fondo alle cosce di marmo violaceo, sotto il baldacchino di gonne austere ma larghe, da missionaria laica. Un po' cicciona.

Ma così, come della mia sventurata vicina del piano di sopra ricordo quasi soltanto le gambe viste dal basso, di Alma ricordo tutto. Era un'unità personale in cui spiccava quell'attributo prodigioso che, diversamente dalle gambe della vicina di casa, io contemplavo dall'alto in basso, con la prospettiva offerta dal mio balcone di pietra con la ringhiera istoriata, costruito lo stesso anno in cui Marx pubblicò *Il manifesto del Partito Comunista*, in una chiara premonizione simbolica che in quella casa sarebbe vissuto uno strangolatore, l'agente sovversivo per eccellenza dell'ordine borghese, il distruttore delle più sacre convenzioni etiche, vale a dire, dei tabù. Alma era stata una bambina delicata e bionda, una principessa, a detta delle vicine, con la pelle tanto trasparente che le sue vene erano percorsi capricciosi e intimi e da tutta lei emanava una certa lassitudine linfatica presente soprattutto in un paio di braccia che sembravano chiedere la musica del *Lago dei cigni* per poterla danzare. Ma un certo che di donna profonda si percepiva in lei fin da quando era nata, al punto che a suo padre venne un brutto pensiero, com'è ovvio insufficiente, non appena se la vide davanti tutta nuda, con il cordone ombelicale pinzato e stupefatto nella sua medesimezza: «Che belle curvette ha. Osservate la curvetta della vita, fa una esse tra la schiena e il popò». La vecchia levatrice era ormai al di là delle percezioni erotiche e maneggiava il corpicino come una crocchetta tiepida, conscia della falsa parvenza di consistenza dell'impanatura e intuendo con i polpastrelli le mollezze interne della neonata. Anni dopo, nel corso di tutte le sue crescite fino all'esperienza di quella definitiva, Alma mantenne una parvenza ambigua, basata su un disegno corporeo convenzionalmente femminile, ma tanto fragile da sembrare sempre quello di una promessa di donna svogliata, di quegli esseri umani senza l'ambizione di riempire l'intero volume di loro pertinenza, fino a quando ricevono un segreto ordine biologico interno o un'aggressiva terapia da parte di endocrinologi senza scrupoli. Sola femmina tra cinque fratelli, non le mancavano le occhiate di spionaggio e stimolo che cercavano di individuare la nascita dei segni della femminilità, e nel suo caso il sangue mestruale apparve prima che spuntassero le soavissime colline del petto, nonostante sua madre l'avesse cresciuta a tette di mucca cucinate in mille modi, convinta dell'atavico principio che recita come segue: «Si è ciò che si mangia».*

Non sapremo mai se lo zelo della madre di Alma nel farle mangiare tetta di mucca ebbe a che fare con il prodigio. Le ricette passavano di vicina in vicina, con la fondamentale saggezza convenzionale che sostiene che la tetta debba appartenere a una mucca giovane sì, ma che non sia una vitella, che vada ammorbidita in acqua calda prima di bollirla,

* *Nota dello strangolatore*: «L'uomo è ciò che mangia», sentenziò Aristotele, e secoli dopo lo avrebbe confermato Feuerbach, pensatore della cosiddetta sinistra hegeliana, nella giusta transizione tra l'idealismo hegeliano e il materialismo di Marx ed Engels, fondamentale in quanto la sua critica delle religioni era storicamente essenzialista. Non che le religioni fossero una truffa orchestrata da coloro che di esse vivevano, ma erano creazione convenzionale dell'uomo nella società. Per Feuerbach la Sacra Famiglia in cielo non era altro che la sublimazione della famiglia in terra, ma non voglio dilungarmi sul rapporto della famiglia come cellula sociale fondamentale nonché unità di produzione e riproduzione, e la convenzione dell'Ordine lungo tutta la Storia. Feuerbach assestò un brutto colpo a Hegel quando ridusse l'assoluto hegeliano al «defunto spirito della Teologia» e aggiunse che bisognava farla finita con l'Io del Dio cristiano con dualismi come religione sovrannaturale-mondo sensibile o Chiesa-Stato. Non ci riuscì.

e che quando ormai è bella tenera venga sottoposta a svariati trattamenti, dall'impanatura alla sofisticata ricetta della "Tetta di mucca al latte", ridondante da ogni punto di vista, che consisteva nel bollire la tetta in brodo di mucca, tagliarla a pezzi uniformi con geometrie libere, affogare questi pezzi in lardo di mucca e sistemarli in uno stampo con zucchero, cannella, latte bollito e un impasto di farina di frumento tostato nella padella. Arrivò a essere un piatto domenicale nel quartiere e io, mangiandolo, pensai sempre di contribuire a un mistero biologico simile a quello della trasformazione della larva in farfalla.

E fu in estate, nella calura di una pista da ballo improvvisata per un veglione paesano di cibi in salamoia e spiagge quando, nel momento in cui Alma si lanciava in pista per ballare...

Cuore di melone, di melone
melone, melone, cuore
di melone, melone, melone
melone, cuore di melone,
di melone, melone, melone

luna, da quando l'ho conosciuta
non faccio che pensare
a lei, a lei, a lei
cuore di melone, di melone
melone, melone, cuore di melone
di melone, melone, melone, cuore

...i cinque maschi della sua immediata famiglia le scoprirono a un tratto l'ondeggiare delle mani e il corpo stretto da una blusa di viscosa che lasciava trasparire il reggipetto bianco da seconda comunione dello spirito. La madre venne molto complimentata e quando la ragazza tornò al tavolo in mezzo a calori, non capì lo spiegamento di gentilezze virili, né i falsetti nelle voci che cercavano di parlarle come se nulla fosse cambiato, senza riuscirci. A poco a poco comprese il codice di occhiate che le sfioravano i seni come uccelli pieni di paura di scomparire in quelle sabbie mobili, e una volta a casa si contemplò nuda nello specchio dell'armadio e si accarezzò i seni come per dargli il benvenuto. Seppe già allora che crescevano con volontà disuguale. Quello sinistro era un monticello teso con il cratere pudicamente aperto, incompiuto, invece quello destro cresceva verso la direzione delle migliori stelle, con la punta impertinente e conquistatrice. Da quella notte le rimasero l'abitudine e la frequenza quotidiana di accarezzarsi il seno destro, di accompagnarlo nella ricerca di se stesso, della sua medesimezza – come avrebbe detto qualche giovane filosofo ormai leggermente invecchiato –, raggiunta, senz'alcun dubbio, nel primo trimestre del millenovecentocinquantotto, come spiegò nel suo diario foderato con uno scampolo di panno a scacchi scozzesi con cui mia madre, sartina, le aveva fatto una gonna plissettata. Se io avessi voluto, il corpo di Alma non avrebbe avuto segreti, alla mia mercé ogni volta che veniva a casa mia per le prove, ma nel mio desiderio magico per quella ragazza poche volte, e in situazioni assai estreme, utilizzai il mio vantaggio e la contemplai seminuda dalla fessura lasciata dalla porta della stanza da lavoro di mia madre, d'estate. Posso dire che, vista così o dalla prospettiva del mio balcone, da Alma usciva un'aura dorata. Preferivo contemplarla dal rischio della clandestinità. Al pari degli occhi dei maschi della sua famiglia, anche i miei guatavano dal balcone, a volte protetti da una persiana a listelli verdi ridipinti ed erosi da cinquant'anni di piogge, il tempo vissuto dalla mia famiglia in quella casa, tanto propizia per affacciarsi su Alma quando lei usciva a stendere il bucato e mi mostrava seni disuguali, con la loro volontà trattenuta di spiccare un salto nell'avventura. Lei era consapevole della propria condizione di donna tempio, a caccia degli sguardi dei fedeli che come me, a un tratto, avevano perso la condizione di uomini o ragazzi neutrali di fronte alla sua femminilità.

Restio a esternare le mie sensazioni o a comunicare le conclusioni delle mie esperienze o dei miei desideri, la mia infanzia quasi non ammette nel suo paesaggio nemmeno l'ombra della figura dell'amico confidente, quel personaggio condannato a somigliare all'"amico del protagonista", secondo la mitologia del cinema californiano, di preferenza, ereditato dalla tradizione epica omerica. Gli dei hanno bisogno di dei minori che diano loro le risposte di cui hanno bisogno e che muoiano per loro, se necessario. Questo accade nell'epopea e in tutti i suoi derivati, incluso il romanzo reale e immaginario che prima si vive e poi si decanta, si falsifica, si interiorizza nella memoria. Non considerai mai "mio amico" Juanito Seidita, sebbene provassi per lui qualcosa di simile all'affetto, inteso come la traduzione soggettiva della quantità di energia pulsionale e come una forma di isteria blanda, controllata, necessaria. Per questo lasciavo che Seidita fosse l'"amico del protagonista" nei periodi che passava in strada, tra un soggiorno e l'altro in un istituto per bambini traviati. Il traviamento di Juanito consisteva nel rubare monete da dieci e da cinquanta centesimi a sua nonna – non ne aveva di maggior valore – e nel chiamare puttana sua madre, che lo era, quando quella donna venosa e tutta un bacillo di Koch tornava a casa bagnata dall'alba e dagli uomini; Seidita rubava soldi per giocare alla roulette negli sterrati, alle roulette caserecce costruite da bambini con l'anima del croupier, e per comprarsi qualche noce da *Cantijoch Famiglia. Frutta secca*, una sostanziosa ditta del quartiere dove si vendevano lussi del palato, tranne le carrube che in quegli anni gli squallidi esseri umani contendevano ai cavalloni da tiro per nutrirsi e perpetuare così l'egemonia della specie sui cavalli... *Da nuces pueris...*, da' noci ai bambini... raccomandava Catullo. Anche a me piacciono tanto le noci, fin da bambino, fin da quando Seidita mi attaccò la passione, perché era un ladro generoso e spartiva con gli amici i frutti delle sue ruberie.

La prima volta che il mio paesaggio rimase senza Juanito Seidita è una prima volta eccessiva, quasi lacerante, in bianco e nero, perché né la sua statura né la mia superavano la ringhiera del balcone. Lo portarono all'orfanotrofio da dove uscì nove mesi dopo con pustole nella bocca e uno spolverino giallo. Le pustole gli erano venute, mi disse cinque anni più tardi, quando mi ritenne pronto per la rivelazione, a furia di succhiarlo al frate guardiano in cambio di non esser punito e di alcune tavolette che sembravano di sabbia cioccolatosa o cioccolato di sabbia. In seguito, Seidita entrò e uscì dall'ospizio come chi trascorre lunghe stagioni nell'altra vita e torna in questa in visita o per cambiarsi la biancheria. Ma lui credeva che recuperando me recuperava la speranza di rimanere tra di noi, e più che parlare mi ascoltava, ascoltava me, proprio me, che parlo poco e ascolto tutto. La sua evidente condizione di angelo caduto non mi suscitava compassione, ma timore di venire contagiato e finire con lui nello scolatoio che lo trascinava nell'ospizio pieno di frati pederasti, e se accettavo la sua compagnia era perché mi serviva da controimmagine dissuasiva.

Ma qualcosa dovevo pur dargli in cambio, e fino a che non lo ammazzai, vent'anni dopo, gli raccontavo progetti, fantasie, sogni a occhi aperti e infine delitti, la sola cosa che gli potevo realmente raccontare perché io non ho mai avuto né progetti, né fantasie, né sogni a occhi aperti. Il vantaggio dell'essere preso a calci fin dalla più tenera infanzia sta nel fatto che in te non si sviluppa il senso di autocompassione, perché ti manca il referente di un'età dell'oro, ed è per questo che Seidita non si autocompatì mai, almeno in mia presenza, nonostante talvolta gli si velassero gli occhi, il giorno prima di venire internato nell'ospizio, velo che si sfregava violentemente con la mano, come se ne andasse della propria stima. In una delle sue pause di internato, già si radeva e come sempre odorava di insetticida, gli parlai di quanto mi affascinasse il seno destro di Alma. Non potevo invitarlo al mio balcone a guardarlo, perché mia madre, dalla sua discutibile posizione di povera ma aristocratica morale portata a testa ben alta, si sarebbe opposta a quella cattiva compagnia, ma Seidita seguì la ragazza, la studiò alle più brevi distanze possibili e un giorno mi diede il suo verdetto: «Se non fosse che torno in ospizio, io quella lì me la chiavo». Questo perché alcuni esseri hanno il suicidio dentro di sé e lo mascherano di aggressività contro il prossimo. Il verdetto di Seidita venne inciso integro, nel vivo, nella mia segreta epidermide sensibile e lì sarebbe rimasto fino a quando non potei regolare i conti con quello sconsiderato sulle ragioni ultime della mia sottile relazione con Alma.

Dopo aver raccontato le mie esperienze di guardone adolescente da un balcone di un quartiere del sud di Boston, lascio Seidita e torno a Klimt, definito da un critico suo contemporaneo come un voyeur, eternamente scisso tra Eros ed Ethos, lucido enunciato per il tempo in cui venne emesso, quando la filologia freudiana era ancora in incubatrice e la contraddizione tra Eros ed Ethos poteva essere il principio della scoperta della conflittualità dell'anima dell'io borghese in crisi. Se si confrontano le prime opere di Klimt, per esempio *Amore*, allegoria da cartolina fine secolo e postromantica, con le tre icone di donne che nel Fregio Beethoven rappresentano l'impudicizia, la lussuria e l'incontinenza o con l'inquietante *Nuda Veritas* (la futura Alma Mahler), la donna liberata e minacciosa, con i suoi occhi chiari, lascivi, ironici che, come raggi X, contemplano la realtà vestita del genere maschile, si scopre un'inversione del convenzionale processo che avrebbe portato l'autore dall'adolescenza alla maturità. Il Klimt maturo seppe vedere nella donna emancipata la donna castratrice, travestita da sirena o da biscia d'acqua – quelle donne-pesci che nascondono la loro medesimezza tra le scaglie in attesa di un parto castrante – e l'inquietudine suscitata da questo disvelamento del futuro femminino o, per dir meglio, del femminino futuro, la trasmetteva agli spettatori suscitando odio e paura simili a quelli provati dalle SS per le allegorie della *Filosofia* e della *Giurisprudenza*, che essi sequestrarono e cosparsero di benzina nel castello di Immerdorf nella Bassa Austria nel

1945, come unica, vile vendetta di fronte all'avventura sconfitta della presunta mascolinità del III Reich. Logico, addirittura ben fatto! Terrorizzati dalla geometria insultante del ritratto della decadenza, sovrapposero la geometria della legittima difesa alla compassione per l'opera singolare.

5

Si ostinano a domandarmi se già al tempo delle mie prime fantasticherie su Alma mi facesse male la testa e io rispondo di sì, che mi faceva male la testa del cazzo a furia di menarmelo e del molto bisogno che ormai avevo di un intervento di fimosi. No, non mi faceva male la testa, non ho mai saputo che cosa fosse il mal di testa fino a quando non mi vidi convocato per l'assassinio "del frigidaire", che io avrei intitolato *Il suicidio involontario della contorsionista*, perché Margarita von Rössli era stata contorsionista nella sua prima gioventù. Questo caso è per l'appunto uno di quelli utilizzati da questa vergognosa combriccola freudiana per dimostrare le mie contraddizioni. Lo strangolamento della von Rössli, infatti, non fu un vero e proprio strangolamento, anche se il corpo era apparentemente appeso a una doccia.

Non mi sono mai preso il disturbo di spiegarmi né di spiegare agli altri per quale motivo l'abbia appesa dopo averla costretta a congelarsi in un frigo che era il suo orgoglio, unico del genere in tutta Boston, diventato finalmente la sua cella della morte dopo dieci anni di complicità feticiste. Si pavoneggiava che il "frigidaire", come lo chiamava credendo di dare una maggior coerenza al significante del *ménage à trois* da lei instaurato con l'aggeggio e il marito, fosse stato il suo contributo a un matrimonio breve ma amoroso, con un uomo che baciava il suolo che lei calpestava, ossia, con un uomo che vedeva calpestati i suoi baci, perché l'ex contorsionista aveva amanti da tutte le parti e a tutti raccontava come suo marito baciasse il suolo che lei calpestava. E non la smetteva di insistere con questa immagine che sminuiva, come no, il marito, appartenente alla peggior razza dei mariti, animali domestici che finiscono col diventare prevedibili quanto gli svizzeri, i giapponesi o i palombari. «Quattro anni di felicità sconfinata», si vantava la von Rössli dopo aver seppellito quel marito senza fortuna, perché non ne ebbe, ucciso su un aereo-navetta da un attacco cardiaco, aggravato senza dubbio dalla presenza tra i passeggeri di un ex medico, membro del parlamento, che decise di vivere il film della sua vita quando l'hostess, nel rispetto delle sciocche e risapute istruzioni di volo, non contenta della parodia di striptease che comporta l'indicazione delle porte di emergenza in caso di caduta libera dell'apparecchio o la spiegazione di come indossare il salvagente se ti schianti contro una fitta foresta o un picco alpino, prese il microfono e chiese se ci fosse un medico a bordo. Questa è la mia occasione, pensò il medico parlamentare e si lanciò sul marito della von Rössli, disposto a perdere il respiro pur di salvargli la vita nel bocca a bocca più lungo della storia del cinema, più lungo addirittura di quello interpretato da Cary Grant e dalla Bergman in *Notorius*.

Al marito della von Rössli, di origine tedesca, sebbene residente a Boston e uno dei maggiori esperti di input-output, come spiegò un breve necrologio della stampa bostoniana, non rimaneva manco un'ombra di vita quando l'ex medico-deputato allontanò le labbra dalle sue e il cadavere aveva quella faccia da polacco che hanno i tedeschi morti quando per giunta sono cattolici. Nella foto rimasta sempre sul frigo, invece, una delle sedici che baciavano il suolo che la von Rössli calpestava nei suoi andirivieni per la casa, il tedesco aveva la faccia di chi è colpito da un brutto mal di testa, e così ogni volta che ci guardavamo in presenza del frigo, chiedevo a Margarita un'aspirina se mi veniva un mal di testa forte, e un gelocatil se era più sopportabile. In tutta la vita, questo è stato l'unico rapporto con il mal di testa e con le pastiglie. Ma questi psicoanalisti, per quanto ce l'abbiano con gli psichiatri impasticcatori, sono molto corrotti dall'industria farmaceutica – prendono la mazzetta per le pastiglie, per i lettini e per tutte le sedie elettriche che adoperano – e vogliono localizzare fisiologicamente il disturbo per prescriverti pastiglie, pur essendo ipocritamente, in teoria, contrari.

Non voglio ora insistere troppo nemmeno su quanto ho sostenuto in presenza di questi svergognati, di questa burocrazia psicoanalista o semplicemente psicologista che cerca di guadagnarsi la pagnotta con l'espediente di classificarmi e interpretarmi. L'ho detto chiaro e tondo l'altro giorno a un lacaniano argentino che si dedica al traffico di falsi manoscritti inediti di Lacan sul mercato nero lacaniano. Lui voleva portare la nostra conversazione alla costituzione di un Super-Ego per passare all'identificazione primordiale e finire nella pulsione di morte. Io capivo dove voleva andare a parare, quel rompipalle, dài e dài, una volta dopo l'altra, e io non mi scostavo da "l'Io e l'Es". Se lui mi diceva: «Signor Cerrato...» si rifiutavano sistematicamente di chiamarmi DeSalvo per de-identificarmi, incaponiti a sostenere che io non sono chi sono o che mi son scelto una personalità nefasta per fingermi schizofrenico «se il soggetto è ciò che un significante rappresenta per un altro significante, allora per accedere al mondo del linguaggio ci sarà sempre qualcosa che preceda il soggetto. Ci sarà qualcosa che gli manca sempre ed è in questo tempo del soggetto che possiamo inserire il "fallo", che non è nulla di carnale, è il "fallo". Un significante di ciò che manca al soggetto per essere, essere del linguaggio, essere della parola. Pertanto, il "fallo" non deve essere né maschile né femminile, e se voi strangolatori arrivate a conclusioni teoriche sull'esistenza del femminino e del mascolino, il "fallo" confermerà tale relazione. Il "fallo" non può né essere né avere. Tutti gli approcci sull'essere o avere del "fallo" sono malattie psichiche, e quando il soggetto si de-identifica entrando nel campo dell'Altro, dove i significati sono semplici rappresentazioni che non lo legittimano, si autominaccia costantemente con pulsioni di morte non provenienti dall'esterno. Lacan ha magistralmente descritto la circolarità della pulsione di morte: emana dal soggetto, che ne è la fonte, costeggia l'oggetto senza mai toccarlo e torna al soggetto... è un gioco sadomasochista costante, guardare ed essere guardato... aggredire ed essere aggredito... e voi strangolatori spezzate questa circolarità. È come se vi fermaste lungo il percorso per uccidere l'Altro».

Io non lo ascolto nemmeno. Continuo a fingere che sogni veri e sogni a occhi aperti favoriscano il disturbo di sentirmi e non sentirmi me stesso. «Suvvia... ecco che lei insiste con la medesimezza!» si impazienta l'argentino lacaniano, ma io non faccio una mossa, non mi lascio trascinare nell'ingarbugliata faccenda dell'identificazione primordiale e della pulsione di morte, perché lì quello si sente sicuro e io invece crollo e mi avvilisco quando mi riducono alla condizione di assassino di me stesso, attratto dalla disgressione di uccidere gli altri e di tornare il più tardi possibile a completare il cerchio della medesimezza. È per questo che io sono storico e faccio scervellare quella gentaglia stabilendo una logica storicistica di cause ed effetti nel mio comportamento e, inoltre, l'interazione con il comportamento sociale. «Sociologista di merda», così li ho sentiti chiamarmi quando non mi leccano il sedere e parlano di me come del fascicolo penale 1988/712. Ho sentito che a volte mi chiamano, con disprezzo, "apprendista misantropo", ossia, apprendista dell'odio verso gli uomini, e io chiamo loro "misologi", nel senso socratico del termine, così come viene espresso nel *Fedone* platonico, vale a dire, "colui che odia la ragione". Devo la mia invidiabile cultura greco-latina a una professoressa di greco, supplente quando si ammalava il professore di latino della Scuola per idraulici di Boston, appartenente, di diritto, alla galleria delle donne docenti che cercarono di vampirizzarmi avvalendosi della loro presunta superiorità biologica, sociale e culturale.

6

Uno degli psichiatri che dovetti giustiziare, l'argentino lacaniano, aveva presentato sul mio caso una relazione impreziosita da un titolo eccessivo per il contenuto supponibile in quel cretino: *Il falso strangolatore di Boston: un'affabulazione enciclopedistica?* Quando gli chiesi ragguagli su una tanto stramba denominazione, non mi diede una risposta plausibile, ma una tanto ambiziosa da mettere allo scoperto la sua smisurata volontà di inserirsi nell'inutile fiume delle filologie, psicoanaliste o psichiatriche che fossero. «Lei, signor Cerrato, è un caso atipico che può diventare un tipo caratteristico che io propongo di chiamare "enciclopedista". Lei si domanderà, e perché proprio enciclopedista?» Io a me non domandavo niente e ancor meno a lui. «Proprio perché si ritiene "enciclopedista" o "rinascimentale" l'antitipo dell'uomo unidimensionale, vale a dire, l'erudito polimorfo. Lei è un erudito polimorfo. Lei sa... così tanto, Cerrato! Così tanto!» Temevano e temono la mia erudizione! Fanno bene, soprattutto loro, che si credevano al sicuro nella loro provetta filologica e invece si ritraggono spaventati come vampiri davanti alla luce del giorno quando mi scoprono signore e padrone del loro linguaggio settario. La miseria mascheratrice di questi psichiatri li costringe a reagire con una smorfia di disgusto ogniqualvolta metto in risalto il senso endogamico del rapporto da essi stessi stabilito tra il loro sapere e il loro copioso linguaggio. Mi rifiuto quindi di adoperare il termine "fallo" – funzione simbolica del pene nella dialettica intra e intersoggettiva – e adopero pene o uccello o cazzo, se sono di cattivo umore, per chiamare quello che per loro, come per i preti di qualsiasi religione, è soltanto l'organo concreto e osceno nella sua "medesimezza". Ma basta guardare i movimenti del pene, o cazzo che dir si voglia, per capire la sua autonomia, la sua condizione di figlio prediletto, progressivamente ingrato, talvolta prodigo e con tendenze parricide, dell'uomo e di alcune donne sviluppate contro natura. Sono stati soprattutto Lacan e i lacaniani a far sì che, con il loro contributo, il "fallo" in quanto astrazione simbolica diventasse il significante del desiderio.*

I seni sarebbero pertanto ricettivi, a differenza del fallo, emittente di segnali di medesimezza e desiderio. I seni asimmetrici di Alma continuarono ad affacciarsi dal balcone di tutta la mia adolescenza, epoca in cui tutto quello che entrava nella mia vita appariva come un'aggressione allo stato spirituale di plenitudine che mi dava l'affacciarmi al balcone per vederle i seni, così come mi affacciavo alla tromba delle scale per vedere le gambe della vicina del piano di sopra. Voyeur, voyeur... collezionista di par-

* *Nota dello strangolatore*: Chi ha voglia di perdere tempo, veda: *Les formations de l'inconscient, compte rendu de J.B. Pontalis*, in *Bulletin de Psychologie*, 1958.

ti anatomiche desiderate, come se le rimanenti non fossero che nature morte.

Pulsione di morte! Che ne sa mai quella gentaglia della pulsione di morte se non hanno mai ucciso e non sono mai morti! In questa vita ho ucciso molto e bene. Impropriamente mi chiamano "lo strangolatore di Boston", pur avendo ucciso per strangolamento solo tre volte, mentre le rimanenti trentaquattro hanno richiesto gli strumenti più svariati, incluse la classica alchimia letale dell'arsenico, del cianuro o quella meravigliosa mistificazione che è il curaro. Non ricordo bene se fosse a mio rischio e pericolo, seguendo le istruzioni di qualche manuale comprato d'occasione in una libreria, che imparai l'uso della cerbottana e del curaro, indispensabili per uccidere a distanza con aghi impregnati del veleno. La cerbottana è il simbolo dei raggi solari nella mitologia maya.*

Riuscii a diventare così abile nei lanci che fin da bambino dovetti trattenere l'impulso di assassinare diversi miei vicini di casa – Alma, mai – quando d'estate uscivano di sera sul balcone a prendere il fresco. Dominavo l'impulso criminale ricordando un saggio consiglio di mia madre: «Se ti capita di fare una cattiva azione, che sia lontano da casa». Non ho mai ucciso nessuno a meno di sette chilometri dal mio domicilio abituale, e se ho scelto il numero set-

* *Nota dello strangolatore*: Se si desidera approfondire l'argomento, consiglio di leggere *Le Popol Vuh, Histoire culturelle des Maya-Quiché*, di Gerard Raphael, Paris 1954, mentre ritengo del tutto sconsigliabile consultare in merito un qualsiasi maya residuo del giorno d'oggi, in quanto sono tutti completamente rovinati dalla civiltà cristiano-capitalista o cristiano-comunista, e addirittura hanno votato per il PRI messicano fino alla rivolta del Chiapas del 1994.

te per misurare la distanza minima indispensabile è stato perché il sette è un numero cabalistico: sette sono i giorni della settimana, sette i pianeti, i gradi della perfezione, i petali della rosa, i rami dell'albero cosmico e sacrificale dello sciamanismo. A loro volta, i sette petali della rosa rievocano i sette cieli e le sette gerarchie celesti, il complesso più perfetto della Creazione. Ippocrate diceva: «Il numero sette, per le sue virtù occulte, mantiene tutte le cose nel loro essere, dispensa vita e movimento, esercita la sua influenza persino sugli esseri celesti». Se Ippocrate diceva così, doveva avere le sue ragioni e io sono stato sempre molto rispettoso della cultura classica, quanto non lo sono stato delle spurie culture della modernità e soprattutto della sociologia, una delle conoscenze che più si basano sul dono dell'ovvietà, senz'altra certezza che quella concessa dai fumi delle statistiche.

7

I miei maestri delle elementari dicevano di me che ero un bambino "antico", e "adolescente antico" mi chiamarono due professoresse che tanto avrebbero influenzato la mia vita, la signorina stronza insegnante di francese e la supplente di lingue classiche a cui ho già accennato. Ma il tono di quelle due donne non aveva nulla a che vedere con la poca considerazione con cui il signor Dotras mi definiva un "bambino antico", di conseguenza lo appesi all'inferriata di una villa Art Déco di una costiera che potrebbe benissimo trovarsi nella Nuova Inghilterra, sebbene la memoria mi pianti spesso in asso al momento di ricordare i luoghi e sebbene gli psichiatri penitenziari che si sono succeduti nella mia terapia abbiano inutilmente preteso di tracciare un itinerario degli scenari delle mie prodezze. Uno di questi psichiatri lo uccisi nella vasca da bagno, con il procedimento di gettare nell'acqua profumata con sali alla viola marca Bioterm un asciugacapelli Kenwood attaccato alla presa elettrica con l'avidità di potenza che suole caratterizzare i migliori elettrodomestici Kenwood. A maggior potenza dell'elettrodomestico corrisponde maggior efficienza nell'esecuzione, fu per questa ragione che sulle prime avevo pensato di gettare nelle acque saponose della vasca, pura brodaglia di Badedas, un Kenwood Chef, Model A901 che figura tra gli utensili della cucina di questo ospedale psichiatrico, ma era molto pesante da trasportare e molto ingiustificabile da collocare proprio accanto alla vasca da bagno, tenuto conto che il Kenwood Chef serve a fare la pasta, macinare il caffè, spremere succhi, tritare carne, insaccare, affettare, frullare, legare salse, aprire scatolette, setacciare con autentico zelo, sbucciare patate, macinare frumento e, magicamente, sgranare fave. D'accordo, uccidere adoperando l'acqua come sedia elettrica è uno sporco lavoro, perché rende troppo facile il delitto, ma qualche volta non si può fare a meno di certi sistemi, soprattutto quando si è chiusi in un posto come questo, senza mezzi adatti per esercitare la vocazione. La morte per acqua, dell'immaginario surreale – quanto deve alla morte passiva di Ofelia nel dipinto del preraffaellita Everett Millais o alle donne-pesci di Klimt! – così eccelsamente usata da Thomas S. Eliot: «e allora le sirene ci svegliano e affoghiamo...», e da Rafael de León: «e la vide morta nel fiume / portata via dall'acqua / Cuore mio, sembrava una rosa! / Cuore mio, una rosa tutta bianca!», morte per acqua che rappresenta la più sovversiva contraddizione contro il simbolismo dell'acqua viva e fattore di vita, culminante nell'oscenità dello Spirito Santo, suprema acqua di saggezza che lava le anime. Ma nel bell'Antico Testamento l'acqua è fondamentalmente morte, come le acque del Mar Rosso, aperte perché Mosè possa fuggire con il suo popolo, e nella condizione di morte l'acqua acquista la sua vera levatura: «Salvami, Signore, perché d'acqua mi si è riempita l'anima...» grida con panico da affogato interiore il libro dei Salmi ed Eliot canta la morte per acqua di Phlebas il Fenicio: «Una corrente sottomarina / Raccolse le sue ossa in sussurri. Mentre affiorava e affondava / attraversò gli stadi della maturità e della giovinezza / Entrando nel vortice».

Se l'assassinio è una delle belle arti, ciò si deve fondamentalmente a questioni di situazione e di strumenti, perché non c'è assassinio meno artistico di quello che evidenzia di primo acchito le sue ragioni, come quello compiuto mediante strumenti tanto rozzi come l'ascia, o tanto oscenamente crudeli come le forbici. L'ascia suole essere strumento di assassinio presso popoli culturalmente inferiori e temibili perché hanno culturalizzato in modo positivo la reazione primaria, configurata da affermazioni morali pericolose come: io non ho peli sulla lingua o io dico le cose in faccia a chi mi pare e piace. In certe culture primitive è il simbolo della collera, e sostituisce il fulmine e la tempesta. Può darsi che i cinesi, i pellerossa o i greci più antichi riuscissero a trovare qualcosa di degno in un tanto barbaro utensile, giacché, in fin dei conti, Atena nasce dal cervello di Zeus spaccato da un colpo d'ascia, ma tra noi bostoniani uccidere con un colpo d'ascia è segno di bassissima estrazione sociale. Quanto alle forbici, i greci le ebbero in grande considerazione, come attributo di una delle Moire – le Parche romane – chiamata Atropo, l'inflessibile, specialista nel tagliare il filo dei giorni, espressione stessa della vita che dipende dagli dei, fragile filo... ma in tempi di miscredenza mitologica come quelli presenti, in cui il colesterolo, Giovanni Paolo II, Madonna, la nicotina, Hillary Clinton e l'Aids hanno preso il posto dei demoni e degli dei, le forbici sono quello che sono, strumenti per sadici o per strani studenti giapponesi con borsa di studio a Parigi, dediti ad assassinare le loro fidanzate, di solito olandesi, come dimostrano quasi tutte le statistiche da me consultate.

In alcune occasioni, l'interazione di situazione e strumento raggiunge le vette dell'arte, alla maniera di quei montaggi scenici che rappresentano il passo in avanti compiuto dai concettuali. Senza falsa modestia, l'assassinio della von Rössli appartiene alla categoria del crimine superiore. Devo ammettere che per mesi mi ero dedicato al campo, per me assai nuovo e interessante, delle "critichesse" d'arte imperversanti a Boston, e concretamente di due che, come gli spagnoli e i portoghesi ai tempi del papa Alessandro VI, si erano spartite il mondo. La prima era il Padrino della mafia dell'informalismo, e la seconda del formalismo, sempre vigili tranne che nelle feste comandate, quando si riposavano e si dichiaravano entrambe patite di Francis Bacon. Non c'era opera nota dell'una o dell'altra tendenza la cui notorietà non dipendesse da quelle arpie. Assai presto, perché la storia non meritava altro, le eliminai nel modo più spiccio: l'una, spaccandole la testa con una bottiglia magnum di spumante locale prodotto da una piccola azienda famigliare, e l'altra, spingendola nel vuoto relativo compreso tra il balcone del suo appartamento al sesto piano e il marciapiede. Rimasero spappolate quanto le figure di Francis Bacon, piene di polpa umana. Ho sempre saputo che la garanzia di successo delle mie azioni sarebbe dipesa dalla mancanza di logica in una criminalità del resto lineare, ma non liturgica, perché la liturgia è, dopo le impronte digitali, il peggior nemico del criminale scienziato e artista. Ossia: non ho voluto facilitare il calcolo del mio ritmo di azione, perché poi si fanno avanti cervelloni come Bottomly che pretendono di stabilire associazioni tra le diverse fasi lunari e l'attuazione dei miei impulsi criminali.

Linearità, sì, ma frantumata, attraverso salti continui da un campo all'altro, tant'è che mi presentai davanti alle "critichesse" d'arte come esperto della scuola sociologista in visita di studio e approfondimento a Boston, e loro mi si concessero nell'intento di redimermi, mosse dal pregiudizio che la destalinizzazione iniziata da Krusciov e conclusasi con la caduta del muro di Berlino implicasse la caduta del sociologismo. «L'ultimo moicano del sociologismo» esclamavano affettuosamente ma sarcastiche – in tempi in cui il passato non illumina alcunché e il futuro è più imperfetto che mai! Allo scopo di impressionarle mi fu estremamente utile l'avere imparato a memoria il *Social Radicalism and the Arts*, di Donald Drew Egbert, una Bibbia in versi sulle filosofie dell'arte delle sinistre, dai giacobini della Rivoluzione francese del 1789, ai giacobini di quell'operetta pseudorivoluzionaria che fu il maggio del '68 francese, interpretata da una schiera di stronzi figli di papà con la sindrome del figliol prodigo ben disposto a tornare a casa prima che il gallo cantasse tre volte.

8

Per Margarita von Rössli io ero un idraulico abbastanza esperto di elettricità da riparare le fusa poco affettuose riscontrate nell'amato frigo balbettante che lei chiamava Asdrubale, in memoria di un poeta cartaginese, da lei definito punico e da me balbettante. Essendo la von Rössli una feticista, mi fu assai utile la preziosa cassetta di strumenti vittoriani che avevo comprato da un'antiquaria decaduta e che la von Rössli lodò fino alla raucedine mentre guardava ogni piega del mio corpo in cerca dell'esatta relazione tra la mia medesimezza e il mio buon gusto. Va da sé che i miei repressori negano persino l'esistenza di quella cassetta di attrezzi e mi mostrano la "vera cassetta", a loro dire, che trovarono in casa mia grazie a un parapsicologo rabdomante, una spregevole cassetta di attrezzi moderni, alla portata di qualsiasi titolare dell'American Express. Non gli passa nemmeno per l'anticamera del cervello che io potessi avere una doppia serie di attrezzi, nonostante si sollazzino speculando sul feticismo per delega da me dimostrato nella storia della von Rössli e del suo frigo balbettante, un frigo che più che altro somigliava a un uomo delle nevi castrato, sebbene lei lo chiamasse "il mio orsacchiotto metallico". In questo caso il feticismo positivo della von Rössli – l'adorazione per il frigo-spirito-positivo – io lo invertirei trasformandolo in un feticcio demoniaco, in uno spirito strumentalizzato a scopi criminali.

Asdrubale era un armadio bianco, cubico, rumoroso, diviso in tre scomparti fondamentali: il freezer a mo' di sottarmadio che occupava l'emisfero sinistro della bestia, il frigo vero e proprio e un cassetto per la fabbricazione di cubetti di ghiaccio dal quale sporgeva un rubinetto per l'acqua fredda filtrata. Appena gli si apriva la porta, Asdrubale si metteva a tremare e la von Rössli, spaventata, mi guardava inquisitiva e commentava che faceva così dalla scomparsa del marito: «Poveretto, è molto depresso. Noi tre andavamo molto d'accordo. Mio marito mi adorava. Baciava il suolo che io calpestavo. Ma dopo di me, a questo mondo più di tutto amava questo frigo. Proveniva da una famiglia poverissima, e nella sua dura infanzia nella Foresta Nera, manco la ghiacciaia aveva conosciuto».

Il guasto era facile da riparare. Quel pelandrone era stanco, lasciava che gli si otturassero i filtri e, per metterglielo in culo, invece di ripararargli il filtro originale, glielo cambiai, espediente traumatico, chirurgico... che mandò giù con tanti soprassalti e la von Rössli mi guardò terrorizzata, come se a un tratto avesse capito o temuto che io non fossi la persona più indicata per restaurare il suo orsacchiotto polare metallico. Appena si tranquillizzò, la padroncina lo portò a spasso sulla piattaforma con le rotelle e gli pulì le serpentine posteriori con uno sciampo per neonati, senza mai smettere di accarezzargli il corpo liscio e ben pasciuto e di esprimere tenerezza e ammirazione: «Così, tutto bello pulito... Ti è piaciuto che la tua padroncina ti portasse a fare una passeggiatina, eh, delinquentello?... Ma quanto è maiala la tua padroncina! Guarda che brutta macchia di Biomanán» aveva un assurdo complesso di cicciona e mangiava schifezze dimagranti «ti è rimasta sul faccino!». E gli pulì la macchiolina di Biomanán con una linguetta piccina picciò come la sua padrona, con tale abilità contorsionista da riuscire a leccare ad angolo retto la superficie bianca e liscia del frigidaire.

Era una situazione straordinariamente propizia. Mi complimentai per la bellezza del suo cavaliere e mi prestai persino ad accarezzarlo a quattro mani fino a quando lei trattenne un singhiozzo e fuggì di corsa dalla stanza. La trovai sul letto da smaritata, tra le scivolanti pieghe della vestaglia e della camicia da notte di seta, in lacrime, convinta di dovermi dare spiegazioni per quel deliquio. Lei e suo marito usavano fare il bagnetto al frigo insieme, intanto che commentavano preoccupati il suo processo di maturazione, perché un frigo matura e ha una vita da fox terrier allevato bene e non troppo mangione. Ha bisogno soltanto d'acqua e di pulizia, tiene compagnia con la sua presenza, promette interni pieni di godurie e di tanto in tanto scoppia in mormorii e balbettii meccanici che sono un linguaggio, il linguaggio stesso che il suo utente ha il privilegio di capire e, nel suo caso, doveva capire più che mai, come contrappunto alla solitudine in cui l'aveva lasciata la morte di un marito che baciava il suolo che lei calpestava. La guardavo e poi voltavo la faccia verso la cucina, dove avevamo lasciato il frigo.

La mia testa aveva appena stabilito un'armonica relazione tra la situazione criminale e lo strumento. Questo è il punto, e non la cretinata dell'inversione feticista, come la relazione più spontanea e altrettanto perfetta, nel caso del professore Dotras appeso a una inferriata di abbellimento per un monumento referenziale, sebbene alquanto scarso, dell'architettura Déco europea.

9

Fu uno dei miei lavori meglio preparati, al punto che mi travestii da pensionato e viaggiai con Dotras in un torpedone pieno di autentici pensionati, che cantavano quelle insopportabili canzoni da torpedone che alcuni sconsiderati maiorchini sono riusciti a trasformare in canzoni da volo charter. Il signor Dotras mi aveva maltrattato in parole e opere quando avevo dovuto sopportarlo in quarta e quinta elementare. Si addormentava in classe e, appena si risvegliava, regolava i conti con noi per quanto supponeva avessimo fatto durante il suo sonnellino di plurimpiegato. Ce l'aveva con me perché lo infastidiva il mio sorriso "pallido", diceva con voce da checca, mettendo in discussione e persino in forse una delle grazie che mia madre mi attribuiva: «Questo sorriso ti spalancherà molte porte». Gli schiaffoni del signor Dotras erano di pura pietra e la mia testolina si spaccava tutta dentro, sebbene fuori continuasse a sembrare una palla di burro con la frangetta bionda e il sorriso "pallido" che quelle manone volevano cancellare persino a costo di sporcarsi con il disprezzo del mio sguardo. Finite le elementari, e grazie alle mie nozioni di idraulica, salii di categoria, coltivai l'amicizia del signor Dotras, appartenente a quel genere di maestri crudeli a cui piace vantarsi dell'adorazione sempre viva dei loro ex allievi, diventati ormai grandi, alcuni addirittura sposati e con figli, masochisti di merda che inculcano nelle loro mogli e nei loro pargoletti l'entusiasmo suscitato un tempo dall'educatore sadico.

Fatto sta che una volta gli presentai mia moglie e i miei tre figli e gli regalai un panettone farcito di uva di Corinto comprato in offerta speciale in un supermercato miserabile, pieno di cacchette di topo e di commesse con varici e calcagni da ippopotamo. Il signor Dotras assaggiò il panettone davanti a noi, attribuendosi l'impazienza del vecchio-bambino-goloso per conquistarci con la sua simpatia da anziano, fragile di fronte alle manifestazioni di affetto. Mentre masticava l'ovatta bionda del panettone, io gli sorridevo da adulto e i miei figli riproducevano il mio sorriso dell'infanzia, tre sorrisi pallidi, biondi e burrosi, che mia moglie attribuiva alla loro vita felice: «I nostri figli... sono tanto felici!» soleva esclamare quella gran schifosa, più o meno a sproposito, senza capire che stava firmando la propria sentenza di morte, perché nulla irrita uno strangolatore, se di razza, come vedersi coinvolto in una qualsiasi spartizione di felicità. Concepisco la felicità soltanto se geometrica, vale a dire, razionalmente ottenuta, finanche con l'aiuto della chimica, o quella rubata, segretamente goduta, la sola felicità che non implichi rappresentazione teatrale, finzione, ed è per questa ragione che elogio quella del voyeur, la più perfetta.

Ed è come voyeur che torno al balcone da cui non avrei mai dovuto allontanarmi, posto a metà strada tra la placenta e l'esterno infinito, ed ecco che trovo i seni asimmetrici di Alma, la dorata. Per de-identificarla e allo stesso tempo de-identificarmi gli psichiatri mi fanno, una e più volte, l'interessata domanda: «È proprio sicuro che si chiamasse Alma? Non è vero piuttosto che si chiamava María Asunción?». Com'è possibile che qualcuno si affacci a un balcone per vedere il seno destro di una donna che poteva chiamarsi soltanto María Asunción, anche se non ne aveva colpa?

10

Nessuno, osservandoli, avrebbe potuto notare a occhio nudo la disuguaglianza tra il seno destro e quello sinistro e nemmeno, nel caso fosse riuscito a coglierla, che tale disuguaglianza fosse segno di mostruosità. I due seni avevano un equilibrio globale che non impediva di percepire la superiorità quantitativa e qualitativa di quello destro, attribuita dalla madre della ragazza e dall'endocrinologo al fatto che il sinistro, in quanto cresce sopra il cuore, soffre per la scarsezza di linfa vitale indispensabile a un viscere tanto possessivo e fondamentale. Fu allora che capii per la prima volta l'intenzione esplicitamente castrante dei miei genitori, soprattutto di mio padre, che era uno stereotipo freudiano nonostante che il libro più impegnativo da lui mai letto fosse una enciclopedia Billiken, premonitoriamente argentina. Mio padre era un pessimista malthusiano che mi generò in un momento di debolezza erotica, storica e scientifica, eccezione dell'anima che confermava la regola del suo pessimismo, dovuto all'aver perso una delle peggiori guerre di secessione e all'essersi scandalizzato fino a esiliarsi in se stesso per l'assassinio legale di Sacco e Vanzetti.

Si è scritto molto sul complesso di Edipo, ma quasi nulla su quello di Abramo, se si eccettuano le digressioni di Otto Rank ne *Il mito della nascita dell'eroe*, da cui si deduce che il complesso di Abramo è una variante del mito edipico. Abramo, sempre pronto e ben disposto al sacrificio di Isacco apparentemente per ordine di Dio, è invece espressione simbolica dell'illusoria ambizione di eternità che richiede la morte del figlio. Freud, patriarca ed ebreo, in fin dei conti, maschera il complesso di Abramo sotto quello di Edipo, trasformandolo in una variante subalterna del complesso di castrazione. Dopo il successo ottenuto dall'endocrinologia nel caso di Alma, ormai materia di conversazione in tutto il quartiere, dove la quasi assenza di portinaie costringeva le donne normali a spettegolare come portinaie, i miei genitori mi immolarono sul lettino dello stesso endocrinologo che, dopo avermi visitato uccello e testicoli scosse incerto la testa e disse qualcosa di difficilmente comprensibile, ma che bastò a mio padre per commentare con mia madre: «Se non può avere figli, ne faccia a meno, non ne ha alcun bisogno, tanto sono tutti ingrati e parricidi». Si trattava soltanto di un problema di fimosi, come hanno potuto accertare questi stregoni che si avventavano sulle mie pudenda col microscopio, nel caso che proprio lì si trovasse la causa della mia follia, ma a quei tempi né i miei genitori né io eravamo pronti per spiegazioni tecnoscientifiche e temevamo il peggio. Tant'è che presi mia madre in disparte sul balcone di casa, stava ormai annottando, e la costrinsi a rovesciarsi sul vuoto mentre quella sciocca rideva, rideva di quanto fossero sempre fantasiosi i miei scherzi: «Con questo sorriso biondo, pallido, così seducente, riesci a ottenere tutto quello che vuoi». E con il mio sorriso biondo, pallido, seducente, le lanciai un ultimatum quando ormai metà del suo corpo pendeva oltre la ringhiera: o facevano in modo che io potessi avere dei figli o non sarebbero mai diventati vecchi.

Alma rimaneva estranea alla pericolosità dei genitori propri e altrui e degli endocrinologi in genere. Anzi, si sentiva lusingata dall'orgoglio con cui i genitori, e soprattutto i fratelli, tessevano le sue lodi, dall'orgoglio con cui la guardavano e le toccavano le tette ogni volta che potevano, sebbene nei limiti di quanto non giudicabile come incestuoso. Un simile orgoglio annunciato fece sì che il coro dei pretendenti accorresse, richiamato dalla fama di quei seni tanto perfetti nella loro diversità quanto contenuti, e soprattutto di quello destro, unico nel suo genere e nella sua situazione, a detta dei massimi esperti. Tutto il resto faceva parte di un insieme gradevole e disarmonicamente armonioso, una bellezza moderna per quei tempi, quando i sex symbol venivano proposti secondo il canone della rotondità. La sua aura di ragazza dorata non le impediva di essere vagamente bionda e pallida, con l'ossatura slanciata e le mani sottili, dai movimenti lenti, e di avere sguardi azzurri, quasi grigi al tramonto. Alma concedeva a se stessa e agli altri la debolezza morale di portare scollature a V, leggermente più ampie verso il seno perfetto, perché promettesse di essere quello che era, senza che nessuno la potesse accusare di esibizionismo. E giammai mostrò il suo seno a nessuno o a nulla, se non costretta per esigenze della vita: a sua madre, a un'amica d'infanzia con cui era in gran confidenza, a suo marito e all'endocrinologo, il quale, meravigliato dallo sviluppo della paziente, aveva pregato la madre di concedergli di continuare a essere medico di famiglia. Così, ogni tre mesi, Alma e la madre andavano dal dottore che le aspettava nel suo studio descritto da luci indirette, e dietro il parapetto della penombra della poderosa scrivania di noce piena di carte e scatolette di campioni di medicinali, la voce tremante del luminare le chiedeva di scoprirsi il seno. Non entrambi. No. Uno soltanto. Quello destro. E la mia Alma slacciava il bottone di madreperla della terzultima asola della camicetta, e poi scendeva, strappando a ogni asola un palpito, a mano a mano che la liberava, fino a restare a petto mezzo scoperto, in attesa che una delle sue mani colomba scostasse il lato destro della camicetta e spuntasse un seno di marmo rosa pieno di sangue inzuccherato da confetti e culminante in un capezzolo tormentato e ritorto dal suo stesso complesso di perfezione. La voce del dottore si rimpiccioliva fino a diventare un mormorio di fonte quasi senz'acqua, ma Alma e sua madre conoscevano il rituale a memoria e sapevano interpretare i bisbigli accasciati dello scienziato: «Si prenda il seno con la mano destra... Lo soppesi... Sollevi il capezzolo all'insù... Lo strizzi... Vi soffi sopra... leggermente... con un soffio d'aria delle labbra socchiuse... a beccuccio...». «Così?...» «Così.»

Alma non fu mai in grado di far dell'ironia sulla situazione, né di goderne sensorialmente appieno, eppure io potei cogliere irreprimibili accenni narcisistici in un'adolescenziale operazione di accerchiamento da cui lei uscì senza un solo capello fuori posto. Forse la mia vita sarebbe cambiata indirizzandosi verso la normalità se Alma avesse fatto caso a me, circostanza imprevedibile perché non le chiesi mai di farlo; al contrario, quando i nostri sguardi si incrociavano da balcone a balcone, nascondevo il mio, e quando ci capitava di incontrarci in strada non sostenevo il suo sguardo, tra l'altro perché non mi guardò mai negli occhi, al massimo un delicato sorriso, di sfuggita, di profilo. Era svanita quella compagna di giochi delle ore del tramonto nella piazza con fontana e statua di santa, martirizzata con il taglio delle tette.

Si trattava di una santa assai apprezzata dai sibariti di martiri, in genere cattolici, perché le altre religioni, a eccezione della rinnegata pirateria malese, hanno un rapporto meno sadomaso con i martiri. Un bravo martire cristiano deve subire tutta una serie di calamità e torture raccapriccianti, mentre a un eccellente martire musulmano basta morire in una guerra santa e ha già fatto il suo dovere. La santa statua della piazza era stata infilata in un barile pieno di vetri rotti fatto poi rotolare, con la santa dentro, lungo la ripidissima rampa di una strada, scelta apposta per questo genere di lacerazioni, e in seguito luogo adatto all'insediamento di un quartiere giudeo. Non soddisfatti di così tanto e così selvaggio strazio, le tagliarono poi le tette e l'iconografia cristiana la riproduce mentre tiene su un vassoio le proprie tette, senza che nel corpo coperto se ne noti la mancanza. Quante volte ho associato la leggenda della santa distettata con lo splendore di Alma!

Lei non sapeva che continuavo a seguirla a distanza, quando usciva da scuola, quando faceva la spesa, quando passeggiava con i fratelli più piccoli, per il semplice piacere di seguirla, con la tranquillità procuratami dalla logica della mia ubicazione nel caso fossi stato scoperto e con il desiderio angoscioso di non esserlo.

11

Smisi di ricordare quella bambina morta e cominciai a sognarla come iniziatrice sessuale, nonostante i semicerchi di sudore che le crescevano nella camicetta sotto le ascelle, pelle color malva intravista accanto alla pelle sudario della sottoveste bianca o azzurra o rosa o color carne, le consacravo le mie seghe più totali, a una o a due mani, seghe da scultore di orgasmi che nulla avevano a che vedere con quelle che si fanno quei delinquenti con cui coabito in questo penitenziario, bucaioli d'occasione o di circostanza, capaci di giacere con una mano sotto il corpo per intorpidirla e poterla poi immaginare come oggetto masturbatore sentito come appartenente a un altro, probabilmente all'Altro. Sebbene la teologia della sega sia molto cambiata, la semplice negatività con cui mi era stata trasmessa condizionò senza dubbio un'educazione sessuale intrisa di sensi di colpa, come pure le prime esperienze con prostitute economicissime che riuscivo a pagarmi accumulando riviste e vecchi giornali e vendendo una così triplicemente morta mercanzia agli straccivendoli della mia potenziale circoscrizione elettorale. Ricordo dunque la puttana scalcagnata della fatale notte di San Giovanni del... O forse nella notte di San Giovanni dei miei ricordi feci l'amore con quella che sarebbe diventata la mia legittima consorte, madre dei miei figli?

È un concetto tanto chiuso, tanto determinante! Bisogna riaprirlo e accettare che in quegli anni, precedenti l'Aids e il papa polacco, linguaggi istituzionali come "legittima consorte" o "legittimo consorte" poco avevano a che vedere con una realtà sessuale sperimentale e liberissima, che riguardava specialmente noi idraulici, elettricisti, strangolatori istruiti, sebbene avessero spesso la meglio gli studenti delle scuole superiori se non delle università, soprattutto quando nel loro curriculum, insieme a una buona laurea in una università della Ivy League, figurava un master in marxismo-leninismo ottenuto a Tirana (Albania). Non ci saranno mai adulteri così istoriati e insieme così sofisticati come quelli, interpretati dai tecnici controculturali di maggior prestigio a Boston. Era la prima infornata di tecnici dotati del soffio romantico della rivoluzione, rubato ai politici e ai poeti per consegnarlo addirittura ai sociologi e ai periti industriali, in nome di una nuova rivoluzione tecnico-scientifica. Non ricordo molto bene come avessi conosciuto la mia legittima consorte, forse in uno di quegli incontri di morbosità culturale con cui noi bostoniani ci difendevamo dalle cafonate del fascismo maccartista, so tuttavia di certo che quella donna aveva avuto una buona educazione, nonostante una certa tendenza a guardarmi dall'alto in basso perché io mi ero fatto fin troppo da solo e le mie origini non avevano nulla a che vedere con i pionieri giunti con la *Mayflower*. Per il resto, fu una moglie discreta fino a quando la diffusione della pillola e l'accesso indiscriminato delle bostoniane alla patente di guida delineò lo spettro della dissoluzione delle condizioni soggettive e oggettive della fedeltà. Indussi la mia legittima consorte a tenersi sulla difensiva di fronte all'ondata di oscenità che ci veniva addosso e l'avvertii che i tecnico-scientifici, persino i più rivoluzionari, facevano di tutto per legittimare la necessità della rivoluzione tecnico-scientifica, e i loro adulteri non erano che tacche compulsive per dimostrare l'affondamento della morale strettamente produttiva e riproduttiva favorita dall'interazione dialettica tra il capitalismo e il comunismo premoderno. Cercai di spiegarglielo in più di una occasione, le procurai addirittura una bibliografia piuttosto completa sull'argomento, e credo che, pur considerando i miei ragionamenti eccessivamente astratti, in linea di massima mi desse retta, e se commise adulterio lo fece in proporzioni quantitative accettabili sebbene qualitativamente deplorevoli. Una volta, tuttavia, dopo una discussione sull'itinerario più adatto per raggiungere un cinematografo, con lei al volante, mi confessò che se un giorno avesse sentito la tentazione dell'adulterio, le sole motivazioni delle sue infedeltà sarebbero state un'esigenza del corpo e la possibilità di trovare amanti che non fossero figli unici di genitori tanto orribili quanto i miei e che avessero fatto riparazioni nelle migliori case di Boston.

«Prendere o lasciare.» La presi come ipotesi di partenza, perché si stava facendo tardi per il cinema, con la sicurezza datami dal mio complesso di strangolatore eccellente che si era fatto da solo. In fondo, quei prepotenti fantocci, quegli atleti rivoluzionari e sessuali dell'elettricità e dell'idraulica, vivevano di castelli in aria e in Vietnam e potevano contare sulle audacie consentitegli dall'appartenere quasi sempre alle classi più abbienti, per dare impulso all'etica e alle statistiche dell'infedeltà, senza sapere che cosa fossero né un nastro isolante né una chiave inglese, come io invece ero obbligato a sapere. Erano, tutto sommato, idraulici ed elettricisti da istituto tecnico, da salotto, carne da sociologo, e alla lunga fornirono alla sociologia postmoderna l'argomento dell'inesistenza della classe operaia, della necessità del lavoro manuale, della divisione stessa del lavoro. Essendo la sociologia una pseudoscienza frivola, è logico che venga a fagiolo per i tecnici e gli scienziati più frivoli, ma assai peggiore è la nidiata di sociologi attuale, buona soltanto a promettere futuri imperfetti e a cantare conquiste umane minori, come la pentola a pressione, la lavastoviglie e il preservativo, che hanno assunto come alibi per la loro impotente piena maturità, mentre nella loro gioventù erano stati lascivi scienziati sociali incontinenti, disposti a far spuntare le ali agli elettricisti e agli idraulici più concupiscenti di Boston. Non voglio essere più esplicito, per non tradire nessuno dei miei futuri strangolamenti, ma devo far presente che il mio odio per quei simulatori, da qualsiasi parte vengano e vadano, è dovuto alla constatazione che non sanno quasi nulla. È un odio nutrito di conoscenza e non di rancore, sebbene anche all'inizio della fine della mia adolescenza mi infastidissero il tempo e la verbosità che quei cinici potevano dedicare all'adulterio, loro, appartenenti a quell'aristocrazia blasonata di rosso, sempre molto rivoluzionaria, sempre tra due rivoluzioni postdatate da cui erano stati risparmiati perché così aveva voluto la Storia e dalle quali sarebbero usciti da bravi stronzetti, convinti che la Storia non meritasse il sacrificio del loro declassamento. Figli di famiglie anticomuniste, diventarono ipercomunisti come un modo di essere anticomunisti dell'ultrasinistra. Sono il potere attuale di cui non si sono impadroniti, ma da cui sono stati posseduti, come il povero Clinton, un parvenu pseudorivoluzionario di modeste origini che recriminava che io riparassi le avarie dello spirito culturale della borghesia bostoniana, e guardatelo ora, per conservare il potere sarà capace persino di minacciare i somali, di privarli dei panini imbottiti dell'ONU o di bombardare gli iracheni ogni qualvolta vedrà calare il suo indice di popolarità. I gradini più bassi di corresponsabilità sono pieni di stronzetti ex rivoluzionari pronti a uccidere chicchessia avvalendosi della violenza delegata dello Stato o dell'ordine internazionale.

Con gli anni superai pregiudizi possessivi e prevenzioni estetiche e quasi mi seccò che la mia legittima consorte entrasse in una fase di fedeltà attiva, con la fastidiosa, e ancor più umiliante, dichiarazione di principi che non c'è sicurezza paragonabile a quella offerta dal proprio marito se questi presenta caratteristiche d'animale domestico o da porta-abiti prestigioso. Tra tutti gli elettricisti titolati sospettati di avermi riparato avarie inesistenti, i più tragicomici erano quelli che adoperavano il fascino della loro appartenenza a un qualsiasi settore o livello della lotta armata contro il sistema per eccitare il flusso vaginale delle loro partner, e in mezzo a quella fauna il più pretenziosamente ridicolo era un esule brasiliano, che affermava di essere sfuggito per il rotto della cuffia agli Squadroni della Morte e non faceva che cantare samba sociologici nelle orecchie delle donne degli "altri".

Democracia
Palavra que nos traz felicidade
Pois lutaremos
Para honrar a nossa liberdade
Brasil, o meu Brasil!
Unidas nações aliadas
Para o fronte eu vou coração
Abaixo o Eixo
Eles amolecem o queixo
A vitória está em nossa mão.

Ma ci fu una notte di San Giovanni... e un caldo brasiliano e io stesso un po' più scuro, quasi mulatto; o furono la penombra e i riverberi dei falò e le scie dei razzi oltre il terrazzo mediterraneo dove facevamo l'amore come comparse di un sogno buono di De Chirico? La passai con te, Alma? No. La notte di San Giovanni, non può essere un'altra, la passai con quella puttana che mi chiamava "cuore mio", che falsava il bolero delle mie sensazioni, mentre il mio corpo fingeva il foxtrot del coito e lei gridava scemenze da manuale di puttana economica e un po' grassottella. Ma perché mi contraddico? Che bisogno ho di contraddirmi? Se ho due cassette di attrezzi, perché non posso avere due notti di San Giovanni?

Solo nel caso di Alma il mio desiderio fu al di sopra degli ostacoli di imperfezioni, quali macchie di sudore sotto le sue ascelle. Altre donne mi hanno portato all'impotenza con malefatte simili, e più di una fece una brutta fine, come quella professoressa di epistemologia che aveva una poderosa verruca sulla schiena e, appena la scoprii mentre le carezzavo i fianchi, il mio pene divenne una verruca piena d'odio e di assorto rancore. Quanto alla puttanella iniziatica, era una collezione completa di verruche, vale a dire di ostacoli alla partecipazione dei miei sensi. C'era ironia nel suo sguardo, un'ironia misera, nutrita di sottocultura, di sottocultura da puttana a basso prezzo: quattro tanghi e tutti i film di Gregory Peck, perché nessuno inarca le sopracciglia come Gregory Peck, quando è d'accordo, quando non è d'accordo, ma soprattutto quando è perplesso. E anche lei inarcava le sue in cerca di un angolo peckiano, un angolo in più del suo nudo dove i due seni e il pube erano il vertice... Invece le natiche e la faccia e le spalle cercavano una rotondità imperfetta, la carne un po' macerata a furia di panini con le acciughe, di boccali di birra, di cicchetti di anice marca del Mono e servimi uno stuzzichino di trippa José Luis, ma che ci sia anche un po' di salame e prosciutto e salsiccia di cipolle e tutto quello che ci sta in una trippa come si deve... quella trippa che prima o poi sporca lo spirito e spinge il metabolismo a cantare: "Orologio non segnare le ore perché invecchio...". "Impazzisco." "Invecchio." "Impazzisco..." Quella troiona se ne fregava e insisteva con la palla dell'invecchiare perché io capissi che era capacissima di dirgliene quattro allo stesso Lucho Gatica e voleva farmi capire che stavo sprecando il suo tempo e probabilmente il mio. E la guardai di nuovo esaminandola a palmo a palmo e nell'insieme. Era una donna nuda sotto una luce economica, in una stanza con mobili da alluvione verniciati con un bouquet untuoso contro i più rancidi tarli della città... e lenzuola pulite, questo sì, anche se odorano ancora nel ricordo di una complessa archeologia di sudori e acque di colonia che non mi appartengono. Mentre la città inscenava la festa dei fuochi d'artificio, questa città tra il marmo e i poveri mattoni...

Ci sono viaggiatori che tornano nei loro quartieri
per uccidere ricordi e riprendersi la vita
ma impossibili
i quattro orizzonti dei volti conosciuti
inducono nel tranello dei rumori e delle voci
sottomarine
in un nastro mal registrato che conduce
alla morbosa totalità del silenzio
taci
ragazza dorata in perenne tramonto
aranciati i tuoi seni lambiti dal crepuscolo
mirano alle finestre incerte
dove agonizzano guardoni
afferrati al timone del loro desiderio
ancorati alla poltrona relax del "come mai tanto tardi?"
senza dubbio la vita è morta per loro
tra questi quattro orizzonti di mattoni.

Perché, nel ricordo, insceno il delitto come se io fossi l'arredatore di una città del passato remoto, affascinato dall'Art Déco come poetica oggettuale dell'assassinio?

12

Il vecchio Dotras era così grato dei miei pellegrinaggi di ex alunno che mi aprì la porta delle sue segrete passioni, troppo costose, aggiunse in seguito, per la modesta pensione di un professore a riposo. Dotras era innamorato dell'Art Déco, innamorato platonico perché, in tutta la sua vita di miserabile professore di alunni quasi miserabili, era solo riuscito a comprarsi una sedia di Louis Süe, così la credeva lui, e a rubare un bicchiere di vetro incolore di Marinot, confiscato durante una delle sue razzie da anarchico nelle residenze abbandonate dalla borghesia bostoniana fuggiasca da una imprecisata guerra di secessione o di annessione, fa lo stesso. Mi mostrava quei due tesori come primo piano di una popolosa biblioteca sull'Art Déco, in cinico contrasto con la cultura da scartafaccio, enciclopedia generale di base, paesi e mari e libri di storia sacra che ci aveva trasmesso. Come aveva taciuto il suo passato di combattente jeffersoniano romantico in favore di cause postdatate, credo per sempre, per non avere dei problemi, confessava tardivamente per non crearne a noi, ma io dedussi che non ci aveva ritenuto meritevoli di ricevere la sua eredità etica. Capii che quando mi schiaffeggiava con la sua mano di pietra espelleva dal corpo l'odio per il proprio esilio politico ed estetico da un paradiso Déco cui poteva accedere solo intrufolandosi tra le pagine dei libri, come quei prigionieri che accedono alla natura solo attraverso i petali secchi delle rose annidate tra le pagine. Dotras studiava tutte le possibili combinazioni di viaggi alla portata della terza età, quando la biologia venne riconosciuta come tale dopo la morte del dittatore di Boston, evidente prova che la democrazia possiede il dono di riconoscere ovvietà come la vecchiaia e di sottoporre invece qualsiasi evidenza e necessità al calcolo delle probabilità di consumo elettorale. Viaggi che lo avvicinassero a ogni Mecca di pellegrinaggio Art Déco raggiungibile da lui, anche se di difficile accesso per la sua tanto proclamata debole economia, come i paradisi Déco di New York, Chicago, Rio de Janeiro o altre città dell'America più o meno ricche negli anni del Déco. Ma aveva rinunciato per sempre a raggiungere la villa Asty di Vienna, la Favre-Jacôt di Locarno, opera del giovane Le Corbusier, il teatro degli Champs Elysées o la casa Feingals di Colonia, e si vendicava discreditando la Vienna di Otto Wagner e Klimt perché... "troppo ovvia". Mi sottoponeva a divagazioni sulla possibilità o meno di parlare di Brancusi o Archipenko come di scultori Art Déco, discussione che sarebbe stata assurda nel caso di Bourdelle in Francia o di alcuni aspetti di Gargallo in Spagna. «I nudi Art Déco non hanno sesso, perché persino l'anatomia più aggressiva permane nell'immaginazione solo come parvenza di ornamento.» Non ricordo se questo pensiero fosse suo o se l'avesse preso da qualche pensatore Art Déco come Ortega y Gasset, creatore della filosofia dell'addobbo e dell'ornamento. Pensai che stesse per picchiarmi con la sua mano di pietra il giorno che lo contraddissi, o ancor meglio, che gli espressi la mia interpretazione personale sul rapporto di Klimt col Déco. Se i nudi di Klimt non avevano un sesso, che avevano? Klimt era propriamente un Déco? Attraverso di lui passano gli aspetti più suggestivi della pittura figurativa nel viaggio di andata e ritorno dai preraffaelliti fino all'espressionismo in versione Op-art. E in lui è riscontrabile persino l'Op-art come spietata correlazione geometrica, percepibile nel conturbante dipinto *Il bacio*, e sempre quella carnalità oscena che esplode nella *Danae*, quel seno sinistro di Danae, un pianeta di marmo caldo, Danae amata da Zeus trasfigurato in pioggia d'oro, ma chiusa in sé, la sessualità femminile autosufficiente che esaltava e angosciava Klimt, provocatore soprattutto nel quadro dedicato «ai miei critici...». La *Danae* di Klimt, un'icona del narcisismo femminile così come può concepirlo soltanto l'immaginazione maschile. Quei visi da cavallo magro tipici dei personaggi femminili di Klimt sono frutto dei suoi stessi desideri. «Il desiderio è tutto.» Mediante *Il bacio*, Klimt cerca di proporre la coppia universale, cosmogonica, legata alla natura, ma c'è una falsa uguaglianza comunicativa in tutto il rapporto uomo-donna di Klimt. I maschi sogliono occultare la loro medesimezza nelle carni delle femmine ed è lo sguardo delle sirene ad attrarre lo spettatore, in quanto proposta, anche se apparentemente è una sirena innamorata. Le donne, quando smettono di essere adolescenti, possono sempre guardare dall'alto in basso l'animale che crede di possederle. Qualsiasi cosa dicessi in tal senso a Dotras era come predicare nel peggiore dei deserti, quello di Kalahari, e quanto al presunto decorativismo dei fogli d'oro, era dunque così unidimensionale e meramente collezionistico lo sguardo di Dotras, da non scorgere nell'oro il referente simbolico della magia e altri culti religiosi? Prima di essere metallo di scambio, l'oro era un mito e fu il metallo più prezioso perché era il più prezioso mito, non arrugginisce, non si macchia... «È il solo metallo che si trasformi in cotone senza smettere di essere ferro...» spiegava un proverbio africano... zoccolo della conoscenza, pilastro della saggezza, cavaliere della fortuna... Klimt non dipinse un cavaliere d'oro più inquietante addirittura di quello di Dürer, metallo calamitato dalla morte? Jung riprende la bella parabola dell'alchimista Majer, in *De circulo physico quadrato*, dove l'oro è il risultato del lavoro del Sole che lo fila, un giro dopo l'altro, intorno alla Terra. In seguito Copernico e Galileo discreditarono la parabola e Dotras discreditava ogni volta che poteva il falso decorativismo dei parametri bizantini di Klimt. «Arazzi! Arazzi di patchwork! Tutti i quadri di Klimt servirebbero per fare arazzi e copriletti!» opinava sprezzante Dotras, e mi mostrava una pessima riproduzione di *L'attesa*. «Un drappo di patchwork da mettere sopra la consolle! Ne ho viste a centinaia nei negozi di arredamento!» Non coglieva la funzione della geometria Op nelle composizioni di Klimt, annullando ogni possibilità di compassione per Danae nella sua placenta, che è lei stessa. Danae, la donna placenta, con la coscia poderosa che chiude l'accesso alla porta che va nella città dolente di Dante. L'inferno. La fica.

Il secondo spettatore del nudo di Alma fu suo marito. Un pretendente di fiducia per la famiglia, della ditta *Cantijoch Famiglia. Frutta secca*, prosperità di quartiere basata su ricchezze del dopoguerra, ottenuta con la vendita di qualsiasi cosa mummificata e commestibile, e in molto special modo le carrube, cibo dei cavalloni normanni da tiro e del proletariato che cercava i negozi di frutta secca e granaglie ovunque spuntassero. Il figlio dei Cantijoch era stato mio compagno nella classe del professore Dotras, anche se non ci eravamo mai frequentati, lui con il suo complesso di eccellenza perché poteva mangiare tutte le noci che voleva... e quando voleva. *Da nuces pueris*, esortava Catullo... *da nuces pueris, iners concubine: satis diu lusisti nucibus: lubet iam servire Talasio. Concubine, nuces da...*, da' noci ai bambini... troppo a lungo ne hai avute, favorito fannullone... da' noci ai bambini... Cantijoch era zoppetto e si spostava tra pile di sacchi con movenze da zoppo e l'eleganza nel braccio prolungato da una paletta di zinco, ora piena di semi di girasole, ora di noccioline, lupini, dolcichini, nocciole, ceci e chicchi di granoturco come dentature d'oro rapinate da cadaveri di contadini ebrei sterminati dai peggiori nazisti metropolitani. Particolarmente schifosi i dolcichini nella loro secchezza, verruche disidratate che, grazie all'acqua, a malapena raggiungeranno la dignità di tumori piccoli e inumidite clitoridi da vecchia barbuta o di larve degli insetti più ripugnanti. Non era difficile farlo sposare, lo zoppo, perché la sua famiglia, seppur numerosa, era benestante, proprietaria di terreni nei quattro punti cardinali della città e del suo paese d'origine, per cui poteva dirsi che, nelle coordinate locali, nei suoi domini non tramontava mai il sole. D'altro canto lo zoppo sembrava sano, era sempre abbronzato, ma non dorato, e ben nutrito come tutti i figli di negozianti nel ramo dell'alimentazione, ed era nota la sua passione per le donne, sia le clienti sia le puttane dell'immediata città maledetta.

Era quindi un uomo forgiato in mille bordelli, eppure la notte delle nozze rimase sconvolto, come se gli mancasse l'aria, essendo stato colpito allo sterno dalla vibrazione della remota libertà del seno liberato dal deshabillé. Poi giocherellò fino all'alba con quello sinistro, ma non osò toccare quello destro fino a tre settimane dopo e gli parve di montare un animale autonomo, con una occulta fierezza che sporgeva alta in forma di muscolo totale e indomabile. Il seno sfuggiva come se fosse stato di materia inabbordabile, e dopo ogni insuccesso rimaneva eretto e sfidante, in attesa del prossimo tentativo di monta. Nei seguenti venticinque anni di matrimonio, non stette a contare le volte che aveva osato toccarlo, poiché, pur essendo parecchie, non furono tuttavia sufficienti a stabilire una routine, e ogni volta che osò farlo sembrò fosse la prima, sia a lui sia al seno. In quei venticinque anni, Alma ebbe tre figli, i quali fin da piccoli seppero, sia per rivelazione indiretta, sia per intuizione, che la loro madre non era come le altre e che nel suo corpo si celava una meraviglia che nemmeno loro avevano assaggiato a usura. Era stato uno specifico avvertimento del longevo endocrinologo, che se fosse stato necessario allattare con entrambi i seni, Alma avrebbe dovuto fare particolare attenzione ad adoperare soprattutto quello sinistro, costringendo il destro a un disuso che lo dissuadesse dal produrre altro latte. Sapevano forse i suoi più stretti congiunti che il seno destro simboleggia il Sole e quello sinistro la Luna, vale a dire, il seno destro è maschile e il sinistro femminile? Pur essendo vero che nella sua capacità di produrre latte nutritivo il seno contiene messaggi di fecondità, intimità, offerta, dono e rifugio, in alcuni casi sono ammesse eccezioni basate sulla contraddizione simbolica congenita per cui, come una coppa rovesciata, esso contiene e versa, versa e offre la patria della morte – il seno di Abramo – come falsa promessa consolatoria di rinascita: «Nella mia fine è il mio principio».

13

I seni della mia prostituta iniziatica avevano allattato, ma lo strangolatore adolescente lo dedusse *a posteriori*, quando furono vari i seni offerti alla sua attenzione. E quei seni mi offrivano la falsificazione patriottica di una madre a noleggio, una madre impudica, incestuosa, sporca, che domandava il mio nome come se non lo sapesse o come se non le importasse, mentre mi avvicinava la sua sinuosa geometria. L'avvertii: «Gli psichiatri hanno scoperto che sono un timido secondario al punto che non dico sì o no nemmeno a me stesso... Ma ti dirò il mio nome. Lo strangolatore di Boston. Boston per gli amici». «Vieni qui, Boston, e lascia che ti prenda il bostoncino» mi disse, e la sua mano callosa di bucati e masturbazioni di falli di clienti di pietra, giammai di bronzo, mi cercò nella patta il cuore di quell'incontro, mentre le sue labbra mormoravano: «Strangolami, amore».

C'è gente con istinto suicida, e anche se lei non notava il mio sorriso, io lo portavo dentro, in lotta con un'indignazione mortale progressiva che trasformava il mio fallimento in quello suo. Non riconoscevo in lei gli occhi puliti, seppur sempre sfuggenti di Alma, né gli occhi sporchi di quell'adolescente con cui condivisi la gabbia pazza di un luna-park, gabbia cilindrica che girava su se stessa e rivoltava i corpi in cerca di una possibile combinazione di contatti furtivi. Sebbene il palmo della mia mano intuisse di tanto in tanto i seni nascenti, ampi e prematuri dell'adolescente, quel che arrivava al mio cervello era lo sguardo sporco da presunta violentata sulla difensiva, protetta dalla convenzionalità di un gioco da Castello delle Risate, consapevole che ci stavamo eccitando per niente o per la successiva e sincera mediocrità dei piaceri solitari, più tardi, ciascuno nel proprio letto, davanti a soffitti simili di vecchi appartamenti nell'inguine della città. Occhi sporchi, acidi, addolciti da zuccheri a buon mercato che saranno cresciuti, invecchiati e avranno affrontato quelli di un marito poco sensibile davanti a una preda tanto eccitante, perché è necessario saper aggettivare, e le adolescenti degli anni Cinquanta ammutolite nella città povera non sposavano mai mariti esperti di aggettivazioni. È nota la precarietà letteraria convenzionale delle classi popolari che impedisce loro di aggettivare, sia con proprietà sia con volontà di pluralizzare i significati, così come intendono aggettivare e pluralizzare i significati i sacerdoti delle società letterarie convenzionali.*

Ho fatto molte ricerche per recuperare la persona di quella quasi bambina che con tanta sfacciataggine

* *Nota dello strangolatore*: *Polisemia*, la chiamano i critici colti, come osservo nelle riviste letterarie permesse dal mio maestro in carcere, dalle quali traggo qua e là i nomi di alcuni critici pedanti, primo fra tutti quello di una certa Norma Cateli, che intendo strangolare appena mi verrà concesso di uscire per buona condotta. Di solito sono in molti a raggiungere la *disemia*, ma la poli-

pastrugnai nella gabbia rotante del Castello delle Risate. Inutilmente. Ma il suo più probabile marito poteva essere soltanto una variante di *Cantijoch. Frutta secca*, in versione povera. Le ragazze che frequentavano il Castello delle Risate rare volte riuscivano a varcare i confini di quel quartiere di immigrati, e Boston conserva le mura interne delle divisioni di classe, dissuasorie strade, dissuasorie facciate perché gli abitanti dei quartieri bassi non pretendano di uscire dalle loro riserve indigene. Persino le piccole aristocrazie autoingannate dentro quei quartieri non resistono alla prova dell'esilio, e questo accadde a Cantijoch, il marito di Alma, quando osò uscire dal quartiere per assistere a un'assemblea di negozianti nei primi mesi di democrazia, a cui partecipai come idraulico specializzato in sciacquoni di gabinetto, addetto alla manutenzione di un sofisticato impianto in pericolo per il gran pisciare che si fa in questo tipo di incontri. Fatto sta che, una volta alla settimana, in genere il sabato sera, i signori Cantijoch, ossia Alma e il suo zoppo, "uscivano", trisemia che implica uscire di casa, dal quartiere, e andare a spettacoli da loro ritenuti di gran classe: cena fredda o calda, show musicale e ballo, unico sproposito per lo zoppo. Questa volta Cantijoch era uscito dalle sue mura per rappresentare il ramo della frutta secca, ma conosceva a malapena i grossisti importanti, io me ne accorsi subito, e non

semia è riservata agli autentici maghi della parola, in genere della parola poetica che è insieme versatile e precisa, precisa di primo acchito e versatile se raggiunge la polivalenza della polisemia. Io sono poeta. Ho una poesia su una città immaginaria, la città, che è stata a lungo interpretata dagli stregoni dello spirito che mi circondano, e la posso trascrivere quando voglio, a riprova dei miei successi polisemici.

osò chiedere la parola perché gli zoppi, diversamente dai ciechi, non hanno mai il coraggio di parlare in pubblico. Sciolta la seduta dopo aver fissato i principi irrinunciabili di coloro che si guadagnavano da vivere a spese della frutta secca, impauriti da una concorrenza sleale instaurata dall'ordine economico internazionale, seguii Cantijoch fino a imbattermi in lui come per caso e a sorprendermi perché non mi riconosceva. Non c'è contraddizione, per quanto pretendano i miei carcerieri, nel duplice fatto che io affermi di essere stato sempre apolitico e di aver frequentato solo riunioni come quella descritta, per ragioni professionali o di pulsione strangolatrice, e che insista nel dimostrare di avere assassinato il segretario generale del Partito Comunista di Boston, non in quanto strettamente anticomunista, giacché in ogni caso sono sempre stato meno anticomunista di molti comunisti, specialmente di quelli sovietici, ma perché volevo liberare il partito dalla dittatura del padre padrone, intellettuale usurpatore della capacità di pensare dell'intellettuale organico collettivo.*

Costrinsi Cantijoch ad accettare una serie di false coincidenze e complicità del passato, senza nominare Alma, dicendo una sola verità: che eravamo stati compagni di classe, nella classe del signor Dotras, subornato dalla famiglia perché non prendesse a schiaffi il loro zoppo e per di più cantasse le sue non provate eccellenze di alunno chiaroveggente. Le subornazioni consistevano in vassoi di frutta secca assortita, so-

* *Nota dello strangolatore*: Se si vuole approfondire il concetto di intellettuale organico collettivo, vedansi i diversi riferimenti nei testi di Antonio Gramsci, e legggansi con particolare attenzione le pagine da lui dedicate a una rilettura del *Principe* di Machiavelli.

prattutto noci, avvolte in cellofan crocchiante impreziosito dall'istoriata etichetta *Cantijoch Famiglia. Frutta secca*, dorata da generose porporine che sembravano di oro della California. Lui non mi ricordava come suo compagno di classe, ma io lo ricordavo bene, con la sua intollerabile prepotenza quando si vantava di mangiare il lesso tutti i giorni in quegli anni in cui si mangiava poco o mediocremente... – o si trattava di roast beef? – e di prendere la paghetta ogni settimana. Il signor Dotras lo presentava come esempio di lavoratore e di studente, perché nelle ore libere faceva il commesso nel negozio dei genitori, pur sapendo a memoria l'elenco dei re della storia di Boston o degli affluenti di tutti i fiumi vicini e lontani. Il signor Dotras non faceva che assecondare servilmente la cultura dell'autocelebrazione dei negozianti ricchi a cui tutto riesce sempre bene e in particolare i figli, geneticamente privilegiati in un contesto di quartieri popolari dove tutti avevamo avuto come antenati, due secoli prima, dei servi della gleba. Quando andavo a far la spesa da *Cantijoch Famiglia. Frutta secca*, dovevo subire i discorsi della madre dello zoppo mentre serviva i clienti e aveva sempre in bocca le gesta dei suoi figlioli, forte del misero espediente di esser stata sempre lei per prima a informarsi sulla situazione di un qualsiasi rampollo di una qualsiasi cliente. Abboccavano sempre e la signora Cantijoch, mentre studiava con occhi ladri la possibilità di sottrarti un grammo di frutta secca, scioglieva la lingua e cantava la plurivalenza dei suoi figli, zoppo incluso, che facevano tutto così bene, ma così bene... persino zoppicare. Nessuno zoppicava come suo figlio. Mia madre cercava di tanto in tanto di metterla a tacere per tessere un po' le mie lodi, soprattutto del mio sorriso biondo e pallido, ma era inutile, non la spuntava con la signora Cantijoch, molto meglio nutrita. Il figlio era degno di tanta madre, così lodai la sua profetica plurivalenza, accrebbi la sua statura di bambino insopportabile e lui cadde nel tranello: si commosse ricordando ogni cosa, quel gran figlio di puttana. Quasi gli spuntavano le lacrime immaginando e ricordando il signor Dotras, di cui ignorava quasi tutto nell'attualità. «Rammenti quando ti ha dato un dieci nel tema su *La teoria del linguaggio in Wittgenstein*?» Non si riconosceva in tale prodezza, ma lo convinsi quasi che a dieci o a undici anni aveva detto a chiare lettere di essere d'accordo con il principio: "Non domandare il significato, domanda l'uso", evidentemente wittgensteiniano, del secondo Wittgenstein, per la precisione. «Per la precisione» corroborò Cantijoch, come un'eco.

14

Il mio recupero di Dotras fu leggermente successivo a quello di Cantijoch, e se il bottegaio simulatore si lasciò appendere medaglie che nessuno gli aveva dato, il professore mi svelò invece di sapere cose che non mi aveva mai detto e usò parole che mai aveva creduto mi potessi meritare. Il linguaggio del professore mi feriva, tanto era l'opposto di quell'idioma precario con cui mi parlava nel periodo di formazione della mia spugna linguistica. Se i bambini ricevessero migliaia e migliaia di parole le assorbirebbero nelle cellule vuote della loro memoria spugna, e invece i miserabili adulti riducono il linguaggio che gli rivolgono, per l'impotenza o per il razzismo con cui sogliono trattare l'infanzia. Io, ai miei figli, avevo recitato le poesie più ricche di vocabolario, fin dalla soglia differenziale che separa lo stato di nano scimmiesco da quello di animale prelogico. Ciò non toglie che abbia fatto precipitare i miei figli dall'alto di una splendida scogliera, delle migliori coste della Nuova Inghilterra – tanto da figurare in una poesia di Eliot – quando intuii che su di loro incombeva la pubertà, ma in uno stato d'animo così brutto da dimenticare il punto preciso – East Coker?

Cape Ann? Le Dry Salvages? – e ancor più il giorno, davanti agli interrogatori malevoli di psichiatri, giudici e poliziotti che diffidano dell'autenticità dei miei crimini.

Ma se qualcosa mi inorgoglisce è l'aver infranto il tabù più profondo che insinua «non ucciderai né i tuoi genitori né i tuoi figli» e curiosamente nulla dice della donna in particolare, sebbene legulei e giornalisti di Boston chiamino impropriamente parricidio l'assassinio della moglie. Io i miei figli li feci precipitare dall'alto di una scogliera, come una delle tante fatiche di Ercole che mi porto dentro, e lo feci approfittando della tendenza ad abbandonarsi a una stupida felicità propria dei bambini che si fidano dei loro genitori, disposti persino a credere al padre Abramo quando gli dice che sono aeroplanini sull'orlo della scogliera... brumm!

Brummm!... brummm!... brummm!... Aeeeeoooooouuuueeeaeeeo!... una scogliera da cui si sarebbero tenuti lontani persino i ciechi. E quando vedevo le loro faccine passare dall'estasi al sospetto di non trovarmi lì a salvarli alla fine della loro caduta, non era rimorso quello che provavo, ma gratitudine, perché grazie ai miei figli avevo superato la malsana compassione elaborata dai genitori in modo tanto meccanico quanto culturale, come le api elaborano il miele, per non confessare a se stessi che l'unica possibilità di resurrezione illusoria passa attraverso la morte del figlio, di fronte alle interessate tesi della cultura religiosa produttivista che cercano di spacciarti procreazione per perpetuazione e, se falliscono in tale impegno messianico, ti sottopongono alla cultura della compassione per "i deboli", davanti all'evidenza che in ogni rapporto, incluso quello stabilito tra padri e figli, ci sono rapporti geometrici di forza.

La perfezione di quel triplo impulso – mia moglie si era ostinata ad averne tre, sebbene io sospettassi sempre che, statisticamente, uno dei tre fosse figlio di qualche atleta tecnico-scientifico o più crudamente rivoluzionario – si basò sulla chiarezza del rapporto tra situazione, decisione e gesto. No. Non fui impulsivo. Se io avessi ucciso, e anche molto, come conseguenza di un impulso o di una causa omologata, nessuno lo avrebbe messo in dubbio, ma quello che loro chiamano crimine, quando viene commesso con volontà catartica, purificatrice dell'oscena alterità che si ostina a negarci, non lo capiscono e pertanto lo ignorano. E ancor più questi professionisti moderni della repressione – poliziotti, psichiatri, giudici, giovani filosofi, sociologi, rivenditori di marketing – tanto lontani dall'enciclopedismo, esistenzialismo e storicismo, i miei tre punti di riferimento filosofico. Capiscono solo i fatti immediatamente motivati, sia nel passato sia nell'immediato futuro, e ritengono che ogni essere umano abbia la sua pastiglia e il suo prezzo sul mercato. Mi offendono e mi umiliano i settari della conoscenza che cercano di possedermi per mezzo di essa e che mi escludono fin dall'inizio. Come mi offendeva il vecchio professore quando faceva sfoggio davanti a me dei suoi territori del sapere codificato e ricordavo l'elenco dei re che mi aveva ficcato in testa con la sua mano di pietra, o la storia di Ruth e Noemi o il principio di Archimede. Non seppe nemmeno insegnarmi il principio di Archimede imparentato con il senso storico della meccanica ellenistica, anello perduto fino al Rinascimento dell'uomo con saperi totali. Fatto sta che Archimede venne assassinato da un soldato romano che di Archimede non sapeva nulla, e non aveva la benché minima idea del suo famoso principio, origine dell'idrostatica. L'opera di Archimede fu una misteriosa Atlantide sommersa fino al sedicesimo secolo, quando venne stampata la sua opera, lo stesso anno della prima edizione del trattato *De revolutionibus* di Copernico e della *Fabrica* di Vesalio. Il soldato romano agì santamente uccidendolo perché Archimede aveva posto il suo sapere al servizio di Gerone II, tiranno di Siracusa, e i romani furono splendidi strangolatori, come poi lo sarebbero stati gli imperialisti spagnoli, britannici, francesi, nordamericani... strangolatori quasi perfetti. Forse i più rozzamente brutali furono gli spagnoli, perché gli strangolatori imperiali, britannici, francesi e nordamericani strangolarono con ogni genere di alibi liberali ed emancipatori. Non mi prendo nemmeno più il disturbo di ritenere strangolatori gli imperialisti nazisti e stalinisti, perché avevano la sindrome dei cattivi dei film, persino dei film fatti con pochi soldi. I romani furono gli strangolatori più completi. Rappresentavano la barbarie fecondatrice che si esprime attraverso il genocidio.

Un sapere, quindi, che ho dovuto controllare e riproporre in modo essenziale, un sapere che non mi è servito a nulla e che nemmeno a lui era servito per viaggiare senza salire sui torpedoni dei pensionati, circostanza di luogo che io trasformai in strumentale perché sono un artista e penso anch'io che l'assassinio è una delle belle arti e allo stesso tempo la somma di tutte loro, trionfo del "laocoontismo" o integrazione delle arti: immagine, suono, grido, movimento e soprattutto vita, paradossalmente, l'assassinio è vita. Nemmeno Lessing, teorico del "laocoontismo", osò andare oltre la proposta di una integrazione delle arti convenzionali, basandosi sull'osservazione del gruppo ellenistico: *Laocoonte e i suoi figli*. Tutti i linguaggi accreditati del suo tempo lo interessano, ma non propone il metalinguaggio dell'assassinio. Io, nel lanciare i miei figli in volo... in volo... in volo... pensavo alla splendida composizione che stavamo realizzando, superiore ai più perfetti artifici dei linguaggi. Ciò che un creatore postmoderno e postconcettuale avrebbe chiamato, con linguaggio da idraulico, a onor del vero, una "installazione".

In realtà un assassinio artistico partecipa un po' all'ambizione wagneriana di raggiungere la sintesi delle arti sognata da Lessing, ma bisogna stare molto attenti con gli eccessi linguistici, perché il barocchismo finisce con l'essere un linguaggio tanto intermedio e assorto da non portare ad alcun significato. Il Fantasma dell'Opera uccideva secondo la dismisura semantica degli elementi alla sua portata: un grande teatro e un grande sistema fognario, il cielo e l'inferno, la realtà e il suo sottosuolo. Aveva inoltre sul viso la causa della sua eccezionale condotta: una orribile ferita, di quelle che tanto piacciono agli scienziati dello spirito per far supposizioni sull'origine delle loro malattie concrete. Troppo facile. Io ho sempre mostrato la mia faccia, bella o brutta che fosse, e non mi sono mai servito di cappucci, calze di nylon, trucco o altre porcherie da strangolatore mediocre. Jack lo Squartatore fu un assassino che grazie al mistero della sua identità e all'arte delle sue incisioni e smembramenti anatomici trasformò la povera materia prima delle prostitute di Londra in animali sacri immolati sull'altare della quasi genialità. Quasi, perché di moralismo ne aveva d'avanzo, o non era forse moralismo vittoriano e malaticcio il suo accanirsi, per l'appunto, sulle prostitute e non adoperare lo stesso bisturi per scuoiare invece la ripugnante regina Vittoria o i suoi mediocri figli e nipoti che hanno mandato in malora il futuro dinastico del Regno Unito?

15

Torniamo ora al momento in cui la ex contorsionista, innamorata più del suo frigo balbettante – si chiamava Asdrubale? – che della memoria di quel marito che "baciava il suolo che lei calpestava", mi ha attirato nel suo letto e si è messa nuda e nostalgica. Volli consolarla e non ci riuscii. Le passai una mano sulle reni e poi sulla ciccia che a mano a mano scoprivano le tenui vesti. Prima rimase scoperta una coscetta da tacchino spiumato a dovere e, quando lei si voltò per ringraziarmi del gesto di schiacciarle la fica come se si fosse trattato di un ragno, le sfuggì dalla camicia da notte un senino di crème caramel sintetica. Aveva il corpo perfetto per fare l'amore in piedi, infilzata dal mio figlio prediletto, attaccata al mio corpo tronco con il rampicante della sua muscolatura da contorsionista, specialmente le gambette che erano come tenaglie mobili sui miei fianchi. Scopammo in quella posizione e posso affermare di non avere mai vissuto in tanta comodità un accoppiamento in teoria tanto scomodo. Non era una donna. Era un umido rettile affettuoso e come un rettile mi imprigionò nei suoi anelli fino a farmi cadere sul letto dove mi trasmise il suo fluido e la sua vita, una miseria di vita da ex contorsionista a riposo per una osteopatia del pube curata male, costretta a lavorare da stenodattilografa per un marito padrone esperto di input-output, taccagno e violentatore, che la portava in villeggiatura davanti alle porte del frigorifero, che la costringeva a mangiare surgelati di dubbia elaborazione industriale e, tra altre deviazioni, aveva quella di farle tenere gli indumenti intimi nella parte più fredda del frigidaire, quella riservata di solito al pesce, di passarle cubetti di ghiaccio su capezzoli e fica e di introdurglieli nella vagina. Ma ciò che a me sembrava una descrizione di sordidezze, lei me lo raccontava con nostalgia e come gesta di un uomo pieno di immaginazione, capace di sfruttare eccezionalmente un frigo che aveva sempre sognato di possedere quando era un bambino povero nei boschi della Foresta Nera. «Era un uomo come non ce ne sono più» osò dirmi, e fu come un segnale perché andassi a prendere la mia cassetta degli attrezzi, dove tenevo un cavo che, date le circostanze e il mio mestiere, mi sembrava il mezzo più adatto per l'assassinio. Ma lei si era lanciata in un fiume di confidenze e mi seguì tutta nuda in cucina, mi si appese al collo, mi leccò le labbra e con la promessa di uno spettacolo meraviglioso, che ebbe il coraggio di definire come *Holiday on Ice*, aprì la porta del frigo come se scorresse un sipario, lo svuotò degli scaffali e davanti a noi rimase una nicchia bianca, illuminata da quella luce di vita terminale che esce dai migliori frigoriferi, dai migliori frigoriferi di Boston. Lei aveva occhietti da pazzerella, salivuccia alle labbra e mi tirava per le mani con le sue manine, eccitata da quanto tramava il suo cervello e cercava di comunicarmi senza parole.

Mi venne in mente il commento banale, ma logico da ogni punto di vista per un bravo idraulico, che a tenere il frigo aperto si consumava elettricità inutilmente, si disperdeva il freddo e si rischiava di guastarlo. Ma lei era al di là di ogni utilitarismo, e con mio stupore cominciò a indietreggiare, pian pianino, e a introdursi nel frigo per mettersi seduta dentro in una posizione da Kamasutra in cui il suo sesso era una vulva dilatata, un occhio sporgente come una polena offerta al mio ariete, e allo stesso tempo centro geometrico di un curioso esagono umano, con la faccia piazzata tra le ascelle e le punte delle dita unite in uno zenit ascetico contrastato dalle luci terminali, in una specie di fredda consacrazione di un'ostia barocchissima e carnale. Quel viso manteneva un sorriso estatico, progressivamente mortificato dal freddo. «Chiudi, chiudi la porta e poi, quando sarò bella fresca, mi tiri fuori e mi scopi.» Così. Così come dico. Non mi è mai piaciuto che le donne pronuncino volgarità improprie al loro sesso, persino in situazioni normali, quando, secondo gli esperti di teoria della comunicazione, funziona un canale normalizzato di messaggi e a un tratto un messaggio sconveniente vi si infila dentro e funziona come un rumore, fate attenzione alla parola: "un rumore".

Qualcosa di simile accadde con il mio strangolamento di quella semiologa portoghese conosciuta durante un incontro di poeti gaglieghi e portoghesi dove mi presentai sotto la presunta veste di addetto culturale catalano in esilio. In quella semiologa tutto era rumore e persino il fado lo canticchiava urlando al mio orecchio.

È ormai giunto il momento di spiegare che cosa

intendiamo per rumore Shannon, Wiener, McLuhan e io:

> ...il rumore si traduce sempre in una certa forma, in un certo spettro in cui alcuni complementi sono più frequenti di altri. Questo è connesso al grado di disordine relativo dell'universo (entropia) in relazione al grado di disordine del segnale (entropia negativa), come hanno dimostrato le ricerche di Szilard e di Brioulin. Einstein ha dimostrato che l'energia globale prodotta dal rumore era maggiore di quella del canale e gli offriva più occasioni di manifestarsi, in quanto la sua "banda passante", vale a dire l'insieme di forme aleatorie che poteva trasmettere, era più ampia. Egli ha inoltre dimostrato che quando questo rumore si trovava al di fuori dei segnali intenzionali o accidentali, ossia in una sovrapposizione accidentale di due messaggi destinati a due corrispondenti diversi tra di loro, quando, per esempio, questo rumore era connesso all'agitazione spontanea di atomi e di elettroni che costituiscono il supporto materiale del canale di comunicazione, era normale che il rumore aumentasse con la temperatura: più elevata era la temperatura, più rumore si produceva. Anche per questo i circuiti elettronici più sensibili realizzati dalla tecnologia (future memorie di computer, ultrasensibili canali emittenti televisivi) vengono portati artificialmente a temperature estremamente basse, il più possibile vicine a quel limite immaginato dai fisici con il nome di ZERO ASSOLUTO.

Sebbene il testo sia meravigliosamente polisemico, quanti riferimenti si trovano in quello stato dello spirito in cui il crimine diventa un "rumore geometrico", freddo, un rumore in situazione di zero assoluto! Il rumore può farmi impazzire. Lo confesso in questi momenti di volontà controllata, ma quando loro vengono e cercano di "farmi confessare" che il rumore mi fa impazzire, li disoriento spiegandogli che il rumore rende possibile la comunicazione, perché tutto esiste in quanto esiste un suo contrario disposto a negarlo. Ci sono rumori ovvi e rumori che sono come buchi neri della comunicazione, del sapere. Io uccisi la contorsionista per i rumori ovvi del suo frigo e della sua libidinosa verbosità, e uccisi invece il professore multiuso della mia adolescenza per pulire la mia memoria dai rumori del non sapere, della falsificazione del sapere. La razza dei bravi strangolatori, degli strangolatori di Boston, viene percepita quando, nonostante la mediocrità delle condizioni oggettive e soggettive e la cattiva qualità o addirittura l'assenza di strumenti idonei, il crimine diventa un'armonica unità verificabile. Un atto di geometria, non di compassione verso se stesso o verso gli altri. È quello che alcuni critici e scrittori moderni chiamano «la verifica nella postestualità», l'impressione di verità trasmessa da una proposta artistica si produce quando è stata percepita, mai prima, ed è questa impressione finale corresponsabile a dare al ricevente, persino all'assassinato degno, la dimensione di coautore dell'opera, di possessore della sua segreta verità.

16

I tre figli di Alma erano maschi tutti e tre e fu questa la causa della prudenza degli esperti nel giudicare il caso. Solo una figlia, una soltanto, avrebbe cambiato le condizioni di rapporto e dipendenza con il segreto. Intorno alla donna diventata punto di coesione della famiglia si creò un'aura percettibile, come se avvicinandola si penetrasse in un'aria meno densa in grado di rendere difficile il respiro. In conseguenza di questo effetto, che si sarebbe detto magico, camminava o rimaneva sempre a una qualche distanza dagli altri, come una principessa proibita. Questa presunta condizione la protesse dai pericoli dell'adulterio, così come dalla stima reale delle altre donne aggredite dal suo misterioso fascino. Ma anche gli uomini si sentivano complessati davanti a ciò che intuivano o sapevano, come se temessero di non essere all'altezza della rivelazione, mentre le donne si sentivano a disagio perché nonostante la superassero nell'insieme o nella quantità di pezzi anatomici di prima scelta, sapevano che la concorrenza era inutile appena lei scatenava l'energia mitica del suo seno destro. Il diario di Alma confermava una simile sensazione di isolamento privilegiato, non per lamentarsi, ma come consapevolezza di un dono che richiedeva una servitù, come i re trasformano in logica naturale quello che non gli è consentito fare per continuare a essere re e anelli di una catena dinastica, costretti da quell'istinto dinastico che ha sempre caratterizzato i migliori re indenni dalla bastardaggine repubblicana. Nella solitudine del suo boudoir, lei affrontava il suo seno riflesso nello specchio e dialogava mentalmente con lui, mediante un linguaggio non esplicito, vale a dire, un linguaggio senza sintassi, costruito da impulsi e rifiuti, in cui il seno era la voce principale e riusciva a imporre la sua ragione intima e misteriosa. Forse è vera la congettura platonica per cui il corpo dell'uomo, e forse per estensione quello della donna, è lo specchio della bruttezza o della beltà, e da questo sarebbe derivata la volgarizzazione: il volto è lo specchio dell'anima. L'immagine di un essere, sosteneva Plotino, è pronta a ricevere l'influenza del suo modello, come uno specchio. Quando Alma si guardava allo specchio, il seno destro era lo specchio della sua anima, in una ostentazione avanguardista radicata in realtà nell'espressione dell'arte prenaturalistica che sottolinea l'invenzione della retina morale dell'autore. Il seno di Alma era una sintesi di espressionismo e cubismo, era cubismo picassiano, tanto espressionista quanto cubista... era una geometria privilegiata, avanguardia e retroguardia di un'unica personalità. Il suo corpo era un eccesso Déco, di quel genere di eccessi che porta il Déco oltre lo specchio Déco, che riflette solo i ninnoli dello spirito. Sarebbe potuto essere un Klimt se Alma avesse avuto il senso della lascivia e dell'ironia.

Non riconosco in quella puttana la mia prima

donna, e nemmeno il mio primo desiderio, no. No, la mia prima donna reale, concreta, la sua chioma bionda oscenamente nuda, arresa, del colore del miele, fu la supplente di francese che sostituì quel professore di scuola privata di quartiere, culattone e vittima di un'influenza asiatica. Talvolta le concedo di essere stata una giovane di buona famiglia occupata in alcune lezioni subalterne di francese per pagarsi i suoi capricci, con un senso dell'indipendenza o della emancipazione assolutamente precoce per gli anni Cinquanta. O forse era una ragazza decaduta, di una famiglia annientata dall'aver perso la nostra più recente guerra civile. O una signorina snob precorritrice della *gauche divine* che scendeva nei miei quartieri come si scende negli inferi di propria volontà, in cerca dell'altra faccia delle migliori lune. Aveva i lineamenti troppo minuti per i miei gusti di allora, e gambe da signorina del dopoguerra, gambe plasmate dal passeggiare per la vita senza pesi e in taxi. Per la prima volta avevo intuito che cosa fosse una chioma di lusso, chinata su un corpo propizio, come una carezza insuperabile se non dal tocco con cui l'animale tremante e arreso la scostava, più per accertare la sua assenza di peso che per scoprire il volto inutile. Indossava sempre abiti sportivi, come seppi quando aggiunsi alle mie conoscenze inutili che cosa significhi per la borghesia "indossare abiti sportivi", senza dubbio perché per lei scendere nei nostri quartieri bostoniani era come un safari o una spedizione da week-end avventuroso, e con la stessa frivolezza con cui aveva inserito nelle nostre vite le sue caratteristiche di donna del Nord della città. Ci abbandonò senza alcuna spiegazione, sebbene il direttore della scuola, saggiamente, per una volta nella Vita e nella Storia, avesse trovato la spiegazione giusta: «Era troppo signorinella. Né vi capiva, né vi reggeva».

Cinque anni dopo, in uno dei tramonti durante i quali attraversai clandestinamente la frontiera in cerca del Santo Graal del mio primo Martini dry, mi infiltrai all'*Angelo bianco*, che doveva il suo nome a un miscuglio infetto ideato da uno scrittore nano: Truman Capote. Era un locale Déco, avanguardista, quindi, per i miei occhi abituati all'archeologia dei quartieri sopraffatti e invisibilmente murati. Il Déco era il limite della tolleranza avanguardistica del potere, basata sul sospetto che sia il razionalismo sia l'organicismo attingessero alle fonti del marxismo, del giudaismo e dell'omosessualità. Il cocktail "Angelo bianco" consisteva nel mescolare vodka e gin, e fece strage di un'intera generazione di scribacchini maledetti che non avrebbe mai raggiunto la vecchiaia vera e propria. Come atto iniziatico attuai il mio proposito di ordinare uno dei due cocktail impressi nella mia memoria cinematografica, il Manhattan o il Martini, e fu quest'ultimo che chiesi, e sapeva di disinfettante, ma attraverso la trasparenza del liquido satinato vidi la mia ex professoressa di francese discutere animatamente ma in educata sordina con un omone, il suo amante, pensai, e pensai bene. Era una discussione violenta nel contenuto ma educata nelle forme, e devo tessere di sfuggita le lodi di come la borghesia di un tempo, la ormai vecchia borghesia stronza alle soglie della prima decadenza, da cui uscì rinvigorita ma discreditata, avesse imparato a conservare le forme copiate dall'aristocrazia colta postrinascimentale, senza perdere tuttavia la finalità, il senso utilitario di ogni borghese. Se genti del mio ambiente avessero discusso per gli stessi motivi che suscitavano la lite tra la mia ex professoressa e il suo amante, le grida e i sonori giuramenti avrebbero reso inabitabile lo spazio dell'*Angelo bianco*. Il tema centrale della lite era che lui aveva messo le corna a lei servendosi a tale scopo della di lei sorella minore. La voce della mia ex professoressa uscì un po' strozzata solo quando suggerì: «Di questo passo finirai raccontando barzellette sporche ai bambini dell'asilo». Quel giorno imparai a ordinare cocktail e a litigare senza alzare la voce.

Finsi di incontrarla per caso davanti alla porta dei gabinetti per signore e recitai una parola d'ordine verosimile:

J'aime de vos longs yeux la lumière verdâtre
Douce beauté, mais tout aujourd'hui m'est amer,
Et rien, ni votre amour, ni le boudoir, ni l'âtre,
Ne me vaut le soleil rayonnant sur la mer.

Cercai di ricordarle chi ero, da dove venivo, dove andavo, ma non riusciva a riconoscermi, nonostante l'interessasse la situazione di venire abbordata da un adolescente sensibile per quanto pronunciasse criminalmente il francese. Ci rivedemmo una settimana dopo, previo appuntamento, in un altro locale equivalente dove assaggiai il *gimlet*, che sapeva di sciroppo per la bronchite. Lei si comportò senza problemi di classe, entusiasta della possibilità di farmi da Pigmalione, di vedere in me il figlio ritrovato dalle sue illuminazioni in lingua francese che dava per perse nel deserto di asfalto di Boston Sud. Se non mi fossi innamorato di lei forse le avrei concesso l'indulto, nonostante l'abuso di citazioni di poesie francesi che infilava nelle conversazioni più banali, ma così come temo di perdere ciò che non amo, tendo a sbarazzarmi di ciò che gli altri mi impongono come amore convenzionale. Inoltre, lei era una signorina stronza della classe dominante e io cominciavo allora a credere nella lotta di classe – sebbene non lo dicessi a nessuno perché credere in simili cose era molto malvisto nella Boston di allora – scopritore autodidatta *après la lettre* di quanto Wilhelm Reich aveva formulato in *Materialismo dialettico e psicoanalisi*, basato sull'intuizione marxiana per cui «le condizioni materiali diventano idee nel cervello dell'uomo», principio che aveva portato lo stesso Marx ad approfittare della dipendenza economica e culturale delle sue serve pizzicando loro il sedere. Dalla cintola in giù, Marx fu sempre un coerente ed esemplare filisteo vittoriano, che per fortuna non ebbe mai bisogno di andare in analisi, e pertanto segnò una sana distanza dalla stregoneria charcotiana che avrebbe portato a quella freudiana. Al marxismo ripugna la psicoanalisi come risorsa per rappezzare l'io individualista borghese in crisi, conseguenza della perdita di egemonia di una classe, e gli suscita anche una ripugnanza razionalista frutto della competizione per l'egemonia della comprensione delle cause del comportamento individuale e collettivo. È evidente che vissi la mia fase marxista in modo tanto pieno quanto segreto, fino all'assassinio del segretario generale del Partito Comunista di Boston, assai male accettato dall'intellettuale organico collettivo. Ma quel "magnicidio" era già più reichiano che strettamente marxista. Il mio psichiatra argentino mi disse che si trattava senza dubbio di un assassinio "psicobolscevico".

17

Quella puttana non aveva nemmeno la necessaria bocca da pianta carnivora della mia compagna di banco Muriel, bocca che avrei stuprato una mattina di aprile, con l'aiuto del mio cazzo raggio di sole, del mio cazzo cerbottana, del mio cazzo laser, pronto a cacciarsi tra le labbra totali di quella compagna di classe di esercizi di greco classico, labbra fatte per essere succhiate come per succhiare, in una torbida cattura linguistica che ancora adesso insisto a non rifiutare, adesso che sono molto più padrone che mai dei miei impulsi, delle mie lingue, della mia lingua e dei miei linguaggi. La puttana era un'altra cosa. «Strangolami, Boston» mi chiedeva, e non aveva né gli occhi sporchi, né la chioma di lusso, né le labbra da oloturia di Muriel, bella compagna vegetale bocciata tre volte di fila nella materia insegnata da una professoressa di gambe corte e faccia di cera vecchia, né il seno impari dell'impareggiabile Alma, né i senini impropri per una contadina della mia lontana cugina, intravisti grazie alle tre larghe aperture sulle ascelle e sul seno che una moda ormai massificata, e in totale disaccordo con la morale vigente, impose nell'estate del '55.

Sulla scomparsa della cugina – la sola cugina che mi capitò a tiro – si ostinano ad aggiungere la connotazione "per cause sconosciute", nonostante io abbia indicato loro il luogo preciso dove seppellii il cadavere, ma è nota l'indolenza di queste burocrazie repressive, le quali, cambino o non cambino i governi, ci sia democrazia o dittatura, sono incapaci di fare lo sforzo di abbattere un palazzo di dieci piani per verificare se per davvero è stato seppellito un essere umano sotto le sue fondamenta. Non commetto quasi mai la sciocchezza di nascondere il cadavere, ma quando successe con mia cugina ero molto giovane, non controllavo gli sfinteri della colpa e dopo averle stretto, questa volta sì, il collo d'uccellino, la seppellii nel primo sterrato a portata di mano, senza sospettare affatto che lo sviluppo economico degli anni Sessanta avrebbe costruito proprio lì una delle case più alte di quel miserabile hinterland.

Poiché devo dire in mio favore che, nonostante quel particolare, prova della mia incontrollata gioventù, il crimine lo commisi alla distanza di rigore, non inferiore a sette chilometri da casa mia, in una zona suburbana di Boston dove avevo portato mia cugina con la promessa di vivere qualche ora in aperta campagna, negli sconfinati orizzonti che tanto rimpiangeva quella contadina del profondo Sud. Quanto alla professoressa di greco classico, e per estensione, a volte, professoressa anche di latino, commise lo sbaglio di innamorarsi di me, nonostante le mie arbitrarie traduzioni dell'*Iliade*, e di bocciarmi nonostante fosse innamorata di me, con un gesto di meschina etica professionale che le sarebbe costato tanto caro da costarle infatti tutto quel che aveva: la vita di zitella, quarta in linea di successione di un cattedratico sanguigno ma sanissimo, un prete selvatico della destra più zotica, della destra dell'entroterra montano di Boston.

Una sera, mentre mi accarezzava i capelli nella stanza da cucito dell'immenso appartamento ottocentesco del centro più invecchiato di Boston, lontano dai richiami lamentosi della madre invalida, la professoressa di greco antico si ostinò a convincermi di avermi bocciato per il mio bene. «Hai sbagliato persino gli attributi metaforici degli eroi dell'*Iliade*. "Piè veloce" non è Patroclo, ma Achille», ed era piena di tenerezza materna nel versare salsapariglia e bourbon nel mio bicchiere dai fiorellini incisi, senza ghiaccio... «Il ghiaccio fa male alla gola. Ne so qualcosa, io che ho i polipi. I medici mi hanno detto che col tempo non potrò più insegnare. Non so che fare. E mia madre... in questo stato.» La madre sembrava un'invalida da film dell'orrore, una di quelle invalide che tirano sempre le cuoia, nonostante gli avvertimenti del cane, fedele alla famiglia. La professoressa aveva una nuca da ariete sotto una zazzera tagliata economicamente e non tanto pulita, una nuca incastrata contro natura nelle cervicali alla base del cranio, con più base del cranio che cervicali, per cui sudai fatica a spaccarvi la bottiglia di salsapariglia e poi quella di bourbon nel tentativo di spezzarle la nuca, senza riuscirvi prima di ricorrere a una riproduzione in bronzo di un vecchio marinaio in apparenza scozzese... ma ornato da un lemma latino: *Navigare necesse est, vivere non necesse...*, vivere non è necessario, navigare sì...

Mi offrì anche lo spettacolo presuntamente patetico e accusatorio dei suoi lineamenti cerei spruzzati di comedoni, in cui era riuscita a far coabitare il ritratto della morte e quello della perplessità. Avrebbe dovuto conservare una buona dose di quella perplessità per capire le notizie che seguirono al ritrovamento del cadavere per mano della madre, non così invalida come tutti credevano, o che forse aveva recuperato una necessaria mobilità scoprendo il corpo morto di una figlia, unica quanto orribile. Il delitto venne qualificato come "passionale", e sospettato di omosessualità, perché persino da morta la professoressa di greco antico aveva faccia da lesbicona. Mi permisi di far notare quest'aspetto a Muriel, così scioccamente innocente da ignorare la possibilità dell'omosessualità femminile, e da credere, nonostante anni e anni di studi di greco e latino, che soltanto gli uomini fossero omosessuali e che "omosessuale" volesse dire qualcosa come sesso tra uomini e non tra persone "dello stesso sesso". Muriel sapeva più greco e latino di me, ma era la prova vivente di come l'inconscio si imponga sulla zona cosciente riempiendola di buchi tanto neri quanto mediocri. Muriel figura tra i miei insuccessi. Quando mi prospettai la necessità di farla fuori non riuscii a trovarla. Aveva sposato un tenore catalano famosissimo in Australia, ma anni dopo era scappata con una lanciatrice di giavellotto ceca, e le due donne erano sparite al di là dell'immaginaria porta stretta del Bosforo, verso le allora città dolenti del paradiso comunista. Prima che il comunismo sovietico si impossessasse dell'aldilà, i miti classici già indicavano il Bosforo come la porta di accesso al mistero finale. Giasone, nella saga degli Argonauti, deve superare la prova delle "rupi cozzanti", che non sono altro che la stretta porta del Bosforo, l'ingresso al ponte eusino dei greci. Nel romanzo *La*

Rosa di Alessandria, di Menelao l'Areopagita, anche il protagonista cerca di raggiungere il Bosforo per perdere la propria identità assassina e persecutrice e, nella stessa linea, il poeta elegiaco delle rose metafisiche e concrete afferma:

Al di là del Bosforo stanno gli universi
la cortina di tempo tra oblio e desiderio

ma non si attraversa mai lo specchio
[della propria memoria.

18

In contrasto con la modernità del comportamento sessuale delle classi culturalmente benestanti, mia cugina aveva lasciato il suo paese, posto in un luogo imprecisabile del Mississippi, e bussato alla nostra porta per far sbavare un pretendente indeciso, decisa a catturarlo perché era il miglior partito nel raggio di sei chilometri. Professionista del matrimonio, tutte le sere sprangava la porta della sua camera con una sedia, perché aveva colto nel mio sguardo l'incisione dei suoi seni piccoli e parziali, che mi pungevano sia le pupille degli occhi sia quella del pene. E poiché mi impediva la penetrazione, ma mi consentiva di strizzarle i capezzolini beige, manco al marrone arrivavano, non potei fare a meno di mettere i palmi delle mie mani, delle mie mani corte e forti, sul suo culetto morbido, quadrato o rotondo, a seconda di come lo plasmasse la mia volontà di scultore di culi. Per nulla somigliante a quello poderoso di Telma, la moglie dell'unico mangiaspade e lanciatore di coltelli del quartiere, una cliente di mia madre che portava gonne a tubetto, calze con la cucitura, troppo trucco sul viso, ma che nelle natiche immagazzinava una patria, una geografia completa di viaggi senza ritorno, rivelata specialmente quando si abbandonava alla follia del mambo nei veglioni nelle strade del mio quartiere. Il suo primo marito, adolescente come lei, era stato così anarchico da lasciarsi ammazzare in una guerra di secessione. Poi lei si era data ad aspettare la fine della guerra, e al circo. Raccontava storie circensi e soprattutto quella che l'aveva fatta diventare bersaglio del suo amante, che ingoiava spade e lanciava coltelli su tutto quello che non si muoveva. L'amante accoltellatore definiva la sua sagoma con coltelli lanciati da cinque metri di distanza, fino al giorno in cui uno dei pugnali le fece un piccolo taglio sul lobo dell'orecchio sinistro, il che cambiò la vita di quella donna decisa, perché l'accoltellatore volle aiutarla e le mise su della tintura di iodio e un appartamento. Immaginavo le sue natiche a ventosa attaccate all'asse di legno, tutta sola, davanti ai coltelli ciechi in cerca di una sagoma qualsiasi, ignari di quanto quel corpo aveva nelle retrovie, e mi proposi di accoltellarla alle spalle, con il culo nudo come un frutto mezzo sbucciato, un culo da accarezzare ai limiti del tatto, prima che le mani impastassero impossibilmente quelle carni metafisiche, assorte. Ma la mia abilità non consisteva nel lancio di alcunché, per cui il terzo pugnale sbagliò volo e affondò nelle carni dorsali della donna sotto la scapola, seguendo la distanza più breve verso il cuore.

Ammetto le mie digressioni, ma non intendo scusarmene. La digressione, sostengono i miei psichiatri da camera, è un sintomo dello "sviluppo dell'angoscia", così come descritto da Freud nell'*Introduzione allo studio della psicoanalisi* (1915-1917). È ancora ascrivibile alla fase in cui l'angoscia, se non dominata, può autoingannarsi mediante circonlocuzioni dello spirito, osservazione a cui sono giunto per conto mio e che non è mai stata considerata come un apporto alla filologia freudiana, perché tutti questi freudiani sono dei lattanti settari, membri di una società di mutuo soccorso, l'unica industria dello spirito ottocentesco che arriverà al ventunesimo secolo perfettamente organizzata con il suo carattere di Chiesa, divisa, ma sempre Chiesa, lontana ormai dall'intento originale freudiano della ricerca di una psicologia scientifica, opposta alla psicologia moralistica seppur ipocritamente empirica anteriore a Freud. Con la scusa del discredito della certezza scientifica, gli eredi di Freud sono diventati esperti di marketing dello spirito in un periodo di grandi liquidazioni, di sconti e di ammissione della crescita zero dello spirito, o filologi sempre più ermetici ed endogamici.

Se ho ammesso la mia imperizia nell'assassinio della cugina in cerca di marito, aggiungo che si trattò di una fortunata imperizia che mi educò a superare i tabù del non uccidere gente del tuo stesso sangue: l'uccisione dei genitori, dei figli e della moglie, in ordine decrescente di violenza etica. Non voglio insistere sulla maestria acquisita che mi consentiva di improvvisare strada facendo, nel lungo allenamento che mi avvicinò alle più eccelse altezze dell'happening criminale – una "installazione artistica" – come nel caso della von Rössli o del maestro delle elementari patito dell'Art Déco. Cominciamo dal momento algido che portò a miglior vita Margarita von Rössli. Se mi avesse detto solo "scopami", forse l'avrei strangolata nel modo più spiccio, con la delicatezza di un cavo foderato, di quelli che non tagliano la carne, e nemmeno la pelle, e non lasciano quei deplorabili colli tanto graditi dai medici legali, quei colli che sembrano più sgozzati che strangolati se lo strangolatore è un povero pasticcione. Colli simili hanno fatto una pessima pubblicità agli strangolatori in genere e a quelli di Boston in particolare. Ma lei con la sua esagerata procacità aveva emesso un rumore che mi turbò e irritò, al punto che chiusi il frigo sbattendone la porta. Dopo pochi minuti lei cercò di aprirlo dall'interno, operazione alla quale all'inizio si oppose lo stesso mobile che io assecondai appoggiando la schiena alla porta del loculo domestico. Quando l'aprii, Margarita appariva in una graziosa posizione da ballerina orientale accovacciata, con un braccio verso ovest e l'altro piegato sul naso, come se volesse sottolineare la linea parallela dei suoi occhi atterriti. La fica invece le si era infossata, come un secondo ombelico. La tolsi di lì e, mentre richiudevo la porta, il frigo rabbrividì e mi rivolse una lunga sequela di balbettii ronzanti, interpretabile sia come una richiesta di spiegazioni sul suo futuro di frigo orfano, sia come un breve ma eloquente discorso di ringraziamento. Allora pensai che se avessi lasciato il cadavere così come si trovava, la polizia e i giornalisti avrebbero speculato su un assassinio artistico e letterario, uno di quei delitti che piacciono tanto ai giapponesi borsisti a Parigi, con il musetto sempre imperlato di sudore. Inoltre, la prima idea è quella giusta, soleva dire la mia prima e unica moglie, e di conseguenza strangolai il cadavere di pessimo umore, perché non c'è nulla di così poco gratificante come strangolare un surgelato. Poi lo appesi ottenendo ogni genere di disorientamenti postumi dagli specialisti, perché, padrone ormai del mio talento, rimisi a posto l'interno del frigorifero come era prima che agisse da complice strumentale del delitto, ma quando stavo ormai uscendo di nuovo dalla cucina, l'orfano balbettante riattaccò con gemiti e rimproveri e io mi avvicinai ad Asdrubale per assestargli un calcio contundente nella patta.*

* *Nota dello strangolatore*: Nel frigo c'erano mezza dozzina di carote legate con un elastico, sei porri, due lattughe, una scatoletta di margarina, una pappina vegetale, due barattoli di lecitina, dodici coca-cola light, sei birre analcoliche, una scatola di supposte contro la stitichezza, sei hamburger di soia e mezzo pomodoro.

19

Nonostante le differenze si possono riscontrare alcune coincidenze creative nel caso del professor Dotras. Avevo a mia disposizione un miserabile maestro in pensione, che viaggiava su torpedoni dove si cantava *Alabama, patria amata o Alouette, gentile Alouette!...* e addirittura quella ripugnante oscenità che raggiunge tutta la sua degradazione intrinseca quando a cantarla sono dei settantenni:

> Io la voglio pu... io la voglio pu...
> io la voglio pura e bella come una rosa
> perché il mio ca... perché il mio ca...
> perché il mio casto dito
> sfiori le te... sfiori le te...
> sfiori le tempie della mia morosa.

Su quest'informe argilla dovevo costruire il mio delitto, quantunque aiutato dal progetto di Dotras di andare dalle parti di Newport a vedere una supposta villa Art Déco, opera minore di una derivazione dello stile austriaco, perché Dotras preferiva le derivazioni al nucleo delle cose e disprezzava Vienna come referente, nonostante fosse una Mecca imprescindibile dello Jugendstil. Era un viaggio di riparazione verso se stesso, perché un esperto scrupoloso gli aveva comunicato che la sedia di Süe non era di Süe ma una semplice imitazione, anche se abbastanza riuscita, di un artigiano catalano noto in Catalogna (Spagna): «Non so come ho fatto a non accorgermene da solo. L'Art Déco catalana è tutta piena di pane e pomodoro. Tutta l'arte catalana è piena di pane e pomodoro». «E Sert?» gli domandai più che obiettargli, anche se a mio avviso Sert è più un decorativista inseribile nel Déco che un Déco vero e proprio. «Sert trasformava in cattedrale di Vic (provincia di Barcellona, Spagna) tutto quello che toccava, persino il Rockefeller Center, dove subentrò a uno dei grandi muralisti messicani perché la committenza venne a sapere che il messicano era comunista» dichiarò drasticamente Dotras, che non ritirò nemmeno l'insulto del pane e pomodoro quando gli citai esempi di culture nazionali non precisamente egemoniche, come quella catalana, corrispondente a un paese posto tra Boston e Praga e pieno di pittori catalani universali.

Miró, per esempio. Per Dotras, Miró era una proposta di pane e pomodoro e uova fritte. Dalí, un cartellonista che non aveva fatto manco lo sforzo di imitare gli eccellenti cartellonisti artigiani di prima della guerra, e aveva lasciato i suoi cartelloni pieni di macchie di pane e pomodoro. E Tápies? Pane e pomodoro e cicatrici da pneumotorace. Persino dal punto di vista di uno storico dell'arte, Dotras meritava la morte, anche se mi sorprendeva con l'apparente brillantezza delle sue frasi sentenziose, improprie per un parkinsoniano dello spirito e per un maestro da dopoguerra di secessione, di quale secessione non importa. Prenotai un posto per la gita dei pensionati a Newport, usando il nome e i dati anagrafici di mio padre, assassinato in circostanze geometricamente ammirevoli, appena fui in grado, superato il complesso di Edipo, di uccidere in un sol colpo mio padre e mia madre, e svogliatamente per giunta. Certo che mio padre, come Dotras, non aveva mai apprezzato il mio sorriso pallido, e non si univa nemmeno per cortesia o per pragmatismo matrimoniale alle lodi di mia madre, e quando lei gli chiedeva di guardarmi la faccia piena di sorriso pallido, mio padre soleva commentare con un po' di schifo sulle labbra: «Somiglia a tua madre». Vale a dire, alla mia nonna materna, una carissima giara, l'epigone più contemporanea della Venere di Willendorf, per cui il semplice confronto con la medesima non poteva che essere un tentativo di offendermi. Sapevo quanta aggressività poteva celare questo giudizio e chiudevo gli occhi, come i gatti quando subiscono un'offesa, con una volontà di vendetta che la cultura si rifiuta di concederci quando l'offesa proviene da un aggressore assolutamente legittimato come i genitori, i sociologi, i nuovi filosofi, i sottufficiali di qualsiasi esercito e i torturatori di qualsiasi prigione bianca, rossa, nera, blu o marrone.

Devo ammettere che l'assassinio dei miei genitori avvenne in una circostanza deprimente, la quale non fu la causa, ma soltanto una sfumatura ornamentale della situazione. Pensai per settimane allo strumento, e la lotta contro il tabù fu angosciosa, al punto che temetti il primo fiasco nella mia brillante carriera di strangolatore se mi fossi servito di mezzi che richiedevano violenza diretta. Posso affermare, nonostante tutte le teorie sulla violazione del tabù e susseguenti nevrosi, che nel mio caso non accadde nulla di simile e che accettando, in modo lucido, la logica freudiana, forse mi sono liberato degli effetti di un complesso di colpa per il rapporto tra situazione e strumento nell'esecuzione dei miei genitori. Trasformai l'omicidio in suicidio, utilizzando un jujitsu morale, cioè feci in modo che la forza paterna protettrice diventasse lo strumento stesso della loro morte. I vecchi non si meritavano nemmeno la risorsa di un veleno teleguidato, come si può uccidere per corrispondenza, e dovetti di conseguenza ricorrere a una grande *mise en scène* melodrammatica. È vero che ero rimasto senza lavoro, un periodo di disoccupazione tra due impieghi miserabili che mi sottovalutavano, e io sospettavo, sebbene non la cogliessi mai in flagrante, che mia moglie fosse in piena prima offensiva e si scopasse tutti i rivoluzionari tecnico-scientifici, ludici o primitivi, che trovava, e di tramare il mio ricovero perché i medici convenivano con lei che mi erano saltati i meccanismi di comunicazione.

I miei genitori subivano le sconfitte del figlio in silenzio, come vuole la miglior scuola del rapporto paternofiliale in gran parte imparata da mio padre a teatro, di cui era un grande appassionato prima di perdere la guerra di secessione, mentre mia madre era più aggiornata in quanto grande consumatrice di cinema. Mi sforzai di trasmettere una totale situazione di sconfitta, non solo mediante l'incoerenza sentimentale ed emozionale, ma anche acquisendo l'aspetto di fuggiasco da me stesso: sempre una barba di più giorni, gli abiti consunti, macchiati, stropicciati, il bavero rialzato contro il freddo e come se non avessi soldi per comprarmi un cappotto.

Raccontai loro, balbettando, il penoso spettacolo statistico secondo cui un ottantotto per cento degli amanti di mia moglie erano rivoluzionari stronzi, mortificati dall'eiaculazione precoce, fatto che lei non vedeva come un demerito, bensì come prova di fragilità d'animo di quegli orfanelli. Dissi, sebbene loro si tappassero le orecchie per non udire quel che gli sembrava una pura sconcezza, che mia moglie mi aveva raccontato di persona, e piangendo, le scarse soddisfazioni sessuali e psicologiche date dagli amanti, e invece le tante spiegazioni sui testi di Althusser, Poulantzas, Samir Amin, Paul Baran, Richta e Sweezy che solevano snocciolare a letto, tra eiaculazioni precoci e falli a mezz'asta, sebbene i più rinascimentali le recitassero lunghe poesie barocche che li lasciavano senza fiato, per non parlare di quelli propensi alle citazioni dotte di cui si servivano per giustificare come eccellenza la loro pochezza sessuale.*

Che la nuora fosse promiscua se l'erano aspettato e non si sforzarono di immaginare quante esagerazioni raccontavo loro, perché non avevano abbastanza neuroni per riuscirci. Ma l'aspetto trascurato del figlio suole demoralizzare parecchio i migliori genitori, non solo di Boston. I miei, dovetti solo renderli un po' isterici perché assecondassero la propria morte. Scoppiai a piangere davanti a loro in diverse occasioni, non molte, ma quante bastavano e con sufficiente intensità per sconvolgerli. Dissi infine che la vita per me non aveva alcun senso, che mi

* *Nota dello strangolatore*: Questa miseria sessuale delle avanguardie rivoluzionarie del '68, e in particolare dei loro leader, è stata studiata da Norman F. Lawson in *Il sesso di Marcuse*.

avevano educato per vincere e che passavo di sconfitta in sconfitta. «Se la vita per te non ha alcun senso, non ce l'ha nemmeno per noi. Sei stato tu a dare un senso alla nostra vita» esclamò mio padre, a cui di tanto in tanto spuntava uno spirito da rapsodo di poemi tristi. E mia madre gli andò dietro. «Hai ragione. Siamo sempre stati una coppia di tre. Da bambino eri tu a dirlo: "Siamo una coppia di tre".» Non lo ricordavo, ma forse già da bambino avevo cominciato a preparare la soluzione. «Mi suicido» comunicai. «Noi pure» disse mia madre. «È da tempo che continuo a dirlo» approvò apparentemente soddisfatto mio padre, che adorava vantarsi di aver pensato qualcosa prima degli altri. Mia madre si tolse il grembiule, con un pettine si ravviò i pochi capelli e ci fece sedere al tavolo della cucina, chiuse le porte, aprì la chiavetta del gas e si sedette pure lei accanto a noi. Mi guardava con tenerezza. «Che bel sorriso, hai sempre avuto un sorriso pallido che incantava tutti.» («Alberto, dal pallido sorriso» mi aggettivava l'assistente di greco, all'omerica maniera.) Mio padre studiava il buco di uscita del gas, cercava già di usmarlo, guardava mia madre e me, si tratteneva per non alzarsi e scappare di corsa, ma finalmente lo stordimento e la cultura del patriarcato ebbero la meglio: doveva assumere per l'ultima volta la sua condizione di capofamiglia. Il vecchio, in un momento di incontenibile bisogno di aggiungere letteratura all'esperienza, mi domandò che cosa c'era dopo, nell'aldilà, e gli recitai il testo di un'*aurea laminilla*, di quelle con cui si facevano seppellire gli iniziati al culto orfico, che conteneva un'ottimistica descrizione dell'aldilà:

Troverai nelle dimore dell'Ade, a destra, una fonte,
e accanto a essa vedrai ergersi un bianco cipresso.
Non avvicinarti alla fonte nemmeno di un passo.
Un'altra ne troverai, che dalla palude della Memoria
fa scorrere le sue fresche acque. Davanti stanno i
[guardiani.
Dirai loro: «Figlio sono della Terra e del Cielo stellato,
ed è celeste la mia stirpe. Voi già questo sapete.
La sete mi ha prosciugato e sto morendo. Correte a
[darmi
l'acqua fresca che sgorga dalla fonte della Memoria».
E ti daranno da bere da quella fonte divina,
e tu regnerai per sempre insieme agli altri eroi.

«Che bello! Che bello!» diceva mia madre, lontana dalla miglior poesia colta per via della divisione del lavoro voluta dal capitalismo. «Che bello! Che bello!» insisteva ormai con voce molto fioca. Temevo la proverbiale resistenza fisica della vecchia, ma avevo fatto bene i miei calcoli. Loro avrebbero perso conoscenza proprio mentre io mi sarei trascinato verso la porta, raggiungendo lo spazio d'aria non viziata, e me la sarei richiusa alle spalle perché si consumasse il suicidio. Le ultime parole udite pronunciare da mia madre furono: «Che ne sarà di tutta la roba che c'è in frigo?» e udii anche mio padre domandarmi: «Che ora è?» prima di perdere conoscenza e poco dopo aver cercato di saperlo da sé palpando l'orologio da tasca che non gli riuscì di estrarre dal gilè. Ragioni? Gli psichiatri sbagliano quando concludono che il desiderio di uccidere i miei genitori nascesse da quell'allarme traumatico della pubertà: loro intendevano castrarmi! Nulla di tutto ciò. Quando li uccisi ero già maturato, e nel caso gli avessi rimproverato qualcosa, sarebbe stato di non avermi castrato in tempo, evitandomi i disturbi e fastidi derivanti, non solo dalla procreazione, ma persino dalla pulsione eterosessuale procreatrice. Se li uccisi fu per geometria, non per compassione, perché volevo dimostrare a me stesso di poterlo fare precisamente senza rancore e senza motivi interessati o patologici, a meno che non si trattasse della paura che mi sopravvivessero... il terrore con cui sarebbero poi sopravvissuti... Ogni volta che immaginavo quel terrore lo superavo immaginando di ucciderli. Provavo lo stesso anche per i miei figli. Mi terrorizzava la crudeltà atmosferica totale di un mondo in cui non avrei potuto fare nulla per loro.

20

Ma mio padre, ormai morto, mi fu utile nella caccia a Dotras e mi travestii da vecchio usciere della Banca Bostoniana, impegnato per tutto il viaggio fino a Newport a vantarsi di avere insegnato il bostoniano a una giardiniera giapponese, assunta per trasformare in bonsai bostoniani le principali specie arboree della Catalogna.* Mentre le noci fanno parte della memoria dei miei migliori desideri, gli alberi mi sono sempre parsi creature di un territorio tanto desiderato quanto ostile. Quasi mai sono stati alla mia portata, né nella città della mia infanzia e adolescenza, né in questa città murata dove mi hanno condannato a de-identificarmi, dove mi condannarono a non vedere manco da lontano la luce che lambisce l'aperta campagna, celati sotto gli alberi i fondi sentieri, come li descrive Eliot in *East Coker*.

Persino la città immaginaria dove mi incontro con

* *Nota dello strangolatore*: Ve le riporto nell'originale catalano: *ailant, albercoquer, ametller, atzeroler, avellaner, castanyer, cirerer, codonyer, eucaliptus, figuera, ginjoler, lledoner, llimoner, llorer, magraner, morera blanca, negundo, nesprer, nestrer del Japó, noguera, olivera, palmera de dàtils, perera, pi insigne, plàtan, pollancre del Canadà, pomera, presseguer, prunera, robínia, taronger, xiprer.*

Alma non aveva alberi, come non li avrebbe la città possibile per Kafka, ossia, per i suoi personaggi. Che sarebbe mai Kafka senza i suoi personaggi? Non c'erano né alberi, né altri bambini oltre a noi, forse per questo amo gli alberi e detesto i bambini come se fossero rumori visivi, osservatori della nostra obsolescenza. Sbaglia chi voglia patteggiare con i figli la sopravvivenza della propria identità, per non dire poi con i nipotini, sinistre scimmie escatologiche ampiamente spalmate di merda, dei quali mi sono liberato. Non così per Alma. Era verso la metà degli anni Ottanta, o erano i Novanta? Quando Alma aveva già avuto la prima nipote, e con un certo seppur relativo sollievo constatava che la bambina, una cagona, restava immune dal peso della leggenda, cominciò a covare il timore e il sospetto che gli anni cospirassero contro la più chiara ragione del suo essere. La nipote era la presenza demoniaca della sua stessa vecchiaia. Non poté vincere la tentazione nevrotica di ripetere gli incontri con i suoi seni davanti allo specchio e contare a una a una le archeologie che si insinuavano nel seno normale, mentre quello eccezionale conservava da ogni punto di vista un'arroganza esagerata, che lei interpretava come il coraggio disperato di chi sa di poter morire. C'era angoscia nella donna e nel suo padrone schiavo, e lei cominciò a stabilire un rapporto di solidarietà assai simile all'affetto: perché mi hai accompagnata per quasi tutta la vita, se non sei stato né mio né di nessuno? Che senso ha avuto rimanere chiuso in te stesso, come un parassita superbo e pieno di bellezza? Non coglieva più risposte sicure e chiuse, religiose, come un tempo, ma un occhieggiare del capezzolo, costretto a una evidente insicurezza. Era in quello stato d'animo quando venne chiamata dal vecchio endocrinologo. Un anziano medico in pensione che fino alla chiusura del suo ambulatorio aveva preteso di visitare periodicamente Alma e di ripetere il rituale della contemplazione a distanza del suo paziente preferito. Agonizzava, quell'uomo, circondato da nuore e vecchie infermiere, e chiese di vedere da solo la nuova venuta. Quasi non parlava, ma Alma seppe interpretare i suoi desideri. Slacciò il bottone di madreperla della terzultima asola della camicetta e poi scese lentamente, strappando a ogni asola un palpito, a mano a mano che la liberava, fino a restare a petto mezzo scoperto, in attesa che una delle sue mani colomba scostasse il lato destro della camicetta e spuntasse un seno di marmo rosa caldo, da Klimt, pieno di sangue inzuccherato da confetti culminante in un capezzolo tormentato e ritorto dal suo stesso complesso di perfezione. «Si prenda il seno con la mano destra... Lo soppesi... Sollevi il capezzolo all'insù... Vi soffi sopra... leggermente... con un soffio d'aria delle labbra socchiuse... a beccuccio...» «Così?...» «Così.» Ma questa volta la donna si lasciò trascinare da un impulso illogico e si avvicinò al letto dove il moribondo cercava di tenere la testa sollevata all'altezza dello spettacolo, e tra le labbra da dove uscivano i rantoli e le parole rotte introdusse il seno e lo concesse a una suzione di bambino felice, a cui a un tratto fossero passati tutti i dispiaceri. Non c'erano fotografi. Ma quando congiunti, parenti di sangue o acquisiti entrarono minuti dopo in quella che era ormai una camera ardente, diventarono statue da fotografia. In bianco e nero.

I ricordi non riescono quasi mai a disgustarmi, ma se qualcuno ci riesce è un ricordo in bianco e nero collocabile dentro un cinematografo personale e intrasferibile per film vecchi quanto me, in cui sono allo stesso tempo strangolatore e strangolato, l'uno e l'altro non necessariamente di Boston. Il colore è un caso della memoria. La sostanza della memoria è in bianco e nero, bicolore la materia di quella realtà interiorizzata. Senza memoria non esistiamo o almeno io non riesco a esistere. Nella mia memoria si compiono i miei desideri e quando ho desideri cerco che diventino quanto prima memoria perché nessuno me li frustri, né me li levi, né me li cambi con i desideri convenzionali. La memoria è la sostanza nel senso cartesiano: ciò che esiste in modo tale da non avere bisogno di null'altro per esistere.

21

Quel viaggio in cerca della mia rivincita lo ricordo in agfacolor, un sistema tedesco di pellicola a colori, pallido, tisico, da dopoguerra, in un paese in ricostruzione che non può ancora avere colori definitivi e ricorre a quelli provvisori. La personalità che avevo assunto, di filologo patriota ed erudito amateur, capace di distinguere dal finestrino del torpedone tutte le montagne sacre del paese, da cui una buona manciata di dei e vergini avevano proclamato il nostro carattere di popolo eletto, e fino a dieci varietà di lucertole bostoniane, fece sì che i miei compagni di gita si allontanassero dal mio sedile con svariati pretesti. Cercai di mettermi alla loro levatura convenzionale e gli dedicai l'intero repertorio di canzoni da torpedone che mai avrebbero potuto ascoltare in nessun torpedone e da nessuna parte, come il mio tango preferito:

Come una sfoncia
da ciampulando
vai per la sfarcia
del sobborgo final
dolce pampurria

pampurria dolce
dell'intestipo sfarcia real
vengon spartucce
sfarce d'inverno
e qualcosa mi dice
che piangerai.*

Amo questo tango perché dimostra che il mezzo è quasi il messaggio, basta conoscere il trucco. Senza la parola "sobborgo" saggiamente inserita e senza il finale «e qualcosa mi dice che piangerai», non sarebbe un tango, ma una perversa scempiaggine. Ma bastano sette o otto parole per porre il ricevente nella convinzione di aver ascoltato un tango bello e malinconico. I miei compagni non avevano nessunissima sensibilità per il tango. Riuscii a essere tanto evitato che nemmeno mi guardavano, ed è condizione indispensabile per ogni assassino che si rispetti farsi talmente notare da passare inosservato. Appena scendemmo nella città Mecca di Dotras, attaccai bottone con lui facendo leva su un supposto mutuo interesse per l'Art Déco, e lo feci così bene che non mi scoprì, con il procedimento di lasciargli il ruolo di protagonista, persino quello di aver saputo scoprire in me un fanatico del Déco, e così mi permise, più che mi permisi, di seguirlo fino alla villa agognata, e di camminargli dietro dopo avergli ceduto l'iniziativa di farmi strada. Mi piaceva molto sentirmi nei panni di mio padre e assumere le sue manieri servili per trattare con qualcuno che riconosceva come culturalmente

* *Nota dello strangolatore*: Com'è ovvio, il mio psichiatra residuo ha sostituito il testo originale del tango con una sua versione niente affatto divertente e opinabilmente polisemica, che suppongo gratifichi la sua lacaniana petulanza.

superiore, sempre con la riverenza nella schiena e un sorriso di resa nei quattro punti cardinali della sua faccia molliccia che sembrava quasi restringersi. E la trovammo lì, la villa, un prodotto bastardo collocabile al limite tra l'Art Déco e il futurismo parafascista, una balordaggine onirica da spirito violento, tanto bastarda che intorno a essa l'architetto o un qualsiasi pasticcione successivo aveva collocato un'inferriata da Buckingham Palace, con le dritte e dorate punte di lancia infilzate nell'azzurro bianchiccio dei cieli della Nuova Inghilterra. Un po' talpone e troppo lontano dalla casa, Dotras espresse il desiderio di arrampicarsi per vederla meglio, e quando mi offrii di sollevarlo mi rivolse uno sguardo burlone come il suo commento: «Lei sarà anche Braccio di Ferro, ma non l'ho ancora vista mangiare gli spinaci». Ma dalla burla passò al dubbio quando le apparentemente scarse forze del mio corpo di pensionato gitante si trasformarono in rabbia e nell'idea dello strangolatore muscoloso e deciso. Non gli diedi tempo di stupirsi. Né di allarmarsi. Lo voltai verso l'inferriata, lo presi sotto i gomiti e lo sollevai come un uccellino con le fragili ossa scricchiolanti fino a quando superò con la testa le punte delle lance. Gridò qualcosa, senza quasi vocalizzare e senza fare alcun riferimento all'Art Déco, quando spiaccicai il suo corpicino contro le griglia verticale, cercando che il suo mento si innalzasse al di sopra delle acute punte, e poi lo lasciai cadere perché il suo stesso peso, seppur scarso, gli infilzasse la testa nelle lance giustiziere. Si contorse senza troppe forze o impegno e rimase lì, appeso come uno spaventapasseri Déco, come un moscerino Déco ingannato dalla sua stessa passione. Poi tornai dai compagni di spedizione e aggiunsi la mia sorpresa a quella suscitata in loro dal lungo ritardo di Dotras. Quando il ritardo diventò allarmante e i vecchi leader naturali del vecchio gruppo presero la vecchia iniziativa di avvertire la vecchia polizia specializzata in problemi della terza età, io avevo il mio alibi bello e pronto. La polizia tardò diverse ore a scoprire che mio padre non c'era e pertanto decisero di chiedermi chi ero, ma non li lasciai fare. Invece di rispondere alla domanda passai all'attacco e mi dichiarai indignato per la sostituzione di personalità a danno di mio padre, morto per giunta, ossia per la mancanza di rispetto persino per i morti, luogo comune che meritò gli applausi dei miei compagni di spedizione, sdegnati che venissi sospettato nonostante io dimostrassi una e più volte non solo di non essere mio padre, ma di trovarmi in quello stesso momento nell'università di Yale dove facevo una conferenza dal titolo: *La società muta dei votanti e il missionarismo dirigista dei partiti*, titolo aberrante saltato in mente all'organizzatore del ciclo. Incapaci di risolvere il problema dell'ubiquità, i poliziotti mi rilasciarono dopo aver verificato telefonicamente che avevo fatto la conferenza nell'università citata.

Tuttavia si comportarono con maggiore assennatezza di quegli psichiatri che mettono in dubbio i fatti accaduti e vanno a sbattere di continuo contro il muro logico del potere o non potere essere in due posti allo stesso tempo. Va da sé che lo psichiatra più scettico sul mio delitto Art Déco, William Dieterle, venne trovato decapitato da un taglio tanto sottile da sembrare fatto col rasoio, e non meritava altro in quanto assolutamente incapace, sempre, di ammettere che io sapessi la mia conferenza a memoria. Quello psichiatra odiava la memoria. La considerava una falsificazione dell'Ego e nel contempo la gruccia del medesimo, come un magazzino di ricordi truccati di cui ci si serve per non addentrarsi nelle acque procellose dell'inconscio. «La memoria è un alibi per non riconoscere il paesaggio dell'infermità. Un paesaggio truccato secondo gli interessi di colui che memorizza.» Al di là della differenziazione platonica tra memoria e ricordo, lo psichiatra neoliberale – era di quelli che guadagnavano soldi a palate curando privatamente le isteriche più reputate di Boston – sputava nel ricordare che Russell aveva riconosciuto la memoria come «punto di vista del presente», il che per lui significava addirittura l'alibi del blocco del presente. «Il presente merita di essere il nostro solo alibi» soleva ripetere. Aveva ragione Sciascia. Questi repressori moderni utilizzano il presente come Inquisizione. Dieterle era comportamentista e ricorreva a William James per togliere importanza alla memoria come patria della conoscenza. La memoria, secondo lui, o è semplice esperienza meccanica che serve a regolare il comportamento meccanico, o è un oggetto immaginato in cui si inserisce l'emozione della credenza, e completava così il suo ragionamento: «Non sopravvive come credenza oggettivabile, è soltanto una emozione». Gli tagliai il collo con una lama da bricolage e poi gli pettinai con la gommina i capelli della testa staccata, gli corressi il disegno delle sopracciglia, gli misi il rimmel alle ciglia, gli dipinsi le labbra e un neo accanto all'angolo sinistro della bocca. Fu una decapitazione Déco, come in un certo senso era stata Déco la mia conferenza all'università di Yale. Cominciava precisamente così: «Accade di solito che la faccia peggiore di un personaggio poliedrico sia quella mostrata alle conferenze. Assai spesso è preferibile non conoscere il poliedrico e immaginare le facce di quel prisma e non affrontare la verità unica della sua presenza che molte volte, forse, fa che la pluralità o la pluridimensionalità dei messaggi precedenti venga ridotta, se non a nulla, a poco...». E finiva: «Ritengo che occorra ricostruire un senso critico e avanzato della Storia basato su una nuova radicalità, su una nuova razionalità di carattere universalista e superare l'attuale sensazione di paralisi, di atonia, dovuta all'apparente fine della Storia. La sensazione che tutto dipenda da constatazioni di calcoli di probabilità, di tecnologie meglio o peggio applicate. Perché se osserviamo la dinamica del mondo e quanto resta da fare, quanto dovremmo fare, che equivale proprio a questo, a quel che resta da fare, da trasformare, e la quantità di disordine nascosta sotto la parvenza di ordine, potremmo giungere alla conclusione che la Storia è un cadavere che gode di buona salute e che precisamente, allo scopo di trovare quel senso nella prospettiva democratica, evitare che la maggioranza sia silenziosa o silenziata rimane uno degli obiettivi più importanti della Storia in base a una logica democratica. Ho finito». La sala era piena di gesuiti baschi tanto ben mascherati da essere in compagnia delle loro mogli, ma mi odiavano perché erano gesuiti della frazione neoliberale della nuova destra, il positivo del negativo di tutti i gesuiti guerriglieri teologi della liberazione, ed erano irritati dalla mia dolcezza espositiva rigorosamente evangelica, al punto che cominciarono a insultarmi, a gridare: «Ma questa è logomachia!».

22

Sono stato sempre perseguitato dall'incredulità altrui, ma l'ho sempre tenuta in buon conto. La puttana mi domandò: «È da qui che intendi strangolarmi?» e si scostò perché le vedessi il triangolo del pube coperto da una peluria castana, indicata da un dito grassottello, rifinito male da un'unghia tanto laccata quanto scrostata, come una goccia di sangue rotta e invecchiata. No, non era quello il sesso di donna che avevo intuito sotto le morbide mutande beige della missionaria laica che venne a predicare al Congresso eucaristico, in rappresentanza delle dame della parrocchia, una donna che non sapeva sedersi senza che le gonne le rimanessero sulle cosce, quasi sull'inguine, come una specie di baldacchino. E bastava fingere la caduta di una matita bicolore per abbassarsi e vedere oltre il baldacchino delle mutande umide, maltrattate dal contatto di un paio di cosce forse troppo grosse, trasformate in un assorbente mal messo su una ferita tenerissima che io immaginavo come una carne minore, gratuita, ripiegata, gemente in attesa di una penetrazione di cui allora mi sfuggiva il preciso meccanismo.

Ma il sesso della missionaria eucaristica aveva

qualcosa del frutto macerato e appetitoso, invece quello della puttana era un ragno inamidato dai semi e dai saponi più economici della città. E quando, fiduciosa che il richiamo del suo sesso fosse stato l'argomento definitivo per la mia resa, mi prese una mano, come un angelo buono disposto a condurmi in paradiso, ossia, nel breve e veloce viaggio di andata e ritorno verso e dal letto, scoprii che le sue gambe erano la negazione stessa di quelle della vicina del piano di sopra, tante volte lambite dai miei occhi per le scale mentre inseguivo il suo salire di donna tra due frette: la spesa, il lavoro, i richiami flautati di sua madre o l'impaziente attesa del fidanzato fermo sul portone per la convenzione culturale di non essere stato ancora presentato al patriarca di famiglia. Giammai nasceranno gambe di donna come quelle della mia vicina, più snelle che lunghe, con le ginocchia fatte per accentuare due carnalità diverse, senza opporle, quella delle cosce dalla pelle di pesca e quella dei polpacci senza muscoli, ma dotati di quella forza interiore che hanno i polpacci destinati a essere palpati come batacchi di campane lente, per nulla stridule, prima che le mani si avventurino in mezzo alle cosce, in un piacere di mollezze tiepide insufficiente se non deriva dal contrasto con i polpacci canterini. A volte prendeva il sole sul terrazzo con le gonne sollevate fino all'inguine, i piedi su una seggiolina impagliata, e allora era possibile una premonizione di totalità davanti al semplice spettacolo dei polpacci con i muscoli morbidi ma contenuti, e invece le cosce tese e vigili sotto un sole in sussulto alle porte dell'inferno carnale. Tra quelle cosce le sarebbe nato un figlio con il labbro leporino, campione dilettante di pugilato, peso mosca, il cui semplice arrivo in questo mondo mi seppe di sostituzione. Il marito della mia vicina risultò scioccamente beone e donnaiolo, al punto di crepare perché la sbronza non gli consentì di difendersi dalle coltellate di un panettiere offeso, lavoratore notturno tornato a casa prima del previsto. La mia vicina, quella con le gambe di pane dormiente, la violentai travestito da stupratore psicopatico, ossia, con un anello all'orecchio, mollando pugni senza alcuna ragione e gridando senza ritegno né coerenza logica: «Puttana! Succhia! Puttana! Succhia! Puttana! Succhia! Puttana! Succhia! Puttana! Succhia!». Nonostante tutto quello che si vede nel sinistro film di Fleischer, i miei delitti non sono mai stati particolarmente violenti, ma nel caso di uno stupro se non c'è brutalità si perde il senso stesso della trasgressione, e poi a farne le spese è la violentata, perché la società morbosa non le crede. Fu molto sgradevole, soprattutto per me che dovetti contemplare gli effetti della mia aggressione. Diventò frigida e sordomuta, come se fosse stata colpita da un doppio complesso di colpa, e si trasformò in una sventurata schizofrenica, una rosa di Alessandria, rossa di notte, bianca di giorno, tediosa casalinga sempre di malumore che nascondeva dentro di sé un'altra donna lasciva disposta ad andare a letto con qualsiasi uomo dal fare violentatore, come la protagonista di *La madonna delle sette lune*, uno dei film che più mi avevano colpito in piena pubertà. Venne uccisa da un amante cavia che cominciava a sospettare che la sua frigidità fosse finta o culturalmente castrante, una frigidità da femminista radicale.

Quando l'assassinarono era ormai sciupata e mia madre, vedendola passare sotto il balcone, le buttava addosso parte dell'acqua con cui annaffiava le piante, e i fondi di caffè con cui le concimava. Lei mostrava la sua lingua muta verso il nostro balcone e cercava inutilmente di insultarci senza alcuna speranza di udire i suoi stessi insulti. Mia madre si portò nella tomba il segreto di quell'odio. Credo che l'intuito materno l'avesse spinta a sospettare che i miei disturbi, contenuti, coincidenti con la comparsa della vicina, fossero colpa di quest'ultima. Non mi spiegò mai la sua segreta logica di madre devotissima. Nemmeno io riuscii a strapparle una confessione mentre la suicidavo e mi parrebbe troppo banale che fosse per invidia, perché mia madre aveva dei polpacci da coniglio e le gambe della mia vicina dovettero far parte del negativo dei suoi incubi. Erano così belle le gambe di quella donna da far supporre l'assoluto in mezzo alle cosce e da suscitare la paura di allargarle, nel caso il suo sesso non fosse che un ragno e non il frutto più esatto dell'albero della conoscenza del Bene e del Male. Pure suo figlio, il pugile, aveva delle belle gambe.

«Per me si va nella città dolente», scrive Dante sulla porta dell'inferno, quella vagina. Regno dell'Ade, da dove veniamo espulsi e mai più ci accettano fino alla totalità del ritorno. Ma, sorprendentemente, nella vagina abita lo spirito maschile del dio degli inferi, il quinto dei nove signori della notte, che regge sulle spalle il sole nero notturno, assistito emblematicamente dal ragno e dalla civetta. Non è forse vero che il sesso femminile sembra un ragno, ed è un ragno fatalmente costretto a tessere e disfare trappole, innanzi tutto per lo stesso ragno schiavo della tela che ha tessuto? «La casa del ragno fra tutte è la più debole» sentenzia il Corano, con una falsa prepotenza maschilista o, forse, con un senso di minaccia davanti all'onnipotenza dei ragni, guardiani della città dove perisce il maschio quando più crede di essere tale. Avevo paura di quel ragno ispido, inamidato dai peggiori semi e saponi dell'inferno, per cui non assecondai il gesto della puttana che mi tirava la mano e lei si ribellò senza lasciarla andare. Questa volta non era ironia a buon mercato quella che mi offrirono i suoi occhi e le sue labbra, ma un disprezzo volgare e offensivo che mi scrutò dalla testa ai piedi e si fermò giusto sulla mia patta clausurata, come se mi concedesse un'ultima opportunità per non farle perdere altro tempo. Il suo tempo non era oro, ma stagno, un rapporto di stagno, ma lei al suo tempo ci teneva. «C'è stata una che è morta di vecchiaia aspettando la scopata.» Davanti a una simile volgarità, rumore opposto al vertice ma equivalente a quello che anni dopo sarebbe costato la vita alla contorsionista, l'ironia passò dai suoi occhi ai miei. Capii che non meritava il destino di morire di vecchiaia aspettando che io la scopassi e dedussi che non avrebbe tardato a darmi motivi per assecondare i suoi desideri. Quando lei capì che dentro di me ridevo, le si agitarono gli strati più occulti e dopo aver dubitato della mia mascolinità trasformò il suo sospetto in una categoria generazionale. «Non so che succede a voi giovani, ma sembrate tutti culattoni, sei uno studente, no? Uno qualsiasi di quei matusa che aspettano lì fuori mi avrebbe sbattuta già cinque volte senza nemmeno calarsi i calzoni.» E a mano a mano che io le sorridevo, lei eliminava ogni tentazione sintattica, persino la frase più semplice, per passare ai vocaboli più insultanti e diretti. Trattenne l'agitazione quando le misi le mani intorno al collo e, malinterpretando il mio gesto, mutò a un tratto l'indignazione nella compiacenza meritata dalla sua vittoria. «Ti eccita farti insultare?» mi domandò, e morì senza avere una risposta, con gli occhi sorpresi dalla forza delle mie mani e con l'intelligenza talmente a pezzi da non sapere come adoperare le proprie, inutilmente strette alle mie braccia, quasi cercasse di aiutarle nello strangolamento. Quando smise di agitarsi e di alternare sul viso smorfie inutili di indignazione, paura, dolore e richiesta di compassione, senza lasciarla cadere per terra la presi in braccio e l'adagiai sulle lenzuola sdegnose, neutrali e inappetenti davanti al senso dei corpi che vi si stendevano sopra. Mi presi il tempo di guardarla e verificare a uno a uno gli elementi del suo fallimento. No. Non aveva gli occhi sudiciamente lucidi delle donne lascive di Klimt, né i capelli carezzevoli come milioni di sessi di filo d'oro, né le labbra carnivore, né i seni neonati e sfuggenti, né il culo solare, né il sesso implicito – al contrario, esplicito, come un'ovvietà molesta – né quelle gambe colonne di sicuro cielo. La sua totale e nuda natura morta non era all'altezza del mio desiderio frammentato, covato a lungo nella solitudine crescente della mia migliore memoria.

23

Un osservatore meticoloso potrebbe voler farmi ammettere che l'assassinio della puttana fu un atto di disprezzo tra la misoginia e il razzismo sociale. La uccisi perché la sua professionalità era una mistificazione compensatoria di tutte le donne che avrebbe dovuto sublimare. Non è possibile paragonare questa esecuzione a quella della professoressa di francese, la mia vera iniziatrice sessuale, che commise l'errore di innalzarmi alla condizione di amante mentre mi manteneva in quella di classe subalterna grata per la sua elargizione di sesso e di poesia francese contemporanea. Prediligeva Saint-John Perse a Prévert, in anni in cui una simile scelta la denunciava come militante della destra poetica, sebbene mai, devo ammetterlo, avesse pronunciato in mia presenza alcun giudizio positivo sul miserabile Paul Claudel, forse il più ripugnante intellettuale mai esistito. Rovesciando il preteso, potentissimo argomento dell'assassinio della puttana, uccisi forse la professoressa di francese come conseguenza di una pulsione di morte derivante dalla lotta di classe? Non era forse più vicino alle mie motivazioni Wilhelm Reich con il suo apporto in *La rivoluzione sessuale dei giovani,* lotta che nasce dalla pulsione di vita, mai dalla reazionaria pulsione di morte freudiana? La professoressa di francese perpetrava nei miei riguardi un tentativo di appropriazione indebita avallato da secoli di dominazione economica, culturale, sociale, psicosomatica, politica, insomma, della sua classe sulla mia. Aveva l'età di mia madre e l'aspetto di mia sorella, nel caso ne avessi avuta una. Si era resa colpevole di vampirismo psicosomatico perché aveva utilizzato il plusvalore ancestrale per invecchiare lentamente e coltivare la gestualità della gioventù, usurpando la mia autentica gioventù e arrivando addirittura a commenti tanto alienanti come: «Tu spiritualmente sei molto più vecchio di me». Meritava la morte come la meritava Pasolini quando si servì del suo patrimonio culturale ed essenzialmente classista per cercare di sodomizzare il miserabile sottoproletario che lo uccise. La mia professoressa di francese venne tradita dalla sua gestualità psicosomatica vampirizzante, dalla supponenza che la sua libertà e gioventù di spirito l'autorizzassero ad arrivare a limiti che le mie convenzioni culturali piccolo-borghesi non mi consentivano di raggiungere. Così, una sera, dopo che le ebbi scavato la gola con il mio pene fino a farla quasi soffocare, rise dei miei timori per la sua sorte e mi invitò a coprirci la testa con sacchetti di plastica, a legarceli intorno al collo e a resistere all'asfissia fino al massimo delle nostre capacità di disprezzo per la vita. Così facemmo. I sacchetti di plastica ci facevano sembrare dei feti capocchiuti che cercassero di tornare nell'aldilà assoluto, e anche se non vedevamo chiaramente i nostri sguardi, era facile dedurre che i suoi occhi spiassero la mia capacità di resistenza, senza notare che a me non interessava la sua. Mi tolsi il sacchetto e le saltai addosso stringendo e facendo diventare quasi una seconda pelle l'involucro di plastica sopra il suo collo, la sua bocca, il suo naso, i suoi occhi sempre più dilatati, che lo spavento rendeva visibili. Per qualche frazione di secondo pensai quasi di toglierle per un attimo il sacchetto, per constatare se fosse in grado di emettere un'ultima frase brillante, forse qualche verso di Saint-John Perse, mai e poi mai per risparmiarla. Temendo quella capacità di compassione che persino i migliori strangolatori adolescenti conservano come remora culturale, non le concessi la grazia della parola e la perpetuai nei suoi rantoli più rotti, quelli a pieni polmoni. Quando le tolsi la borsa di plastica era un cadavere squisito, né Prévert, né Saint-John Perse... Cocteau... un autentico Cocteau:

Rien ne m'effraye plus que la fausse accalmie
D'un visage qui dort;
Ton rêve est un Egypte et toi c'est la momie
Avec son masque d'or.

Non ero mai arrivato a supporre che l'adolescenza non sia uno stato transitorio e lineare, ma un territorio della psiche che sopravvive al confine immaginario dell'adolescenza convenzionale. L'adolescente di Dostoevskij non è un adolescente nel vero senso della parola, è un trentenne, ma la sua immaturità consiste nel non aver raggiunto la sintesi tra la tesi angelica e l'antitesi demoniaca che il pensiero postromantico supponeva in ogni personalità. In fin dei conti, anche il cristianesimo era partito dalla stessa trinità: angelo, demonio, peccatore con sensi di colpa. Un mondo di angeli avrebbe reso inutile la religione e un mondo di diavoli l'avrebbe sconfitta. La sintesi, ecco dove trovare la clientela: il peccatore colpevolizzato, vittima polivalente per applicare la compassione e la geometria redentrici. L'adolescenza è un limbo in chiaroscuro dove nessuno è capace di fissare il confine tra l'angelico e il diabolico. A pochi anni dalla vecchiaia irreversibile, di tanto in tanto mi riconosco adolescente e sono sempre più in condizione di riconoscere altri adolescenti nella loro oscena malformazione, immersi in una debolezza potenziale riscattabile solo con il crimine. L'altro è un lupo per qualsiasi adolescente. Gli altri ti impediscono di continuare a essere adolescente e ti obbligano a scegliere: demonio o angelo.

La missionaria eucaristica con le mutande zuppe di sudore e flusso era un'adolescente convinta che la coabitazione angelo-demonio si decantasse nell'angelico, ma consapevole che i contrari coesistono e si co-identificano. Io l'accompagnai a distribuire conforto spirituale, latte in polvere e saponette tra gli anziani più agonizzanti del quartiere, e quella pietà pericolosa la stremava, le faceva saltare i nervi dell'autostima e lei finiva la giornata chiedendo perdono di non essere vecchia, bisognosa o impietosa. Fu una di quelle sere che l'accompagnai al convento delle carmelitane dove figurava come suora laica, mi invitò a entrare nella sua cella, a sedermi sulle sue ginocchia, a farmi cullare come se fossi stato un animale impubere. Feci il mio dovere. Allungai la mano sulla tetta più vicina ed era immensa, morbida, incontrollabile, senza la dura purezza da confetto della tetta marmorea e calda della *Danae* di Klimt. Allungai una mano sulla fica e la ritirai vischiosamente bagnata, come una torcia spenta che puzzava delle cloache segrete del corpo umano. Lei prima rovesciò gli occhi e gemeva, mi abbracciava, mi offriva il pube perché la mano mi diventasse pube e gliela cacciassi nella vagina. Ma a un tratto avvertì che l'angelo veniva sconfitto dal demonio e cominciò a ululare in sordina, a guardarmi smarrita, e finalmente diede in escandescenze, picchiandomi, graffiandomi, insultandomi e screditandomi agli occhi della comunità, della mia famiglia, dei miei professori, dei miei direttori spirituali e persino del signor vescovo che, di fronte a tutta Boston, mi dedicò una omelia vessatoria. Ho potuto fargliela pagare solo poco tempo fa, con un numero artistico di cui parlerò a suo tempo.

Se l'esperienza con la missionaria fu adolescenziale, il mio delitto non lo fu, indipendentemente dall'epoca in cui avvenne. Fu invece adolescenziale l'assassinio, il quale comportò anche l'eliminazione del corpo di Seidita, il falso amico d'infanzia, che per anni e anni non avevo piu visto e che incontrai un giorno davanti al carcere, da dove stava uscendo, e che mi avvicinò per chiedermi dei soldi. Era malato, disse, voleva tornarsene in paese. Era lo stesso di sempre, con quarant'anni di più sulle spalle. Lui invece commise il grave errore di non riconoscermi e così cominciò il gioco del gatto e del topo nel territorio della memoria, fino a quando lo riportai al momento in cui aveva detto che a lui per scoparsi Alma sarebbe bastato muovere un dito. «Allora tu sei quel bambino schifoso, pallido, tutto burro, che di tanto in tanto mi torna in mente come una specie di foto della prima comunione?» mi disse. Poco prima che gli passassi sopra con la mia Jaguar. Ripetutamente. Comunque all'assassinio di Seidita si sovrappose quello dell'erede di *Cantijoch. Frutta secca*, che pure sfracellai con la mia Jaguar. Ripetutamente. Le noci. Il legame delle noci salda i contorni delle sagome dei due corpi distrutti. I referenti del Bene-Vittoria e del Male-Sconfitta della mia infanzia. *Da nuces pueris.* Io avevo riconosciuto in lui – mi riferisco a entrambi, a Seidita e a Cantijoch – un adolescente invecchiato e me l'ero coltivato, senza opprimerlo, dopo il nostro incontro motivato dall'assemblea di venditori di frutta secca. Non commisi l'errore di diventare cliente del suo negozio, né perlustrai il quartiere tutt'intorno, nonostante fosse mio quanto suo. Non lo seguii nemmeno nelle sue uscite settimanali verso l'eccitante mondo degli show, con cena e ormai con strip-tease, grazie alla modernizzazione della moralità. Un incontro in tale territorio avrebbe implicato sua moglie, Alma, e lei e io meritavamo di incontrare il nostro ambito personale. Lo seguii invece in altre sue uscite, una prosecuzione della sua militanza bottegaia contro un universo sempre più regolato dai chip e dalle multinazionali, ma talvolta in cerca di case di prostituzione postmoderna. *Darling. Un posto tradizionale. Trattamento squisito. Tu ci vedi e noialtre non ti vediamo. Ciao. Sono Raquel. Vieni a trovarci. Ti aspettiamo... anche il sabato! Sei coraggioso? Sono morbosa, vuoi che te lo dimostri? Telefono erotico Visa. Telefono erotico dal vivo. Conversazioni caldissime. Massaggio relax glandeale. Notti superfantastiche. Giovani liberate. Sex shop. Cabine multicanale. Regali, indumenti intimi, video hard, Eva e le sue amiche, paradiso di tentazioni, tre travestiti, negretta diciottenne, orgasmi sadomaso, sexy, Laura diciannovenne no-*

vellina venezuelana ed Eva diciottenne novellina bella. Da tremila pesetas... Mapy, massaggiatrici diplomate.

Lo abbordai finalmente in un centro di massaggi dove lo zoppo lo era più che mai perché si vestiva e si svestiva su una sola gamba e con le urgenze logiche in un maschio non eccessivamente ben dotato che teme di venir scoperto nel suo minimalismo fallico e testicolare. Stava saltellando sulla gamba buona in cerca di una gamba dei pantaloni e lo presi per una spalla, con abbastanza forza da non fargli perdere l'equilibrio ma lasciandolo semiappeso a mezz'aria, scornato, scomposto, con una mano sulle pudenda e l'altra a trattenere la voglia di cadere dei pantaloni: «Ti ricordi di me? Dotras. La scuola. La frutta secca. Wittgenstein». La faccenda di Wittgenstein non la digerì subito, ma gli suonava come qualcosa di tedesco, di molto importante.

A poco a poco riuscì a inquadrarmi e il suo disagio aumentò, come se lo avessi sorpreso in un'adolescenza deviata e non in una maturità tramontante e complessata. Rendendomi complice delle sue debolezze lo rendevo debole e mi misi a sua disposizione, ossia, lo misi a mia disposizione, aprendogli il panorama di offerte di sesso clandestino del più alto livello, al di là dei suoi orizzonti di bottegaio dipendente dalla piccola pubblicità dei giornali di Boston. Imbarazzato, ma eccitato, mi seguì un mese dopo in una "casa di relax" superlusso fornita di puttane con tre o quattro anni di studi alla Scuola superiore di Amministrazione imprenditoriale, di qualche ex miss Europa in topless, di cui due in possesso di un autografo del papa, giacché si erano recate in pellegrinaggio a Roma per vedere l'architettura e la scultura civile del Rinascimento e avevano colto l'occasione per dare un'occhiata al polacco, che era proprio fico, dicevano, per quanto possibile nella sua condizione di papa e di padre spirituale di noi tutti, persino di noi tutte, eh? Erano anche andate a Mosca per servizi di consulenza alle nuove puttane postsovietiche di alto bordo, alla portata dei nuovi milionari, e si facevano il segno della croce nel ricordare quanto fossero disorientate quelle ragazze, vittime della cultura proibizionista dello stalinismo che le aveva costrette a un insufficiente apprendistato clandestino.

Passeranno anni prima che le puttane dei paesi del cosiddetto socialismo reale siano all'altezza delle puttane formatesi sotto il capitalismo, la democrazia, il libero mercato. Almeno così credeva la puttana verbalmente più dotata di tutta Boston e dintorni.

Avevano una conversazione accettabile e servivano champagne scadente, ma pur sempre champagne francese, e inoltre tramezzini di salmone, mentre ti infilavano il preservativo come prestigiatrici. Non visto e infilato. A volte non notavi nemmeno che te lo stessero infilando mentre ti distraevano con argomenti come l'imposta sulle persone fisiche, la tentazione nordamericana all'isolazionismo economico, perché i serbi siano tanto stupratori o le ragioni per cui la presidentessa Hillary graffi tanto spesso il presidente Clinton. Erano puttane così cosmopolitamente deludenti che a Klimt non avrebbero ispirato nemmeno uno scarabocchio, con quei loro sessi pastorizzati... ah, le fiche dei bozzetti erotici di Klimt... fiche, fiche, fiche... ragni, ragni, ragni!...

Per Cantijoch era un altro mondo e sborrava come un porco quando glielo leccavano quelle lingue da provetta, lingue con muscoli sviluppati da scelti massaggi culturisti, pura proteina di lingua guarnita con crema di lingua che si sarebbe detta di Margaret Astor. Una sera me lo portai via ubriaco fradicio dal post bordello e lo portai con la mia macchina in uno dei parchi intorno alla città, a fargli prendere un po' d'aria e disossidarsi i polmoni e le viscere pieni di uno champagne troppo solforoso. Quasi non si reggeva in piedi e le cose peggiorarono quando gli spezzai la gamba sana con il cric della macchina, una Jaguar, sempre così pulita grazie allo sciampo speciale della stessa marca. Rimase in ginocchio, ormai più perplesso che ubriaco, e trattenni l'impulso, adolescenziale, di recitargli le mie rimostranze, la mia rimostranza: Alma. Non gliele recitai perché ammettevo dentro di me che si trattava di un pretesto e che odiavo Cantijoch per il contrasto tra la sua piccolezza reale e la grandezza artificiale del ruolo di miglior venditore di frutta secca del quartiere, mangiatore fin dalla più tenera infanzia di tutte le noci che voleva, mentre il povero Juanito Seidita aveva dovuto iniziare la propria carriera di ladro, bucaiolo e delinquente abituale per poter accedere al frutto proibito e secco. *Da nuces pueris.*

24

Lo investii due o tre volte con la mia Jaguar Sovereign, come con un mattarello per tirare la pasta di zoppi totali, ed era polpa e scheggia d'osso ciò che finalmente rimase sull'asfalto di quel *cul de sac*. Cane? Uomo? *Aequa tellus pauperi recluditur regumque pueris*, cantò il grande Orazio, la giusta terra si apre sia per il povero sia per i figli dei re. Transustanziazione della vita e materia organica indeterminabile che raccolsi con una pala e buttai sulla terra perché la concimasse. Tutto sommato era materia organica nutrita di noci e così pagava il suo debito con la natura. Mi procurò soddisfazione quella morte? Non specialmente, e quando ho bisogno di sentirmi costruttivo, giustificato, se si vuole legittimato, ricorro alla presunzione classica che è felice colui che muore prima di aver invocato la morte. È preferibile venire ucciso che desiderare di morire, non lo volle capire, prima che la uccidessi ecologicamente, la missionaria laica del Congresso eucaristico della mia adolescenza, che scoprii nell'esercizio delle sue funzioni di anziana volontaria olimpica durante i Giochi olimpici di Boston – la cosparsi di benzina senza piombo e le diedi fuoco con una torcia olimpica giocattolo – in un'applicazione postmoderna del suo *élan* di solidarietà salito dagli inferi eucaristici della sua bieca gioventù fino alle sublimi vette pastorizzate dell'Olimpo mediatico che ha distrutto i quattro punti cardinali dell'immaginario della mia città.

A questo punto gli psichiatri tirano fuori il mio libro di poesie, inedito, *La città,* e lo commentano tra di loro perché io ho rinunciato a collaborare con quei mercanti di pasticche e di parcelle. Ogni volta che entravo nel dibattito e mi indignavo di fronte al loro tergiversare, loro mi calmavano!... e approfittavano della mia spossatezza per interrogarmi sulla *mia* interpretazione del *mio* libro, aspettandosi che coincidesse con la *loro* interpretazione.

Ci sono viaggiatori che tornano nei loro quartieri
per uccidere ricordi e riprendersi la vita
ma impossibili
i quattro orizzonti di volti conosciuti
inducono nei tranelli delle voci
sottomarine
in un nastro mal registrato che conduce
alla totalità espressiva del silenzio
taci
ragazza dorata in perenne tramonto
aranciati i tuoi seni lambiti dal crepuscolo
mirano alle finestre incerte
ove agonizzano guardoni
afferrati al timone del loro desiderio
ancorati alla poltrona relax del "come mai tanto
[tardi?"

senza dubbio la vita è morta per loro
tra questi quattro orizzonti di mattoni
e l'orizzonte

è una parola che conduce sempre alla paura
di arrivare tardi di non sapere dire in tempo
per favore
e se scoprissero qualche piacere superiore a quello
[di guardare
il tramonto su due seni
morirebbero di freddo
agli angoli preparati per i disertori
della loro stessa calda agonia di tigre di sfoglia
domenicale
la torta di panna odora di inguine affettuoso al dito
morirebbero
ha detto che morirebbero?
ho detto
che morirebbero se scoprissero qualche piacere superiore
al guardare dalle finestre lo sgranchirsi della fanciulla
in fiore

il freddo attende al di là delle patrie
al di là degli uomini conosciuti e dei gesti
senza sorpresa
le orme ti seguono senza immaginazione e muoiono
quando riposi
e si può morire di sincerità nello scoprire
che passiamo sempre di inganno in inganno
di morte in morte
e ricordare è tornare a vivere dissero gli antichi
con l'impudico classicismo di chi ha già pagato
il funerale di terza classe per i suoi cari
– Al di là?

al di là domandano gli adolescenti e nemmeno
sanno la risposta quando tornano a Boston
dove conservano petali lilla tra i mattoni
e le fanciulle senza fiore si appendono bambini ai seni
e guardano tra le fessure dei loro loculi lo strangolatore
adolescente

fucilato faccia al muro – ragazzo, ragazzo! svegliati –
sono le otto di mattina e ancora non sei morto

l'architettura, trasformerà le agonie?
Rimbaud pensava che la poesia avrebbe cambiato la vita
ma non riuscì nemmeno ad alleviare le agonie
– o forse scrisse "la vita" con ottimismo improprio
in ogni omosessuale francese piuttosto colto –

nessun labirinto altera il risultato
nessun labirinto altera il risultato
nessun labirinto altera il risultato
eppure è vero che maggior diletto si trova
nei giochi lunghi che non annoiano
                                        nella perenne
improvvisazione del non sapere che fare
                                            mentre si muore

Nel dubbio
costruite città dove palpare tramonti
di seni che aspettano le vostre mani
                                        dove le fanciulle
vogliono giocare a inseguire tramonti sui tetti
ferite dallo spillone del collezionista o dalla pietra
dell'uomo abituato a non parlare
                                      a non dire nemmeno
buon giorno alla porta degli ascensori
che non portano mai ad appartamenti che non esistono
                                                    in questa città
tornerà anche in questa città lo strangolatore di se
                                                            [stesso
fece fortuna e sposò la ragazza dorata
                                      Onan il cosmonauta
postino spaziale da Boston al Mare della Tranquillità
e torna come uccello furtivo a beccare
tra le macerie di ogni città immaginaria

era tanto bella
era tanto bella
era tanto bella
– narrano i cronisti ufficiali –
che fu distrutta
non ne rimase pietra su pietra quando i barbari
decisero di distruggere i paesaggi artificiali
[che gridassero:
SOVVERSIONE!

25

Forse se avessi ucciso il mio referente privilegiato, Alma, al momento giusto, all'incirca in piena adolescenza, la pulsione di morte sarebbe cominciata e finita con lei. Beato lo strangolatore adolescente che uccide la sua prima ossessione, perché altrimenti la conserverà come una cisti maligna e continuerà ad accettare nuove ossessioni per portarle a compimento, in compensazione di quella che non poté o non seppe portare a compimento in tempo. Se uccisi mia moglie non sapendo come risponderle quando mi chiese spiegazioni su dove fossero i nostri bambini e non credette che li avessi buttati giù da una scogliera, non fu per uscire da una situazione imbarazzante o per paura che lei non capisse l'esecuzione dei bambini usurpatori. I bambini sono generalmente usurpatori perversi dei loro stessi genitori e bisogna scegliere tra loro e noi. Non si trattò nemmeno di una tarda risposta ai suoi ipotetici adulteri con atleti rivoluzionari che si beffavano della mia condizione di idraulico, malgrado fossi uno degli idraulici più stimati di Boston, e mi ridicolizzavano ridicolizzandola nel lasciarla evidentemente insoddisfatta al punto che mi usava come straccio sporco per le escrescenze delle sue insoddisfazioni. La uccisi perché lei non era Alma. Non era mai stata Alma. Non rispettava nemmeno le mie rare menzioni di Alma e poco prima di morire gridò, volgarissima, che di Alma ne aveva piene le ovaie e di cacciarmi Alma in quel posto. Disse anche che mi avrebbe ucciso perché la facevo impazzire con la mia gelosia morbosa e le mie scempiaggini sui bambini buttati giù da una scogliera, e impugnò un coltello giapponese per aggredirmi, senza tener conto che io ne avevo un altro. Incrociammo i coltelli più volte prima che uno dei miei fendenti le tagliasse la giugulare, dove si portò la mano con disgusto, non molto più di quello che avrebbe potuto causarle la puntura di una zanzara, per balbettare nella sua agonia: «Me l'aveva detto mia madre di non sposare un...». Non fece in tempo a qualificarmi, ma sospetto che cosa intendesse. Conservai il coltello per adoperarlo su Alma, era quello il cadavere fondamentale, la finalità della mia educazione sentimentale. Paragonato al cadavere di Alma, quello di mia moglie era un semplice lapsus.

Gli psichiatri del penitenziario non credono che io abbia ucciso la missionaria laica durante i Giochi olimpici di Boston con il procedimento di violentarla e darle fuoco dopo averla cosparsa di benzina senza piombo. Com'è possibile che lei si trovasse in questa infermeria e allo stesso tempo violentassi la venerabile anziana? Peggio per loro. Nelle fondamenta della città olimpica di Boston ci sono le ceneri olimpiche di quella donna tanto sacrificata. Non hanno trovato nemmeno il cadavere di Alma, e dubitano della situazione di partenza della sua morte: quell'atto sadomasochista di farsi succhiare la tetta dall'endocrinologo, nonostante che io glielo abbia esposto secondo lo schema logico delle trascrizioni freudiane di sogni o di attività oniriche:* «Alma si fa succhiare la tetta dall'endocrinologo e vedo la scena in una fotografia in bianco e nero. Alma si nasconde il seno destro e il mio braccio diventa molle quando cerco di impedirglielo. Ma il mio braccio si prolunga in un coltello giapponese che penetra le sue carni senza trovare resistenza. Lei osserva con somma attenzione la netta ferita prodotta dalla lama di acciaio sul suo corpo e si volta verso la porta da dove è appena entrato suo marito, il defunto zoppo della frutta secca Cantijoch, con lo zoppicare aggravato da una protesi all'anca inizialmente buona. "È un vecchio compagno di giochi dell'infanzia" mi giustifica lei, come fa anche per la pugnalata: "Stavamo giocando al dottore", ma a voce bassa mi dice: "Mi costringi a mentire a mio marito. Non lo avevo mai fatto". Io tolgo il pugnale dalla ferita, pieno di riflessi dorati – Alma era la ragazza dorata per eccellenza – e lo mostro a Cantijoch. Non è più un pugnale. È un vibratore di plastica, con le sue belle pile inserite. Ma Cantijoch mi sputa addosso e Alma è scomparsa.» Riconosco che come racconto di un sogno o di un fatto quotidiano lascia molto a desiderare, ma cercavo di essere gentile con gli psicoanalisti e di facilitargli al massimo l'interpretazione. Non arrivarono nemmeno a formularla. Negarono "il fatto", e si buttarono

* *Nota dello strangolatore*: Per esempio, nei transfert freudiani, il sogno dei tre fiorini e sessantacinque centesimi nell'*Interpretazione dei sogni* o il caso di omissione narrato dal tenente T. nella *Psicopatologia della vita quotidiana*.

comunque in una discussione piena di teorie incrociate sul ruolo del coltello nella mia "fantasticheria affabulata". «Il coltello è il principio attivo che aggredisce la memoria passiva o la modifica» disse la voce principale. «Perché non l'espressione di una pulsione rituale?» opinò un altro. «Il coltello è lo strumento *sine qua non* del sacrificio, è la mano armata di Abramo nel sacrificio di Isacco», prova evidente, così come anche la torbida storia di Caino e Abele, delle truci origini delle truci religioni giudeo-cristiane, a differenza del significato che ha il sacrificio, fondamentalmente epico, in quelle islamiche o il sacrificio ludico degli induismi, senza dimenticare la beffa buddista che riduce il sacrificio a una baldoria floreale. Subito dopo si impegolarono in una discussione sul coltello, se sia nato come simbolo o come strumento per uccidere dinosauri, carne indispensabile e molto apprezzata dai nostri antenati primati. Né Freud, né Jung, né Adler, né Lacan, né Piaget, né Reich si erano mai pronunciati espressamente sulla causa ultima dell'esistenza del coltello – causa ultima e finalità ultima coincidono, siamesi al vertice primo fino a fondersi – e nemmeno lo citavano espressamente come riferito all'aggressività, pur figurando come strumento circostanziale nell'interpretazione di qualche sogno sparso. Tuttavia, Sigmund sbaglia meno degli altri nell'analisi dell'aggressività in *Al di là del principio del piacere*. Finalmente si rivolsero all'Interpol perché richiedesse a Parigi il permesso di scavare nel giardino del Lussemburgo, nel tentativo di riesumare il seno destro di Alma. Per loro fortuna l'Interpol, dove l'influenza francese è determinante, si rifiutò di mettersi a lavorare di vanga e di piccone, pregiudicando la fisionomia di uno dei più bei parchi di Parigi. Questa dimostrazione del loro scarso peso internazionale – in contraddizione con la propaganda dei mass media sull'influenza sempre maggiore di Boston nel consesso delle nazioni e delle città, al punto che Boston era una delle sette città più ricche del mondo, la quinta più inquinata, la sesta più costosa, aveva la torre delle comunicazioni più alta della terra, le sputacchiere più moderne e l'imperatore di Occidente non faceva un sol passo senza prima consultarsi con il nostro sindaco, al quale cedeva i suoi abiti più cari e meglio conservati – procurò loro un accesso d'ira subito meschinamente rivolto contro di me, attraverso ogni mezzuccio di bassa lega intellettuale tra cui il più inqualificabile fu di servirsi di una impostora perché si fingesse mia moglie, cercasse di convincermi di essersi sempre chiamata María Asunción e di non riuscire a capire come mai io la chiamassi Alma, quando, di fatto, molte cose della "realtà", parola di cui si diletta, coincidono con quanto io racconto sui nostri rapporti dell'infanzia e dell'adolescenza. «Non mi riconosci? Sono María Asunción. Alma non è mai esistita. Siamo marito e moglie da molto prima che girassero il film *Le bostoniane* da Henry James... I miei seni non hanno mai avuto nessuna singolarità.» Bugiarda! Il romanzo di Henry James non si chiamava *Le bostoniane,* ma *I bostoniani*. Nella sua arrendevolezza mercenaria a questi burocrati della salute mentale, era giunta addirittura a mostrarmi il seno destro, per farmi constatare che era assai poco diverso da quello sinistro e che era ancora al suo posto. «Che sia ancora al suo posto non è la prova che lei, signora, sia Alma, ma precisamente che non può esserlo.» Non mi accontentai di rimproverarla per quello che faceva, poiché, visto che non era disposta ad accettare rimproveri, fui costretto ad aggredirla e afferrarla per il collo anellato di vecchia serpe con due mani che mi erano diventate poderose, come se attraverso di esse proiettassi la necessità di uccidere per vivere, che si acquisisce quando scopri il miracolo di non essere stato ucciso, scoperta che dà il via all'inizio dell'età adulta, all'inizio della logica elementare. Avvalendosi degli eccessi di aggressività che ultimamente ho sfogato sulla persona dell'unico psichiatra che ancora mi cura, l'argentino lacaniano che vive sempre tra due stanchezze e due divorzi, come su tutti quelli che mi presentano come presunti miei assassinati, accomunati dalla coincidenza di godere splendida salute, mi hanno somministrato ferocemente Axtrinina Compositum a ogni ora ed elettroshock nelle feste comandate. A causa della sensazione di fallimento che provano per non aver raggiunto l'ultimo recesso, la causa ultima del mio comportamento, la parola lobotomia va e viene tra sussurri e l'adoperano perché sanno che è l'unica in grado di attaccare la mia fortezza con la punta di un bisturi proditorio a vantaggio del definitivo sonno eterno di Albert DeSalvo. Conosco quel che si nasconde nel contenitore della parola "lobotomia" e "leucotomia". Un semplice taglio nelle fibre nervose del lobo frontale, a cui si ricorre nei casi gravi di schizofrenia e stati compulsivi, a quanto pare usato soltanto in casi irrecuperabili, e mai il termine è stato così appropriato, perché loro sono irrecuperabili e vogliono castrare la mia dissidenza essenziale. Dovetti quindi patteggiare, servendomi di quel cervello possibilista e socialdemocratico che tutti abbiamo dentro di noi come strumento di soccorso tra il Tutto e il Nulla, e acconsentii a mettere per iscritto i miei pensieri quotidiani, in particolare quelli negativi, inventario di una depressione che mi avrebbe aiutato a trovare i pensieri positivi, l'impulso psicologico positivo.

Parte seconda

Ritratto dello strangolatore seriamente malato

Ma quando si racconta la vita, tutto cambia, soltanto è un cambiamento che nessuno nota: la prova è che si parla di storie vere. Come se potessero esserci storie vere; i fatti avvengono in un senso e noi li raccontiamo in senso inverso.

Jean-Paul Sartre, *La nausea*

1

Con gli anni mia moglie ha acquisito lineamenti da ragazza dolcemente invecchiata, supponendo che si possa invecchiare dolcemente. Mia moglie passa pomeriggi e sere a leggere monografie storiche di Boston, e oggi in concreto: *Tipi popolari di Boston, nel XIX e XX secolo,* senza mai smettere di sferruzzare. Con l'età si è innamorata della letteratura "di genere", o forse non si può leggere nient'altro quando tieni compagnia a uno strangolatore seriamente malato, nella piccola infermeria di un penitenziario vicino a East Coker. Sopra la porta, un motto eliotiano: *Nel mio inizio è la mia fine.* Come nella poesia, inoltre, ora la luce lambisce l'aperta campagna, celati sotto gli alberi i fondi sentieri, che oscura la sera. Di tanto in tanto mia moglie interrompe la lettura per scoppiare a ridere e mi fa partecipe dei motivi della sua ilarità, la stramba tipologia di Boston presente nella memoria collettiva, chiara dimostrazione che la Boston stramba era conseguente e piena di senso di misura quanto quella normale e accettava la stravaganza dei personaggi solo come esile fattore di ilarità. A noi bostoniani quel che ci farebbe ridere per davvero sarebbe mollare delle scorregge o che le mollino gli altri, ma ci tratteniamo per via della buona educazione, non si è mai visto un bostoniano fare una scorreggia in pubblico e ancor meno ridere se a qualcuno gli è scappata. Forse per questo, ciò che ci fa ridere apertamente può essere ritenuto stupido da persone o paesi senza il dono della misura. Le storie che, così deliziosamente, mia moglie legge ad alta voce, sono uno sfogo all'allegria dello spirito: l'italiano della marmotta, per esempio, un calabrese che portava sempre un cappello a larghe tese, a punta, pieno di nastri, e le gambe coperte da gambali, una corta cappa e con questi indumenti, in parte da contadino e in parte da ex garibaldino, suonava la fisarmonica mentre una marmotta addomesticata ballava seguendo la musica. «Divertente? Divertente davvero? Una marmotta!...» ripete una e più volte la donna e scoppia a ridere... Pretende che io l'assecondi... Sono quindici anni che non riesce a farmi ridere, ma riesce a farmi sorridere fra queste quattro mura, utilizzando storie simili a quella dell'italiano della marmotta. Per esempio: Nerón o il simpatico locale, Rafaelito e la sua canna per annaffiare, il nonno del Parco, il gendarme Settegambe, Sampablo il disgraziato, l'uomo dei cani... un uomo con le gambe così malridotte da servirsi delle grucce, accompagnato sempre da tre o quattro cani ammaestrati che sapevano camminare sulle zampe posteriori e saltavano attraverso il cerchio... Si racconta che una volta gli si ammalarono tutti i cani rischiando di morire, e anche lui si ammalò, fino a quando i cani guarirono e allora anche l'uomo guarì. Miracolo! Miracolo! Miracolo dell'affetto. Anni fa ho chiesto un cane che mi tenesse compagnia. Me l'hanno rifiutato, per il mio bene, come tutto quello che fanno, ritenendo che un cane non possa sopravvivere degnamente senza mai uscire da queste quattro mura, tenuto conto che io non posso andare nel giardino-cortile dove, sostengono, avevo cercato di aggredire un corruttore di minorenni che si vantava di non aver mai abusato di bambine e bambini al di sotto degli undici anni. Lo avevo aggredito non per un impulso etico grottesco ma perché, chiestogli se compisse tali abusi per geometria o per compassione, aveva risposto che così gli dettavano i suoi coglioni. Dopo la mia contundente risposta, per la quale mi servii di un catino di legno pieno del bucato che stendevano due detenuti comuni, prima di entrare nella cella di punizione feci ancora in tempo a intavolare una conversazione con Juan Seidita, il Coscianera, sul lato buono e su quello cattivo dei rapporti interpersonali. «Non che io sia favorevole agli abusi sui minori, proprio per niente, non sono nemmeno frocio, e se mi arrangio con qualche detenuto è per via delle circostanze, ma il comportamento degli esseri umani dipende da collegamenti di cavi che non sempre si controllano, e lei, che è stato elettricista e idraulico, dovrebbe saperlo.» Lo sapevo. Lo so. Ma esigo che un delinquente abituale, un emarginato geometrico, razionalizzato, non lo sia solo da fuori, non sia razionalizzato da fuori dalla polizia, dai giudici, dai secondini, dalla società, ma che finisca anche con avere una teoria razionale di se stesso.

Una volta trasferito definitivamente in questa cella tutta per me dell'infermeria, mi rifiutarono la compagnia di un cane e mi avrebbero tollerato invece quella di un canarino, ma mi fanno pena gli uccelli in gabbia e fui sciocco a rifiutarlo, perché avrei approfittato della prima occasione per liberarlo... forse no... se lasci libero un uccello domestico è assai probabile che se lo mangi un gatto... se lasci libero un gatto domestico, morirà senza dubbio sotto le zampe di un cane screanzato... e un cane domestico smarrito o abbandonato sarà ucciso da qualche uomo, perché l'uomo, per quanto sia addomesticato, mariti castrati compresi, non si fida del suo migliore amico, consapevole delle malvagità che sono state necessarie per sottomettere l'intero regno animale, della paura che suscita in ogni specie, serpenti compresi, tranne la vipera che lo morde alla cieca nonostante la sua piccolezza e il pitone che lo considera poco meno di un albero versatile che si muove. Saggiamente, gli animali capiscono di non potersi aspettare dagli umani nient'altro che di venire assassinati o addomesticati, dal dinosauro alle oche del Périgord... Non è più fortunato l'uomo in libertà, perché c'è sempre un altro uomo più malvagio che finisce prima o poi col mangiarselo. Questo perché non c'è vita senza morte, né volontà di vita senza bisogno di uccidere, sia pure attraverso il linguaggio o il non linguaggio. Le omissioni assassine.

Omissioni assassine talvolta mascherate da ciò che gli etologi chiamano la «riduzione degli istinti», riduzione che è altruista solo in certi santi, purché laici, ma che nei rimanenti animali umani ha una finalità interessata. Ricordo quanto mi commosse la lettura di *Considerazioni sul comportamento animale e umano* di Konrad Lorenz, e in particolare l'esempio dei corvi vecchi, equiparabile a quello degli esseri umani vecchi, che non riescono ad adattarsi a nuove forme di comportamento quando cambiano ambiente. I corvi vecchi, se gli cambi la gabbia, cadono in uno stato di angoscia, si disorientano, non riconoscono più chi li accudisce e finiscono sfracellati contro la rete metallica della gabbia. Dimenticano che non ne possono uscire, come accadrebbe anche a me se mi chiudessero in un'altra cella, e soprattutto se mi riportassero in quella che era stata la "mia casa" o la "mia città". Tutto ciò che vive è fondamentalmente minacciato dall'uomo, e l'uomo a sua volta è l'essere vivente più minacciato dall'uomo.

2

È per questa ragione che sono grato alla fortunata combinazione di caso e necessità che mi ha circondato di esperti di comportamento umano che stanno dalla mia parte e sono riusciti a dominare la mia tendenza a essere un grande strangolatore, tendenza che muove il comportamento degli esseri umani. La principale minaccia per qualsiasi essere umano è lui stesso, e sono necessari intermediari che aiutino a respingerla, come lo Stato ha bisogno di polizie interne ed esterne per difendere la sua integrità, che è la nostra. María Asunción, mia moglie, a quanto pare non si sente minacciata, per cui talvolta mi domando, con tenerezza, se non sia un vegetale, sempre contento, che mi parla come se io gli rispondessi, immaginandosi le risposte che anni fa sarebbero state normali nei rari momenti di convivenza pacifica. «Tutta una vita,» mi dice «ricordi?» accentua la pressione della sua memoria sulla mia amnesia relativa, e quando ha interlocutori spiega loro la nostra lunga vita in comune perché io l'ascolti e imbeva la spugna della mia memoria con i decotti dei ricordi filtrati ed edulcorati. La sua memoria è come una melassa densa su crostini ammorbiditi dall'umidità delle lacrime. Insiste a dire che io la seguivo fin dall'infanzia, a partire da un momento che lei non può precisare, quell'istante in cui smisi di essere il vicino della casa di fronte con cui aveva giocato talvolta nella piazza della vergine più martire di tutte le vergini martiri e diventai un tenace guardone dei suoi movimenti, soprattutto quando usciva a stendere il bucato e lei sentiva i miei occhi sulla scollatura, per quel che c'era da vedere! commenta lei con il pessimismo derivante da quelle tette di Tiresia che oggigiorno le devono penzolare e che io mi sono sempre rifiutato di vedere da quando sono qui dentro, nonostante lei, al principio, più di vent'anni fa, sicura di essere spiata dai secondini, si sollevasse il golf e mi mostrasse sfacciatamente i seni, quelli di vent'anni fa, senza dubbio più pieni verso il muso, ma già allora graziosi pianori erosi alla radice, anche se i capezzoli si alzavano ancora sfidanti, eccitati dal freddo tramonto della Nuova Inghilterra. All'inizio della mia reclusione si ostinava a dimostrare quanto fossero simili i suoi due seni e quanto quello destro non fosse molto più significativo di quello sinistro. Era evidente. Era una verità oggettiva. Era il suo problema, ma non mi opposi mai, perché intuivo che la poveretta provava una rara soddisfazione nel dimostrarmi di avere un paio di tette assai normali e quasi identiche. E accoglievo con tutta la dolcezza possibile le sue rivelazioni sugli anni in cui si consolidò il nostro amore, un amore, come gli occhi e i buchi del naso, per tutta la vita. «Eri un innamorato molto pesante. Ricordo quanto eri ossessivo con i tuoi inseguimenti e la tua gelosia, soprattutto nei confronti del ragazzo dei Cantijoch, quello del negozio di coloniali. Lo zoppetto. Ricordi il ragazzo dei

Cantijoch? Bel tomo, pure lui. Gli occhi e le mani gli scappavano dietro le clienti e molte lo lasciavano fare perché ne avevano compassione e rispettavano sua madre. Ricordi sua madre? Che signora! Con il grembiule bianco inamidato e quei lineamenti da Boston Nord... difficili da trovare a Boston Sud. Sembravi timido e noi ragazze ci facciamo intenerire dai ragazzi timidi, ma una volta mi spingesti nell'angolo della gabbia girante di una giostra al lunapark, dimenticasti ogni timidezza e cercasti di infilarmi un ginocchio piegato tra le cosce, mentre approfittavi di una presunta perdita di equilibrio per palparmi tutta. Io ero una ragazza sensibile, piena di paura per gli uomini, e anche per i ragazzi che mi seguivano come tafani. Una paura che confessavo solo al mio diario. Ricordi il mio diario? Ne eri geloso. Guarda.» E mi mostra un libro rilegato in quella che un tempo si chiamava pelle di Russia, pelle umana? Me lo mostra quasi chiedendomi di strapparglielo di mano. Ma io mi limito a guardare il libretto con cortese interessamento. «Non sopportavi nemmeno che mia madre mi portasse dal dottore, dicendo che quello lì voleva soltanto vedermi nuda. Invece, credo che fossi io ad avere più motivi di gelosia, per via di quelle tue occhiate alla vicina del piano di sopra, quella ronzina sordomuta che andava a letto con tutti i maschi del quartiere.» Deve aver patteggiato qualcosa con l'unico psichiatra che mi rimane, in quanto la vicina del piano di sopra è uno dei pochi personaggi della mia vita che non sia ancora passato a trovarmi, in questi anni di confronti a faccia a faccia, per il mio bene, perché allontani dalla mente l'assurda idea di aver fatto loro il benché minimo danno. È curioso che i soli personaggi a non essere mai passati dai parlatori o dai giudici o dalla cella, in questi ultimi anni di bonaccia e tolleranza, siano stati i miei genitori e la vicina del piano di sopra. Per quel poco che ricordo e che mi raccontano, mi sarebbe piaciuto rivederla per verificare che n'è stato di quelle gambe gloriose, se sono state risparmiate dalle offese del tempo o se sono diventate tronchi tumefatti con le vene arboree di un verde purulento a segnare l'albero della morte che si arrampica, risalendo le gambe, verso i centri reali della vita. Lamento di tanto in tanto di venir colto da pensieri negativi, nati da immaginari *ad hoc,* e appena ciò accade, do retta ai miei mentori e corro all'agenda dei miei pensieri depressivi e li segno, perché poi se li legga il mio psichiatra residuo, sempre più svogliato, al punto che ho constatato negli ultimi tempi che non dà manco un'occhiata ai miei messaggi disvelatori, utili solo a me stesso. Ricorrere alla mia agenda confessionale è stato il risultato del patto con gli psichiatri: loro rinunciavano alla lobotomia e io li tenevo aggiornati sulla curva delle mie depressioni.

3

Non fu compensazione sufficiente, bensì esperienza agrodolce, più agra che dolce, al punto che mi precipitai sul mio quadernetto e la segnai come esperienza negativa, il fatto che mi portassero la donna del lanciatore di coltelli del circo, Telma, ormai una vecchia patetica che mi ricordava da bambino, diceva, e mi passava il dorso della mano sul viso, assicurando che avevo ancora una pelle molto morbida e che le piaceva baciarmi le guance e mordermele quando veniva a provarsi il vestito che mia madre le stava cucendo. Mia moglie contemplò questa sequenza con gli occhi lucidi, lacrimosi, con le mani abbandonate, con il lavoro a maglia sul grembo, come una sagoma perfetta di donna che prende vita col rivivere dei ricordi del marito amato, persino di quell'altro che era stato da bambino. Per non turbarla, approfittai di uno dei suoi rari momenti di distrazione per palpare il sedere della vecchia Telma nel caso avesse conservato tracce della mia infanzia, e non aveva né culo, né senso del tatto, perché non si rallegrò della mia birichinata e manco me la rinfacciò. Poche volte mi rattristo senza controllo, come non mi vengono le lacrime agli occhi se non sono io a volerlo, ma mi depresse constatare quella decadenza, serbavo negli occhi della mia memoria il turbine di quel culo che si lanciava negli ondeggiamenti del *Mambo numero 10* nei veglioni delle strade del mio quartiere, sotto le frange policrome delle decorazioni di carta, circondato dagli spettatori entusiasti che l'incitavano e che mai, assicuravano, avevano visto un culo tanto oceanico.

Non riesco, a volte, a far coincidere esattamente la mia memoria con quella di mia moglie, e così, quando lei si commuove nel rievocare i miei genitori, questo suo atteggiamento di oggi non coincide con quello emesso, diffusamente, da una porzione della memoria rimastami allo stato selvaggio, e non ricordo pertanto sulle labbra di María Asunción un solo frammento di conversazione che tranquillizzasse i miei genitori, ma soltanto una tendenza a impartirgli lezioni o a distruggere, per il loro bene, questo sì, le scarse sicurezze della loro esiguità culturale. Non consentì loro nemmeno di continuare a credere che le casseruole nuove vanno strofinate con uno spicchio d'aglio per evitare che poi si screpolino o vi si attacchi il cibo. Non apprezzava la mediocre ma salda tradizione culturale della mia famiglia, mentre sbandierava quella della sua come paradigma dei bostoniani autentici, colti, puliti e onesti. All'inizio della mia percezione contraddittoria, tra quanto ricordavo e quanto diceva, cercavo di esprimere il mio disagio, ma notai il male che le faceva il semplice sospetto di essersi comportata da matrigna con i miei vecchi, e decisi di non toccare l'argomento, con il sorprendente risultato che con gli anni María Asunción arrivò a dire che non c'è nulla di più efficace per allungare la vita delle casseruole di terracotta come strofinarle con uno spicchio d'aglio nel loro primo stato di verginità. Con il tempo ha ricalcato la sagoma predeterminata della moglie rassegnata di un condannato a controllo psichiatrico perpetuo e io la lascio fare, perché non mi costa niente rimanere nel silenzio e nella paralisi facciale, giorno dopo giorno, impegnato a ripassare il *Dizionario enciclopedico illustrato* di Boston di cui mi hanno lasciato i primi nove volumi e sequestrato il decimo – da Tam a Zyw – oltre a quello dei supplementi. Lo leggo. Lo rileggo e non per armarmi di nuove conoscenze, perché la mia memoria, seppur prigioniera e mutilata, è di per sé un dizionario superiore, né per scoprire perché me l'abbiano lasciato incompleto, giacché suppongo che qualche effetto benefico, fondamentalmente benefico, debba procurarmi una misura che, come tutte le altre, ha come unico scopo il mio stesso bene.

Questa pazza propizia e abitudinaria viene tutti i giorni dell'anno, tutti i pomeriggi di tutti i giorni dell'anno, con la sola speranza di meritarsi la mia gratitudine, anche se poco merito si può attribuire a chi vuole aiutarsi a passare il tempo quando non sa più che farsene. Ora mi consentono di affacciarmi dietro le sbarre delle alte finestre, e alle tre del pomeriggio María Asunción scende dall'autobus come una regina solida, con le sue gambe varicose, il borsone pieno di ferri, gomitoli, il libro sulle usanze di Boston e qualche specialità gastronomica la cui elaborazione le ha occupato l'intera mattinata e che io spilucco in sua presenza per non offenderla – sono sempre stato un uomo considerato – ma la mangio decisamente solo quando lei se n'è già andata, per non solleticarle la fame con la mia ingordigia e non mettere a dura prova la sua nefasta circolazione sanguigna, piena di trombi allo stato letargico, ma in agguato. Confesso che è arrivata a commuovermi con la sua capacità di introdurre varianti nei limitati ingredienti che compongono la cucina di Boston, un autentico sfoggio matematico che lei ha risolto semplicemente attraverso la combinazione di esperienza e memoria. Da un thermos rosa esce l'intera gamma delle minestre della Nuova Inghilterra, *clam-chowder* o *corn-chowder* e anche qualche pezzo di baccalà alla bostoniana, il *Boston cod,* le torte, imbevute di sciroppo di acero, e l'indispensabile pane e pomodoro, senza il quale noi bostoniani non sapremmo mangiare. In realtà cucina anche per i miei tre figli, nonostante non vivano più con lei e di uno di loro non sappia manco dov'è finito. Mentre parla, sferruzza, commenta, informa, senza alcun timore e senza alcuna possibilità che una loquacità eccessiva da parte mia metta in pericolo la sua armoniosa verbalità; io assumo entro certi limiti un atteggiamento ricettivo e soltanto quando qualcosa mi irrita troppo mi alzo e faccio qualche passo veloce, segnale che lei capisce immediatamente, tace, sferruzza, disfa la maglia e misura quel che ha fatto su un corpo immaginario perché io rifiuto le prove, anche se ho accettato i trentaquattro golf di diverse misure e morfologie che mi ha fatto in questi anni. Se mi consento, assai di rado, questi gesti di disaffezione, non è per disaffezione reale, ma perché lo psichiatra residuo mi ha spiegato che era controproducente essere sempre accondiscendente e ricettivo, e che di tanto in tanto dovevo sentirmi contrariato, ma entro un limite di libertà, senza cadere nel libertinaggio, a quanto pare assai malvisto, soprattutto dagli psichiatri che nel mio caso lo interpretano come la soglia differenziale oltre la quale la mia contrarietà può arrivare a contrariare gli altri.

4

Già da bambina, mi ricorda María Asunción, era bravissima a fare la maglia e lavorava al tombolo sul suo balcone, con una lingua ostinata tra le labbra, come se dalla posizione della lingua dipendesse la precisione del suo lavoro. Il tintinnare dei piombini arrivava fino al mio balcone e potevo passare le ore a contemplare la precisione con cui infilava gli spilli, muoveva i piombini e il filo sottile componeva schiume di tempo, mentre prendeva lo scarso sole di Boston ogni volta che poteva per raggiungere la qualità privilegiata di ragazza dorata. Ma dalle mani di María Asunción con difficoltà sarebbe uscito un golf qualsiasi, risultato di una tenacia sciocca e stupidamente utilitaria da quando tre volte all'anno ci sono svendite di golf in tutti i grandi magazzini. I golf artigianali che María Asunción mi fa a occhio, anche se quasi sempre indovina le misure, sono, a parere dello psichiatra, un bisogno psicologico di comunicazione da parte sua, e che io la lasci fare rappresenta un conforto fondamentale che la fa sentire utile nei miei riguardi. La mia collezione di golf affascina in particolare l'aiutante di cucina, Juan Seidita, il Coscianera, soprannome che a detta dei suoi compagni di lavoro si è meritato non lavandosi il corpo per intero da quando entrò nel centro, condannato a trent'anni per aver seppellito nella segatura, vivo, un falegname a cui aveva tentato di rubare i miseri risparmi, e che uccise approssimativamente prima di ucciderlo davvero con la poco ragionevole ostinazione di farlo scomparire nella sua stessa segatura. Seidita ha delle particolari attenzioni con me, perché gli piace la gente di cultura e lui sarebbe potuto essere colto se non avesse iniziato la carriera di delinquente in piena infanzia. «Mia madre faceva la puttana, le cose vanno chiamate con il loro nome, e mia nonna mi detestava. Sono passato da un orfanotrofio all'altro, da una manica di frati miserabili all'altra, e furono loro a togliermi la poca innocenza con cui ero nato. Appena adolescente, entrai nella Legione straniera in un brutto momento, perché non c'era alcuna guerra in prospettiva da cacciarsi in bocca, bensì molta crudeltà negli addestramenti e nei rapporti, crudeltà che finisce coll'impregnarti l'anima e gli occhi, mai la memoria, che, come lei sa, è come un romanzo truccato che raccontiamo a noi stessi e in cui talvolta introduciamo capitoli raccontati dagli altri, purché di nostro gradimento. Anni dopo, ormai congedato e convinto di essere il cavaliere legionario Juan Seidita, una notte, un po' sbronzo, cose della gioventù, rubai una macchina e andai dove mia madre faceva la strada. Accelerai e frenai a un centimetro dalla vecchia. Lei non mi riconobbe e voleva cavarmi gli occhi, ma a me venne da piangere e piangere e piangere e pure lei si commosse e mi diede qualche dollaro perché continuassi a sbronzarmi, ma con un po' di allegria.» So che farei felice

Seidita regalandogli uno dei miei trentaquattro golf, ma insieme alla felicità insinuerei gratitudine e protezione complice, sentimenti a cui non intendo concedermi negli anni che mi restano da scontare, che sono probabilmente quelli che mi restano da vivere. Perché ciò che avrebbe parvenza di aiuto solidale sarebbe in realtà sarcasmo crudele, come quelle elemosine elargite dai guidatori di macchine di lusso ai miserabili che si avvicinano ai finestrini per affacciarvi una remota miseria che li aggredisce.

Anche i miei figli esaminano i golf ogni volta che vengono a trovarmi, non so se per avere qualcosa da commentare o perché gli piacciono. «I nostri figli sono tanto felici... Hanno il tuo sorriso. Il tuo stesso sorriso.» Di che sorriso parla? Glielo domando con un semplice sorriso, pur ricordando di aver sorriso sempre poco, forse perché mio padre, per il mio bene, mi avrebbe guardato dall'alto in basso se io avessi sorriso, e l'avrebbe ritenuto un tradimento di classe e una stupidaggine razionalista. Da quando perse l'ultima guerra di secessione e soprattutto dopo l'assassinio di Sacco e Vanzetti, mio padre si considerava sconfitto dalla Vita e dalla Storia. I miei figli, in realtà, sono esemplari, come il mio psichiatra e mia moglie, sarebbe persino facile sbagliarsi e pensare che sono figli di loro due, perché adorano la gestualità della felicità, e chiunque li ascoltasse si stupirebbe se sapesse che uno ha l'Aids, l'altro ha ancora in corpo la pallottola sparatagli dalla sua terza moglie e il terzo è un vagabondo che viene di tanto in tanto, soprattutto in assenza di sua madre, per mangiare gli avanzi delle leccornie che quella mi porta. Una volta che cercai di proteggere la mia *blueberry pie,* mi minacciò con un coltello a serramanico e se la mangiò davanti ai miei occhi servendosi dello stesso coltello. È spiritosissimo e imprevedibile, eppure mi sono sbagliato gravemente secondo lo psichiatra, quando ho creduto di dovermi spaventare della sua sincerità accoltellatrice, soprattutto perché la rivolge in modo teatrale contro il suo presunto genitore. «Lei sbaglia, molto e pericolosamente, con questa interpretazione tanto negativa. Suo figlio, quando le mostra il coltello per rubarle una fetta di *blueberry pie,* intende recuperare il senso del gioco, quel senso del gioco dell'infanzia di cui lei fa parte, perché lei fu un eccellente, eccellente padre giocherellone.» Ha, senza dubbio, del tutto ragione e l'accoltellatore è il mio figlio preferito, anche se gli altri due non sono da meno, quello con l'Aids perché ha un coraggio allucinante, vanta la propria malattia alla moda e incurabile e mostra in giro, senza benda, un occhio marcio, con un tale coraggio e disprezzo dell'opinione altrui da riempirmi di invidia, perché se io mi trovassi nella sua sventurata situazione, terrei l'occhio non meno coperto del sesso. Quello separato dalla moglie voleva fare l'attore e ha frequentato l'Actor's Studio, cosa che gli ha fornito una serie completa di silenzi e sguardi verso il cielo mentre gratta le pareti con un'unghia a lutto, e tutto per esprimere la sua angoscia perché la moglie ha trovato qualcuno che si taglia e si pulisce le unghie e per di più ha il cazzo più lungo del suo, con l'ignoranza tipica delle mogli cosiddette emancipate che si lasciano sedurre dal mito del cazzo lungo, tanto seriamente criticato dagli attuali sessuologi di razza ariana. Quando parla con me, ossia, quando parla, è capace soltanto di formulare una frase: «Le donne sono tutte delle gran puttane, non è vero, vecchio?».

E lo dice arditamente, sinceramente, senza impacci, nonostante la presenza di sua madre che sferruzza, in apparenza disattenta, e ripete tra sé e sé che i nostri tre figli sono tanto felici! Questi ragazzi sono invecchiati, povero me! al punto che gli dedico qualche attenzione di quelle normalmente riservate ai vecchi: cedo loro la sola poltroncina che c'è in questa cella e quando vanno via gli metto sempre in tasca un sacchetto di noci sgusciate che compro allo spaccio. Ma non gli parlo mai. Sono ormai dieci anni che ho deciso di essere coerente con i piaceri di un autismo bene inteso, pacifico, costruttivo, e apprezzo che mi si parli o si monologhi in mia presenza, ma tradirei me stesso se cadessi nella complicità della conversazione. Se talvolta due di loro, quelli che hanno procreato, insinuano la possibilità di portarmi i miei nipotini, so di dovermi alzare, camminare in fretta e sbuffare perché l'insinuazione non attecchisca e parlino d'altro. Se fingono di non capire, spacco qualcosa. In questo modo manifesto che mi stanno infastidendo e mi rispettano, o per geometria o per compassione, vale a dire, per razionalità o per sentimento. Bene ammaestrati, sanno che tutti i figli di assassini di prim'ordine hanno una grande ammirazione per il padre, indipendentemente dai danni diretti o indiretti subiti per tale passione o dono. I miei ricordano spesso ad alta voce scene in cui interpreto la parte del padre amorevolissimo, soprattutto le visite alla casa museo del professor Dotras, così piena di oggetti Déco, con quella volontà di mistero propria del Déco, un'arte maschera del nulla, un'arte da luna-park adatta alle scenografie dei film americani di serie B, un'arte che, come indica il suo nome, è solo una messinscena della supposta inquietudine creativa, tranne nel caso di Klimt, scarsamente definibile come Déco. I ragazzi passavano dal nostro mondo di oggetti rigorosamente utilitari ed economici, in buona parte ereditati dai miei genitori e dai suoceri, a eccezione dei libri e dei dischi, alla casa di Dotras, che si apriva loro purché attraversassero lo specchio di un salotto arredato con mobili Déco di seconda o terza vita. Entrare nel santuario di Dotras significava scoprire che lo spazio umano è ciò che risulta dall'ordinamento delle persone e degli oggetti con significazione, con medesimezza. A casa nostra, noi eravamo la misura di tutte le cose mediocri, ma in quella di Dotras gli oggetti e gli ornamenti singolari gli fecero scoprire la funzione dell'arte applicata alla vita. Anche il professor Dotras gli dava noci, noci Déco, pralinate. E nella loro nostalgia fatta di rievocazione e provocazione, mi ricordano anche quando li portavo a passeggiare sulla cima delle scogliere di East Coker e giocavamo con aquiloni che io gli costruivo con carta cerata e canne o quando li facevo volare, bambini, le mani nelle mie e il corpo che planava sul vuoto e sui mari della Nuova Inghilterra. «Avevo una tale paura!» commenta mia moglie con mezzo sorriso, senza mai smettere di sferruzzare. «Ma mi fidavo delle tue mani grandi e forti. Loro ne erano entusiasti: i nostri figli sono stati sempre tanto felici! A volte mi domando perché i miei avrebbero voluto che sposassi lo zoppetto, Cantijoch. Lo preferivano perché era benestante e la sua stirpe risaliva ai pionieri della *Mayflower,* per via più o meno diretta. Tu, invece, hai sogni del Sud, euro-africani, nel tuo albero genealogico. Molto, molto del Sud. I miei diffidavano della gente del Sud, perché suole essere più scura di quella del Nord, ma credo di aver scelto bene. Inoltre, il povero Cantijoch finì i suoi giorni con un solo rene, dialisi un giorno sì e uno no. Che calvario!»

5

La morte naturale di Cantijoch ha impedito che me lo portassero in visita, con quello strano zelo di portarmi di continuo quelle che oggi sono soltanto ombre umane del mio ricordo. Accetto la lusinga disinteressata di María Asunción quando sostiene di aver preferito sposare uno strangolatore che un uomo tanto vicino alla ricchezza come lo zoppetto bottegaio. Condizione umana! Cantijoch finì male, nonostante le tante noci mangiate e il riguardo con cui lo trattavano le clienti della madre e i professori della nostra scuola. Il povero professor Dotras me lo portarono quasi moribondo, con un'ambulanza, perché mi guardasse, seduto sulla sedia a rotelle, scuotesse la testa, trattenesse l'istintivo gesto di mollarmi uno schiaffo di pietra mentre mormorava a denti stretti: «Ma che bravo, Cerrato! Bravo davvero! È così che ricambia i sacrifici dei suoi genitori per darle un'educazione e tirarla fuori dal Sud di Boston? Il suo povero papà, in brache di tela per farla studiare e lei a strangolare come un pazzo! Ho forse perso il mio tempo pensando che fosse il miglior alunno che avessi mai avuto, il solo degno di sostenere con me una conversazione sull'Art Déco? Ed è finito in carcere per cattiveria, non per qualcosa di costruttivo come tentare di cambiare la Storia, anche se la Storia se ne sbatte di essere cambiata!». Il suo sdegno di vecchio moribondo diventò rantolo rabbioso quando, in uno dei suoi lentissimi movimenti per girare il collo, poté vedere la riproduzione della *Danae* di Klimt appesa al muro. «Insiste con questo parvenu!» Buon sangue non mente, e piansi sulla sua moribondaggine, mentre gli mettevo le mani intorno al collo nel tentativo di aprire il passaggio dell'aria della vita o, chissà, chiudere quello dell'aria della morte. Mia moglie cominciò a gridare, sempre così apprensiva appena sentiva nominare la morte, e alle sue grida accorsero i miei guardiani, i quali mi persuasero che non potevo fare più nulla, nel bene e nel male, per il professor Dotras e pertanto gli togliessi le mani dal collo.

Dopo l'agitata visita-agonia di Dotras, si rinnovarono le sedute speciali con il mio psichiatra residuo. Dopo essermi tirato dietro per anni dozzine di psichiatri che hanno fatto carriera grazie ai trattati da loro scritti sul mio caso, ormai soltanto uno mi segue, un ex esule argentino, non ricordo per quale situazione politica, che ora sopravvive come esule interno nonostante gli abbiano concesso la nazionalità bostoniana. Da quando gliel'hanno concessa, è aumentata la sua sensazione di esilio e di tanto in tanto inserisce un tango nella conversazione e nei dati tecnici, pur avendomi spesso spiegato di detestare il tango. È un uomo con una grande tendenza alla depressione, pieno di problemi – ha un figlio che lo picchia – e si è separato diverse volte. «Sono vittima di una inibizione captativa senza rimedio» si autodiagnostica, aspettandosi che lo compatisca o gli dia qualche consiglio, ma io mi limito ad ascoltarlo quando si abbandona e mi parla dei suoi problemi per ore e ore, rimandando ormai da due anni la stesura di una relazione sulle mie attuali condizioni che gli ha chiesto mille volte l'Alto consiglio psichiatrico del penitenziario, diretto da Dieterle, un eccellente professionista che ha reso più sopportabile la mia reclusione a base di test e di applicazioni di elettroshock perché ha una tendenza comportamentista assai radicata. Ma mentre Dieterle è un lavoratore infaticabile nonché classico scienziato razionalista in tutto quello che fa, per niente simile al prototipo del professore mattoide o svampito, il mio psicoanalista ex argentino è uno di quegli animali affettuosamente esitanti che mai si iscriverebbero a un club che li accettasse come soci. «Ho tutto il tempo libero che voglio, signor Cerrato, eppure non ho tempo per fare niente. Sono un disordinato. Faccio fatica a concentrarmi. A quale scopo? La finalità delle azioni... Perché le azioni devono avere una finalità?» sarebbe più corretto domandarsi perché... a quale scopo hanno una finalità, ma sarebbe mancanza di solidarietà da parte mia rispondergli che a ciascuno il suo e, inoltre, quale senso avrebbe la mia etica di autista costruttivo se non mi affacciassi dai merli della mia fortezza per capire e lenire le sofferenze altrui? Ma sarebbe falsa bontà concedere agli altri il beneficio della compassione, senza concedere insieme quello della geometria. Se ricevo questo stregone è anche perché mi serve come materia di studio, per geometria, oltre che per compassione, e mi compiaccio di essere la sua ultima speranza di fare qualcosa di utile nella vita, di ricevere la protezione di Dieterle e di ottenere un salto di categoria, più utile a migliorare il suo livello di vita che è quello intellettuale. Per di più, al di fuori di questa Penelope presa di abnegazione che tesse e disfa, è il visitatore più costante e dipendente che ho. A poco a poco si sono diradate le visite e, con l'antipsichiatria in crisi, gli psichiatri postmoderni sono deliziosi neoliberali eclettici che utilizzano in modo indiscriminato e talvolta caotico le pastiglie, il lettino, le statistiche e la benintenzionata tortura comportamentista. Non rimpiango né gli psichiatri né gli psicoanalisti, chiaramente differenziati, che tanto abbondarono nei miei primi dieci anni di internamento, rimpiango forse un po' Laing, per il quale provai all'inizio curiosità, e poi franca gratitudine perché mi dedicò una bellissima poesia che a me calzava come un guanto e a Nietzsche come una forma per le sue scarpe mostruose: «Signor DeSalvo,» si è sempre ostinato nel chiamarmi DeSalvo per dimostrarmi una complicità che lo distanziava dai suoi colleghi «Nietzsche ha detto: "Possiamo fare quel che vogliamo. Ma non possiamo volere come vogliamo"». E io lo correggo in questi versi che dedico a lei, mio sventurato amico, di tutto cuore:

Nessun uomo è libero.
Alcuni non sono schiavi né dell'uomo
né della donna e nemmeno di Dio.
Si credono uomini liberi.
Sono schiavi del diavolo.

Conforta che studiosi del comportamento tanto eminenti ammettano il dualismo fondamentale tra il bene e il male mediante due immaginari irriconciliabili: Dio e il diavolo. Rimpiango i confronti che affollarono l'istruttoria del mio processo per dieci anni. Non si stancavano di mandarmi la contorsionista von Rössli, la mia professoressa di francese, quella di greco, mi portavano persino Muriel, una compagna di studi che aveva una bocca bellissima, come un fiore avido dotato della volontà di essere carnivoro di tutta la bellezza del Creato. Appena giunta a Boston come rimpatriata della Croce Rossa polacca dopo la caduta del muro di Berlino, mi aiutò a ricostruire la nostra convivenza a scuola, come pure certi miei dati fisici difficili da conoscere, per esempio che in quegli anni mi erano spuntati dei foruncoletti sulla fronte e che le regalai una rosa e un libro di poesie di Hölderlin. Mi raccontò di essere stata molto infelice al di là del Bosforo e che la sua amante ceca – Dio mio, Muriel è lesbica! – aveva dimostrato di essere una grande interessata che le succhiava i soldi per allevare i figli avuti con un allenatore rumeno. *Nihil ego, quod nullo tempore laedat, amo,* non amo quel che mi fa soffrire, mi disse. Proprio una delle mie professoresse preferite, quella di lingue classiche, è già morta, e confesso che sento la mancanza delle sue visite perché le passava a spiegarmi uno studio, lo studio della sua vita, sui viaggi nella mitologia greca che convenzionalmente si riducono a quello di Ulisse e a quello di Giasone alla ricerca del vello d'oro, mentre lei si era specializzata nei viaggi orfici e in particolare in quell'ibrido che fu *Sir Orfeo,* mescolanza della figura del cantore tracio in cerca di Euridice e del brodo di coltura della mitologia anglosassone. Sir Orfeo, nientedimeno che un re d'Inghilterra, discendente da Plutone per via paterna e da Giunone per via materna, meraviglioso solista d'arpa, abitante a Winchester – Tracia britannica – e sposato con Duma Herodis, l'Euridice del mito orfico originale. La professoressa mi leggeva brani della sua tesi e mi recitava strofe del delizioso polpettone bastardo. Traduceva da brava laureata in materia, senza tracce di contaminazione a scapito degli insigni tradotti, tra i quali spiccavano Catullo e Ovidio. La professoressa dalla pelle di cera si impegnava fino all'estenuazione a stabilire complicità che mi suscitassero fiducia, e mi parlava come se il tempo non fosse passato da quando mi teneva d'occhio durante gli esami o mi faceva tradurre a braccio i brani dell'Iliade con voce da baritono, voleva così, perché è quella che più si addice al greco. Ricordava con tenerezza eccessiva e immeritata come durante una lezione che fece come supplente di latino, pur essendo io mal visto da tutta Boston, mi avesse lasciato scegliere poeta e poesia da commentare e io scelsi Catullo, per l'esattezza la poesia XXXIX, in cui l'autore dice che i celtiberi usano pulirsi i denti con l'urina. Vale la pena di rileggerlo in questi tempi in cui i media tentano di far diventare di moda la Spagna, una nazione-Stato quasi isola, situata tra Boston e Samarcanda, che ebbe nei celtiberi il substrato razziale originario più stabile. Catullo accusa il celtibero Egnazio di ridere scioccamente, solo perché gode di una bella dentatura bianca, e sia a uno sposalizio sia a un funerale Egnazio ride sempre:

> Se tu fossi romano, sabino o tiburtino, un umbro gaudente o un obeso etrusco, un lanuvino bruno coi bei denti, un transpadano, per citare anche la mia gente, o di qualsiasi paese che si lavi pulitamente i denti, non vorrei che tu ridessi di continuo, perché non vi è nulla di più stolto di un riso stolto. Ma tu sei

celtibero; in quella terra, al mattino, prendono l'urina appena fatta e con essa si strofinano i denti e le gengive per renderle rosse; così, più puliti saranno i tuoi denti, più piscio sapremo che hai bevuto.

D'altro canto, Catullo aveva una percezione fin troppo naturalistica del piscio, per niente simbolica, anche se è difficile accettare che urina derivi da *ur*, "fuoco" in caldeo, e qualche virtù deve avere l'urina se gli alchimisti le attribuivano la forza del fuoco interiore e l'impiegavano nella ricerca delle loro utopie, tra cui l'oro artificiale. Non sono d'oro i flussi degli orgasmi delle donne di Klimt?

6

Né la professoressa di greco, né la von Rössli portarono mai il discorso verso ciò che a me, di tanto in tanto, pareva fossero state le nostre esperienze intime. La von Rössli mi tranquillizzò giurandomi che mi ero limitato ad assistere a una lettura in casa sua, un salotto letterario intorno a un poeta punico un po' balbettante e taccagno che doveva buona parte della sua poesia ai prestiti che si prendeva, senza permesso, dall'intero patrimonio poetico dell'universo. «Lei, non l'avevo nemmeno notato in tutta la serata... Comunque è comprensibile, tutti erano affascinati da Asdrubale, uno dei migliori poeti della sua generazione. Fu un incontro meraviglioso, pieno di amanti adulterine di Asdrubale e di poeti omosessuali innamorati segretamente di lui, buona parte dei quali è stata sterminata dall'Aids. Questo male infamante è stata una vendetta dell'attuale papa di Roma, polacco, contro le generazioni promiscue di tutti i maggi degli anni Sessanta. Ricordo che Asdrubale recitava di profilo, con i capelli ormai sale e pepe, ricci, e una barbetta da trotzkista, con il gomito appoggiato su quel frigorifero Art Déco che ancora conservo e che intendo donare al MOMA di New York perché è l'unico museo al mondo che se lo meriti. Anche lei è poeta, mi hanno detto. Le dispiacerebbe farmi vedere i suoi versi?» Sì. Mi dispiaceva, perché con gli anni ho scoperto che la poesia è un'arma pericolosa, carica di futuro, in quanto può puntare solo su futuri perfetti e i futuri sono, per loro natura, imperfetti. Anche perché la signora von Rössli insisteva nel glorificare il poeta balbettante e taccagno che una volta mi offrì un panino mentre si preparava ad andare in un buon ristorante con professori stranieri che gli contraccambiavano traduzioni di poesia, relazioni su riviste regionali e citazioni entusiaste con inviti nei ristoranti più cari di Boston. Confesso di averlo assolto, perché ognuno si guadagna la pagnotta come può, eppure non riesco a reprimere del tutto le mie antipatie fondamentali e di conseguenza le trascrivo immediatamente sul mio diario, per ogni evenienza.

Sia la professoressa sia la von Rössli, collaborando prima con i miei psichiatri e poi con il mio psichiatra unico, mi aiutarono a ritrovare la coerenza del mio racconto, offrendo la razionalità delle nostre relazioni in aperto contrasto con l'irrazionalità delle mie affabulazioni, prima che mi ponessero il dilemma o l'autocontrollo o la lobotomia, che mi avrebbe sistemato il cervello per sempre. Non ho mai voluto togliere importanza al libero arbitrio, ma le cicatrici che osservo sulla fronte degli esseri umani, cicatrici che a quanto pare vedo soltanto io, mi mostrano quanto siamo stati fortunati a vivere tempi in cui le anormalità asociali del comportamento possono venir corrette dalla scienza, sia mediante la persuasione in tutte le sue forme, sia mediante il bisturi, e si avvicina una sintesi perfetta tra la persuasione mediatica o esplicitamente repressiva e il bisturi: il raggio laser è già stato sperimentato in alcune operazioni chirurgiche di visceri e in concerti di musica pop. Normalmente questa era la prassi da seguire con tutte le mie supposte vittime, morti che godevano di una salute invidiabile per la mia tranquillità di spirito e quella dei miei carcerieri, i quali con squisita discrezione non vogliono rivelarmi per quale motivo mi hanno condannato all'ergastolo in un istituto penitenziario.

La professoressa di francese, invece, si dimostrò dispiaciuta perché i nostri rapporti non erano stati per nulla somiglianti a quelli da me affabulati nei momenti di delirio. «Perché non mi avvertì mai che aveva l'animo dello strangolatore? Se devo essere sincera, lei mi sembrava uno studente irrilevante, che pronunciava il francese con l'accento della Boston Sud, incapace di imparare a memoria tre versi decenti. I miei rapporti sessuali con uno strangolatore di Boston adolescente sarebbero stati memorabili... lo saranno d'ora in poi, sebbene immaginari, adesso che per me il sesso è soltanto un ricordo. I miei amanti sono invecchiati e io pure, ne deduco. La mia agenda è invecchiata. Anche la loro... Tutto era già scritto nei versi di Baudelaire dedicati alle vecchie:

Honteuses d'exister, ombres ratatinées.
Peureuses, le dos bas, vous côtoyez les murs;
Et nul ne vous salue, étranges destinées!
Débris d'humanité pour l'éternité mûrs!»

Confesso che la posizione di questa donna mi turba, mette in forse il patto tra gentiluomini con i miei psichiatri e così l'ho scritto nel mio diario, con il risultato positivo che la professoressa, avvertita del subbuglio provocato dalla sua liberissima moralità, ha cambiato morale in mia presenza, e i massimi eccessi a cui si lascia andare si riducono a cantarmi canzoni di Edith Piaf. Quando l'informo che dalla mia altezza biologica e sociale la vedevo come una signorina in cerca di emozioni morali forti in una missione culturale nel Sud di Boston, mi dice che questa presunzione l'avrebbe fatta sentire in colpa fino a pochissimo tempo fa, ma che dalla caduta del muro di Berlino le persone e le cose si reggono di nuovo secondo le leggi naturali. «Davvero il mio aspetto era così signorile? Mia madre era, è vero, di buona famiglia, ma mio padre si era fatto da solo, da umile muratore era diventato un grande imprenditore edile, si impiccò con le sue stesse mani e la sua stessa corda dopo una strepitosa sospensione dei pagamenti. Le sue umili origini gli fecero il brutto tiro di munirlo di un senso di colpa etico. Per questa ragione io davo lezioni di francese in quell'orribile scuola privata, a quegli orribili bambini ingrassati male, frutto della paura di essere magri e tisici, quei sorrisi pallidi, doppiamente tetri se erano biondi... E pensare che lei era uno di loro, ma si portava dentro nientemeno che uno strangolatore di Boston. Mi affascina che lei creda di essere lo strangolatore di Boston! Sebbene non quanto le sarebbe piaciuto. C'è sempre uno scollamento tra la realtà e il desiderio.» Gli stronzetti parlano allo stesso modo. Per loro la realtà è una seccatura e il linguaggio la sua rappresentazione, e questo vale sia per lo stronzetto figlio di famiglia benestante di Boston sia per l'appendice intellettuale del Circolo di Vienna e dei più raffinati filosofi della scienza. Devo stare in guardia con l'influenza nefasta di una sincerità tanto gratuita.

7

La disinvoltura di queste intellettuali organiche dell'ordine psichiatrico sociale fu così stimolante da attenuare il cattivo sapore lasciatomi in bocca dal confronto con mia cugina, la pastrugnata ragazza da marito che tornava nella mia vita dalla mediocrità calda del suo paese, nonostante i molti trattori che avevano sostituito i buoi e i molti buoni del Tesoro immagazzinati dal marito latifondista in quella terra di minifondisti. Era terrorizzata dai ricordi che la costringevano ad avere, e quando gli inquisitori le chiedevano se erano vere le scene erotiche da me spiegate, si copriva la bocca con la mano, mi guardava con occhi spaventati e continuava a ripetere: «Signore! Signore!», «Voglio tornarmene a casa!», «Non avrei mai immaginato che mio cugino fosse un simile mostro...» e mi rivolse quello sguardo da contadina che vede per la prima volta incantata il mare, desiderando i mostri abissali che abbondano nei migliori mari. Di recente ho saputo che mia cugina era morta in un incidente d'auto, d'auto costosissima, una Jaguar per la precisione, che si era comprata avendola vista adoperare alla tele da Lady D, il suo idolo femminile, prova evidente che i contadini non sono pronti allo shock della modernità. Per la sua perdita non si commuoverà il mondo, né questa istruttoria dove i figuranti più insigni, qualcuno ce n'è, lo sono per via dell'irrilevanza degli altri. Ma si commuove la mia memoria, perché con la serenità d'animo che mi dà l'aver ritrovato un senso morale non già in quel che faccio, ché poco posso fare, ma in quello che non faccio, avrei voluto parlare con mia cugina di tutt'altro, per esempio della famiglia, o della geografia del profondo Sud da noi condivisa in qualche momento della nostra infanzia.

La reazione di una povera contadina arricchita era scusabile, non così quella delle due "critichesse" d'arte, che mi delusero completamente in quanto si rifiutarono di ammettere le loro posizioni di un tempo, che io, questa volta sì, ricordavo con estrema chiarezza. Quella che era stata formalista si rifiutava di ammettere il suo passato settarismo, e lo stesso l'informale, con il bizzarro intento di farci credere di essere state sempre aperte a tutte le correnti artistiche. Meno male che ebbi l'appoggio di María Asunción, di mio figlio accoltellato e dello psichiatra argentino che, infastiditi dalla petulanza delle dame, sospettarono immediatamente che fossero transfughe dell'estetica e glielo rinfacciarono davanti al mio silenzio, tanto indifferente quanto disarmato.

Con mia gran vergogna, sebbene mi venne ripetuto, senza che io lo chiedessi – non parlo, né chiedo niente, perché l'autismo ha i suoi principi deontologici – che né mia moglie né i miei figli lo avrebbero saputo, mi portarono una puttana di cui avevo parlato nel mio delirio, dettagliatamente, in una protratta descrizione dei preparativi del suo strangolamento. La puttana era stata all'altezza della sfida, ma aveva continuato a perdere altezza e senso della circostanza anno dopo anno, interrogatorio dopo interrogatorio, istruttoria dopo istruttoria – perché sono ricorso in appello ogni volta che il risultato era insoddisfacente – a mano a mano che diventava calva, sdentata, e senza un marciapiede dove battere, per via della ristrutturazione urbana di Boston in occasione dei Giochi olimpici, che aveva richiesto l'abbattimento del quartiere delle puttane ostentate e povere che erano rimaste pertanto col culo all'aria, senza un muro a cui appoggiarlo e su cui far leva per sollevare il mondo e annunciare la litania del "vieni che ti faccio godere...". Come ogni puttana vecchia di razza era sempre incavolata e non la smetteva di insultare chi l'aveva cacciata nell'assurda situazione di dover riconoscere uno tra le migliaia di clienti avuti sin dalla sua tenera esperienza di servetta ingravidata da un puritano di Boston sposato con una senatrice dell'Opus Dei della Nuova Inghilterra. Dalla puttana ricevemmo solo sgarbi e note spese, era una vera professionista e non voleva perdere tempo. Sapendo quanto pagano di diaria le istituzioni pubbliche, trovava più redditizio battere che venire fin qui, sopportare il mio silenzio e bestemmiare. Confesso che ogni volta che mi capita tra le mani un giornale passo direttamente alla cronaca per vedere se parla della puttana, uccisa in qualche stazione della metropolitana o accoltellata da un sadico. Sfortunatamente, non può aspettarsi altra morte una donna che ti guarda dall'alto in basso e ti dice, se è di umore passabile, che non può ricordare tutti i cazzicorti che hanno sborrato in sua presenza ancor prima di essersi levati le mutande.

Quanto ai personaggi, chiamiamoli istituzionali,

come il segretario generale del Partito Comunista e l'editore, presuntamente assassinati, il primo, nel corso dei primi incontri, dopo avermi detto peste e corna dei comunisti, riuscì a convincermi di non essere mai stato uno di loro, nemmeno ai tempi di segretario generale del Partito Comunista di Boston: «Quante volte, compagno Cerrato, penso a quei tempi, quando mi ingannarono nominandomi segretario generale di un Partito Comunista pieno di comunisti acerrimi, rozzi, dogmatici, settari e senz'alcuna acutezza. Dalla prospettiva della mia alta carica, mi domandavo: com'è possibile che la gente beva simili fandonie? Ricorda quella scempiaggine metafisica della dittatura del proletariato? Se si fa la rivoluzione, come in Unione Sovietica, e il proletariato, teoricamente, va al potere, a che gli serve una dittatura su se stesso, esercitata in funzione della Santissima Trinità: classe unica, partito unico, Stato classista? Io avevo voglia di dire che la rivoluzione non esisteva, da quella posizione privilegiata che consente al papa di Roma di sapere che Dio non esiste – Dio mi perdoni – e al segretario generale di ogni partito comunista al potere di scoprire che la rivoluzione è un'idea platonica. Ma se io avessi rivelato le mie reali convinzioni, quanto a lungo avrei continuato a essere segretario generale? Sarei caduto in disgrazia. Mi avrebbero eliminato o spedito in una fabbrica di bottoni a pressione in Polonia, perché era un paese molto riconsacrato e pieno di vergini più influenti addirittura degli stessi dirigenti del partito. Personalmente, ho spedito molti compagni della direzione, epurati, a fabbricare bottoni a pressione in Polonia perché era un paese pieno di furbi papi anticomunisti, o a costruire le più problematiche dighe di tutti i piani quinquennali dei paesi socialisti. Se non avessi agito così, sarei stato accusato di debolezza. I comunisti sono sempre stati molto vendicativi e particolarmente crudeli con i segretari generali caduti. Ricordo con vergogna il mio linguaggio di quei tempi e quello che inculcavo ai miei figli, cui avevo proibito di parlare con un senso possessivo delle cose. Per esempio, al mio figlio minore feci scrivere mille volte: "La proprietà privata è un furto" perché diceva la *mia* gomma da cancellare o la *mia* enciclopedia o il *mio* astuccio, quando sarebbe stato etico e insieme scientifico e rivoluzionario dire invece: la gomma da cancellare di cui mi servo o l'astuccio che adopero. Ma quando si è stati segretari generali di un Partito Comunista, ogni altro mestiere sa di poco. Riesce a immaginare il papa, degradato, che si guadagna da vivere come maestro d'organo in una chiesa qualsiasi, fosse pure una delle migliori di Boston? Costa molto uscire dal cerchio chiuso del potere inutile, per quanto assoluto, o dal potere assoluto per quanto inutile». Aveva annunciato ai quattro venti che sarebbe tornato a fare il mestiere della sua adolescenza, il castratore di bestiame, per cui venne molto encomiato dalla destra che vedeva di buon occhio i suoi vecchi antagonisti reinserirsi nella società mediante un lavoro utile, dopo tanto tempo che si erano guadagnati da vivere mettendo paura ai borghesi. Presto venne chiamato dalle più importanti università del sistema capitalista – per cominciare da tutte quelle della Ivy League della Nuova Inghilterra – perché spiegasse gli errori del suo passato e come raggiungere la verità attraverso l'errore. Un ex segretario generale del Partito Comunista convertito in anticomunista era tanto quotato grazie alle proprie apostasie e rinnegamenti che a ogni visita si notava il suo progressivo arricchimento, perché al di là dei confronti obbligati continua a venirmi a trovare e dice di avere una gran curiosità di conoscere i meccanismi logici che mi avevano spinto ad assassinarlo. «È ovvio che non ci riuscì. Lavorava al servizio del KGB o uccideva per uccidere?» Ultimamente lo vedo tutto pieno di acciacchi e dubbi, sia perché le sue conferenze d'apostata o rinnegato non sono più necessarie al nemico di classe e sono quotate come quelle di un sociolinguista, sia perché man mano che invecchia recupera le sue ragioni perse o acquisisce nuove ragioni sclerotiche per essere comunista e diffida dei vantaggi della società aperta. «È sorprendente, Cerrato, ma la caduta del comunismo ha disorientato il capitalismo, e il capitalismo disorientato è capace di tutto. Che ne pensa se rifondo il Partito Comunista di Boston? Sarebbe un partito *heavy*, clandestino, organizzato in cellule, sotto lo stretto controllo di membri della classe operaia, e pieno di falci e martelli, dittature del proletariato, piani quinquennali, sculture epiche, classicismo socialista di quello vero. Mi viene già l'acquolina in bocca. Credo che la cosa abbia un suo pubblico. Me l'hanno detto molti esperti di marketing, e persino le destre più depresse me ne sarebbero grate, perché da quando non possono più essere anticomuniste hanno scoperto di non essere nulla. Un banchiere di Boston, membro della Trilaterale, me l'ha sollecitato come esercizio di igiene sociale al servizio del nuovo ordine internazionale.»

8

Quanto al mio editore, mi propose di pubblicare le mie memorie, qualora venissero riviste da uno staff di consulenza psichiatrica, perché una cosa è la scrittura di un pazzo e un'altra quella di chi pazzo si finge. «Ritengo, come Jaspers, che quando l'artista varca la soglia della ragione per entrare nella follia, perde la genialità. Il genio è una cosa. La follia, un'altra...» Mi sorprese che conoscesse Jaspers in tempi in cui nessuno lo ricordava, ma doveva averlo assimilato in un periodo di ricettività intellettiva. Lo psichiatra appoggiò la sua richiesta, con la sicurezza procuratagli dall'equilibrio tra delirio e abulia ottenuto mediante una delle migliori lobotomie metaforiche mai effettuate nella Nuova Inghilterra dopo quella praticata al senatore Edward Kennedy in seguito allo sventurato incidente sul lago, costato la vita alla sua segretaria mentre lui guadagnava la riva grazie al crawl praticato dalle migliori famiglie del Massachusetts. Un altro figurante intellettuale organico, la missionaria, sottolineò che era impossibile che io l'avessi assassinata quando l'avevo ritrovata come anziana volontaria olimpica specializzata in atleti del Terzo Mondo menomati fisici e psichici, condecorata durante i Giochi olimpici di Boston come se si trattasse di una madre Teresa di Calcutta dell'olimpismo. «È l'unica cosa vera di quanto lei dice e non riesco a ricordarla da bambino, pur non avendo dimenticato quel Congresso eucaristico tetro, tenebroso, che oggi vedo nella prospettiva luminotecnica data dal Concilio Vaticano II.» Adesso milita in tutte le organizzazioni della cosiddetta nuova cultura critica e colleziona carte di credito etico di Amnesty International, Greenpeace, Medici senza Frontiere, SOS Razzismo, Donne maltrattate, Ragazze madri, Omosessuali vergognosi e un lungo eccetera. Solo una presenza di spirito irrobustita dalla considerazione di queste genti ha potuto aiutarmi a resistere all'assedio degli spettri del passato. Mi mostrarono un'epistola da me indirizzata al professor Dieterle, padre di tutti gli psichiatri, presidente dell'Alto consiglio psichiatrico di Boston, in cui denunciavo il cerchio vizioso creato in funzione dell'arbitrario rapporto tra il pazzo e i suoi guardiani. «Una società dove si afferma che l'uomo è un pazzo per l'uomo, ha bisogno di intermediari perché i meno forti sopravvivano, da cui l'industria degli avvocati, dei consulenti fiscali, degli investigatori privati, dei leader di opinione e degli psichiatri. L'azzeccagarbugli ti guida nella vischiosa selva della legge piena di giudici comprati con denaro o con pregiudizi, arbitrari decodificatori soggettivi dello spirito delle leggi. Gli assessori alle imposte sono la polizia dello spirito dello Stato chiamato assistenziale, senza che le sue assistenze vadano oltre il tenerti in vita per procreare, uccidere, produrre e morire. Le tasse sono il giudizio di Dio della democrazia formale, lo strumento dello Stato Grande Inquisitore laico per ottenere il senso di colpa come cemento sociale. Gli investigatori privati sono la conseguenza della scarsa affidabilità e degli istinti lupeschi propri degli investigatori pubblici, chiamati anche poliziotti. I leader democratici sono le lingue bifide, ambigue, del Grande Fratello democratico, dittatore della verità maggioritaria, egemonica sul mercato della verità. Gli psichiatri, poi, sono i peggiori, di per sé e per la loro funzione di intermediari con il singolo, riflessi dell'impotenza della volontà della ragione nel capire la propria anima.»

Per fortuna non contestarono mai la mia destabilizzante predica, e se in quella occasione mi ricambiarono con il silenzio, poi mi hanno ossequiato con la distruzione razionale dell'inventario dei miei strangolamenti. Ebbero anche la delicatezza di non portarmi i miei genitori, non già perché la situazione sarebbe stata violenta per quei poveretti, ma per la conturbante, depressiva emozione che avrebbero provato davanti alla sensazione di esilio essenziale che comunicavano. Non hanno nemmeno insistito troppo nel sovrapporre la presenza di questa donna, che tesse e disfa, alla mia fantasticheria segreta, prima tanto vissuta e ora sempre più un'ombra parapsicologica che io chiamo Alma.

Ogni volta che torna quell'ombra, lo confesso allo psichiatra e lui non sembra seccato del mio darle forma, purché trascriva quanto gli racconto nel mio diario delle idee negative. L'ultima volta che mi è apparsa, ho scritto: «Mi piacerebbe, Alma, tornare al nostro spazio per uccidere definitivamente i ricordi e ricuperare la vita, persino dietro i volti che interferivano come un paesaggio umano troppo convenzionale. Dal fondo di un orrido oceano, crudelmente oscuro, salgono le sottomarine voci degli affogati, dei morti che soltanto io ricordo, come se provenissero da un nastro inciso male nella precipitazione del naufragio, sono lamenti per l'imminente silenzio che si impone come una densa melassa, dolce solo in apparenza. E nel ricordo, Alma, sei una ragazza dorata in un perenne tramonto, aranciati i tuoi seni nella scollatura lambita dal crepuscolo, quasi offerti alle finestre incerte dove agonizzavano i guardoni afferrati al timone del fuoribordo del loro stesso desiderio, nell'ipocrisia indifferente del patriarca, come mai così tardi? Per questo mi consumo lavorando da mattina a sera? Così ci ripaghi di tutto quello che facciamo per te? Senza dubbio la vita è morta per loro, tra quei quattro orizzonti di mattoni, croce variabile, crocifissione inevitabile, comunque giri la croce dal suo centro, con volontà di ruota, di rosa, di universo. Persino l'orizzonte, quando ti vedo in esso, sta dietro la mia vita, non davanti, ed è solo una parola che porta alla paura, come se inghiottisse e dissuadesse da qualsiasi speranza non già di eternità, ma di fissare il presente come un limbo dove nasconderci dai nostri inseguitori o dalla paura di arrivare troppo tardi, di non aver saputo dire in tempo... vi amo... per favore... e se gli affogati alle finestre di questo quartiere, di questa città orribile della memoria più impotente, scoprissero un qualche piacere superiore a quello di guardare, al tramonto, i tuoi seni, Alma... morirebbero di freddo o forse morimmo di freddo già allora, tanto tempo fa, da non avere quasi posto nel baule della nostalgia evanescente, quasi irreale tra i quattro angoli approntati per i disertori della loro stessa, calda agonia di tigri di sfoglia, con la torta di panna domenicale che odora dell'inguine proprio e altrui affettuoso al dito. Morirebbero? Ho detto morirebbero? Perché il condizionale, se posso ucciderli tanto nella memoria che nel desiderio? Morirebbero per conto loro se scoprissero un qualche piacere superiore a quello di guardare dalle finestre il tuo risveglio, il risveglio della fanciulla in fiore».

Di tutti i miei testi confessionali, quelli dedicati ad Alma sono i preferiti dallo psichiatra, che assicura di avere spirito di trovatore e canticchiava tanghi lirici mentre leggeva le mie poesie, come per metterle in una musica bastarda. Adesso gli fa ben poco caso, affondato dal peso dei suoi stessi problemi psicoeconomici.

9

Quando mia moglie si stanca abbandona la maglia, insegue il paesaggio eliotiano con occhi che suppongo arrossati e mi incita a ricordarla come se fosse una ragazza lontana che vola sulla sera caliginosa di un viaggio al Sud, quando era quasi un'adolescente: «...Ricordi quando mi dicevi che per te rappresentavo la fine della paura, il ritorno, il corpo, come una giara con le anse o una nube lontana, uccello di auguri assoluti, penombre in autunno, accesa carne, sorrisi nell'inguine, mano presentita che ti rendeva necessario, che persino in momenti di odio e premonizione di omicidio, sotto il trucco dei giorni, avresti voluto trattenere, perché: chi non teme di perdere persino ciò che non ama? Ero una ragazza azzurra, lontana, tenera nel ricordo?...». Pretendeva quasi che la ricordassi prima che diventasse un'altra persona, una persona estranea, cisti di pietra, tra quella ragazza azzurra e questa Penelope. Mi restituisce il mio sguardo e le sue labbra insistono a offrirmi ricordi di cui solo lei ha bisogno: «Eri così strano... Ricordi? Mi dicesti: "Quando morirò prima di te, che qualcuno ti porga le mie più sentite condoglianze"».

Non parla mai negativamente dei tre figli. È madre Speranza. Non ammette nemmeno che uno ha l'Aids e al massimo risponde che lui si trascura, che è molto sensibile, che vive d'aria e d'aria non si vive e che è un peccato che non si sia sposato, perché una moglie lo curerebbe meglio. È un frocio molto discreto, non un frocio integrato, ma apocalittico, a cui zoppicano il corpo e la voce e quando se ne va mi lascia l'atmosfera piena di piume angeliche, da cui deduco che si è preso l'Aids in un rapporto sessuale poco scrupoloso perché, fortunatamente, lui non si buca e non contribuisce a un'industria e a un commercio così poco controllati come quelli della droga, e non ha mai accettato una trasfusione di sangue in quanto Testimone di Geova militante. Tanto militante da approfittare delle pause di riposo tra un affannoso respiro e l'altro per predicarmi la buona novella giunta fino a lui mediante la catena invisibile che unisce Abele a Enoc, Abramo, Geremia, il Battista e Cristo, vale a dire, i buoni dell'Antico e del Nuovo Testamento. «Il Regno di Cristo non è di questo mondo, ma un regno spirituale popolato da 144.000 santi che riconoscono in Cristo il loro capo e il loro sovrano.» 144.000 santi, precisamente 144.000. Meravigliosa precisione! Non li potevano fissare in 143.999, per esempio? Basta dire che è una religione newyorkese, di Brooklyn per l'esattezza, e per giunta di data recente, con poco più di un secolo e mezzo di esistenza, e questo spiega tutto. Si capisce che mi irrita il tentativo di mettere in forse l'unica religione vera, quella cattolico-marxista, in cui non credo, pur essendo quella vera, perché mi alzo e cammino in fretta per la stanza, con le braccia incrociate dietro la schiena, mentre mia moglie lo rimprovera con lo sguardo per avermi eccitato, ma lo protegge verbalmente come una chioccia: «In questa religione del ragazzo c'è qualcosa che mi piace... Se riuscissi a interessarmene... Ma io credo già nella religione vera, come potrei cambiarla per una falsa? Mi piacciono questi battesimi collettivi, devono essere come una comunione di spiriti puri!». Lei lo chiama "il ragazzo", e così sembra anche a me, quando lo contemplo con la mia autistica, silenziosa tenerezza, eppure è un quarantenne con un solo occhio buono, essendogli marcito l'altro per via di un'infezione contro la quale non ha difese, e il resto della sua faccia è tutto una piaga. Bisogna accettare i figli così come sono, perché loro non hanno potuto fare a meno di accettarci come genitori. Io, al posto suo, porterei una maschera sul viso, come il Fantasma dell'Opera, ma lui si presenta come un apostolo e crede che proclamare la sua putrefazione significhi testimoniare la propria fede nell'omosessualità e nel profeta Russell, fondatore dei Testimoni di Geova, nonché loro massimo teorico. Lo ammiro. Questa generazione ha meno pregiudizi della nostra. Quando pongo fine alla sua visita, e ho i mezzi per farlo, trattiene un gesto affettuoso di congedo, con la punta delle dita a un centimetro dalla mia pelle, ma avverte la mia disaffezione e allontana la mano, mentre sua madre lo palpa per dimostrare quanto sono diverse le madri, disposte ad accettare che i loro figli siano sessualmente e biologicamente colpevoli. Reazione alquanto ingiusta, perché il mio silenzio e il mio rifiuto di contatti fisici non sono disaffezione, ma difesa della mia intimità e della loro. Come chioccia di questa triade tanto fragile, ha munito il figlio divorziato della linea argomentale che tutte le donne sono delle puttane, dandosi la zappa sui propri piedi di donna e di conseguenza con il coraggio straordinario tipico delle madri, di accettare di essere una puttana pur di condannare le donne in quanto genere capace di far del male ai loro cuccioli. Coraggioso harakiri, se si tiene conto che viene da una donna la quale, nonostante ogni sorta di possibili eccessi nel passato, ora ha deciso di impersonare una sintesi di tradizione e modernità. Se il malato di Aids mi terrorizza, per il cornuto valgo da esempio. Quando toccò a me essere cornuto, mi misi a scoparmi tutte le donne che rientravano nel mio calcolo delle probabilità, adoperando vischiosi trucchi di approccio adeguati a ogni io e alla sua circostanza, e mi lamentai soltanto in qualche poesia inedita, è ovvio, che mi servì da sfogo, in attesa del momento della vendetta, fosse attraverso l'omicidio, una volta superato il tabù piccolo-borghese produttivista del "non uccidere né la donna altrui né la propria", fosse attraverso la contemplazione della decrepitudine dell'infedele, costretta a una dipendenza affettiva monogamica alla quale io mi sarei rifiutato, seguendo il modello di quel vecchio taciturno incontrato nell'ascensore di un albergo di New York, in un caseggiato vicino al Metropolitan. Il vecchio, la sua vecchia moglie e il giovane strangolatore di Boston. Uno spazio chiuso. La moglie appesa al vecchio marito offriva lo spettacolo di un vecchio affetto disperato, senza alternativa, terminale e appiccicoso. Lui, ieratico, fino a quando si aprì la gabbia-trappola dell'ascensore e allora diede uno spintone alla vecchia schiaffandola contro la parete come una croce di Sant'Andrea. Tutto era detto. Tutta una vita in comune. Mio figlio mi dà l'esempio del suo dolore e della sua coerenza di ingannato, mai di ingannatore.

Quanto al mio terzo figlio, quello che a uno sguardo eccessivamente convenzionale potrebbe sembrare uno svergognato vagabondo che viene a mangiarsi i miei dolci e a svuotare la borsa di sua madre, è pericoloso, ma non ripugnante o pusillanime. È uno strangolatore nato e non rispetta manco il codice del vagabondo miserabile, tant'è che qualche volta lo hanno visto chiedere la carità nelle migliori strade di Boston servendosi di un cartello in cui si è annunciato baroccamente. Non si limita a spiegare: «Non ho la casa... sono senza lavoro...» come quasi tutti gli altri vagabondi, ma aggiunge: «Ho l'Aids e sono malato di mente per aver sepolto vivi degli iracheni nelle sabbie del deserto durante la guerra del Golfo». Per la sua età e per civetteria ideologica, lui non può attribuirsi alcuna prodezza analoga nella guerra del Vietnam, non ancora rivendicata dal pensiero democratico liberale in quanto eroica difesa della civiltà occidentale come infatti fu. Mio figlio ha un successo indescrivibile tra gli esperti della Nuova Povertà, assai fecondi e acuti negli Stati Uniti e in Francia. Un professore francese, Bernard Gazier, si recò a Boston per interrogarlo e poi pubblicò un articolo nella rivista delle ricerche quasi inutili dove parlava della povertà poetica in quanto "installazione", come arte postconcettuale e quasi come professione artistica, forse la più eccelsa nell'economia e nel mercato del lavoro sommerso. Fatto sta che mio figlio ottiene i maggiori incassi di tutta Boston. Eccellente. Se dovessi dargli il voto come pigolone, gli darei un dieci.

È un pigolone da dieci, peccato che sia un po' abulico e dubito che quando morirà fulminato da una cirrosi gli trovino qualche milione di dollari sotto il materasso della tana dove si rifugia. Uno spendaccione che appena racimola una manciata di dollari se la spende ai videogiochi. È la sua vita. Sono sempre stato un padre tollerante.

10

«È stato sfortunato con i suoi figli, signor Cerrato...» commenta Seidita, un risentito, mentre mi fa la barba con un rasoio da barbiere, con le sue mani da assassino di guardiano di deposito di legnami, listelli e segature. «C'è chi, come me, è stato sfortunato con i genitori, ma deve essere molto sconsolante essere sfortunato con i figli. Io sarei stato un buon figlio se mia madre non fosse stata tanto troia e tanto rozza, tanto menefreghista, capisce? In uno dei miei sogni mi vedevo fare un colpo, tornare a casa di mia madre in calesse e portarmela a Boston Nord in una residenza patrizia, da Cabot Lodge in su... Una notte rapinammo, di sabato, un cinema dove davano *Ben Hur*, nella versione con Charlton Heston. Ci dovevano essere soldi a palate, pensavamo, e dopo un lavoro impressionante entrammo negli uffici del cinema e riuscimmo a farci solo venti chili di caramelle masticabili. Avevano già portato via l'incasso. Furto, con le aggravanti di effrazione notturna, rottura di vetri, precedenti... Quindici anni... Quindici anni di galera. Mia madre rimase senza calesse e io con venti chili di caramelle, beh, con i sei chili e seicentosessantasei grammi che mi spettavano. Eravamo in tre. Me ne è rimasto in bocca il sapore... Schifoso.» Se io non fossi autistico e il Seidita non tenesse un rasoiaccio tra le mani, mi lancerei a difendere i miei figli. Ma le mani di Seidita tremano un po' negli ultimi tempi, nonostante le pastiglie che prende per il Parkinson, e la lama è come una scorbutica spada di Damocle che sovrasta tutte le giugulari della mia faccia e del mio collo, mentre i miei occhi affascinati cercano di cogliere in quelli di Seidita la nascita dell'impulso a scannare. Ma Seidita muove molto lo sguardo per la cella e ogni volta che vede i volumi del *Dizionario illustrato* mi assolve. «Lei è un uomo di cultura, signor Cerrato. I reclusi come lei danno soddisfazione.» Sono stato condannato. È così evidente che persino Seidita, il Coscianera, se ne accorge. Non potrò mai uscire da qui. Non è una prova sufficiente che se sono stato condannato è per qualche ragione? Non può essere pericolosa un'eccessiva delicatezza che mi spinga a concepire dentro di me domande tanto imbarazzanti da non avere la risposta? Prima dell'autismo e della lobotomia, ogni volta che ponevo quest'argomentazione allo psichiatra, lui si sfregava il corpo con i palmi delle mani: «Se dipendesse da me, domani stesso uscirebbe... Paragonato ai miei pazienti liberi, lei è Cartesio... Ma credo che sia lei a non voler uscire. Vuole uscire, signor Cerrato?». Uscire? Nemmeno nei momenti di maggiore accecamento e delirio riuscivo a trovare la via per un "sì" contundente. Uscire. In quella scenografia al servizio di una città sostituita, dove non mi sono rimasti né memoria né desideri, né un punto cardinale della mia vecchia rosa dei venti... Se incontrassi Alma, come speravo di incontrarla, spinto dall'intuizione verso luoghi della città che meritavano il nostro incontro... ma resta il fatto che lei non era mai lì, perché Alma era piuttosto negata per la telepatia, e quando le spiegavo i miei impulsi e le mie frustrazioni poiché lei non si trovava al termine dei miei sogni a occhi aperti, mi guardava come se fossi stato pazzo, con quello sguardo di bovina assennatezza con cui ti svegliano dal sogno le donne meglio sognate. No. Non volevo, né voglio, uscire, e lo psichiatra si scoraggia: «Lei sembra il Rudolf Hess degli strangolatori. Neppure un suo desiderio di uscire che mi stimoli a scrivere quella relazione sull'evoluzione del suo caso... La mia inibizione captativa... non c'è cura...». Gli domanderei se non potrebbe aiutarlo uno psichiatra, ma questo significherebbe parlargli, tradire il mio codice autistico, la parte del patto più in mio favore; e gli rivolgo a malapena un'occhiata di solidarietà. Non mi decido ancora a collaborare con uno che, per il mio bene, ogni volta che gli ho chiesto di portarmi la vicina del piano di sopra ha tagliato corto, con la scusa che avrebbe potuto dispiacere mia moglie e che inoltre, probabilmente, tutte le donne di cui parlo, vive o assassinate, sono la stessa donna. «Forse sono tutte Alma.» E noto che assapora l'ipotesi. La crede brillante, e quando ritiene di avere un'idea brillante si ringalluzzisce e parla, parla, parla per mio sollazzo. «Lei è una vittima, signor Cerrato, del petrarchismo, e ha posto il suo ideale amoroso a troppa distanza dalle sue possibilità terrene. Ha preso molto a cuore quell'educazione basata sull'assoluto e sull'accesso al paradiso, rafforzata dagli insegnamenti della Chiesa cattolica, del Partito Comunista e dei film di Hollywood che smerciano la droga dell'happy end. D'altro canto, e non è una critica, non ha avuto possibilità di possessioni compensatorie. C'è chi evita le depressioni per tutta la vita comprandosi cravatte e c'è chi avrebbe bisogno di comprarsi una Jaguar, come sua cugina, per esempio. Lei sarebbe un depressivo da Jaguar, supponendo che se la possa comprare. Ha preso dalla sua famiglia. *Pas de chance.*»

Telma, quel culo glorioso, la moglie del lanciatore di coltelli, venne a trovarmi fino a quando morì in una residenza per anziani ed ebbe una fine da colossal, bruciò, insieme a tutto il resto, insieme a trentaquattro vecchietti intrappolati dalla vecchiaia e da una complessa rete di insicurezza assai razionalmente studiata da qualche neomalthusiano non esplicito e pietoso, qualcosa di cui esser grati in questi tempi di esaltata sfacciataggine macromalthusiana. Attribuii quell'incendio a qualche servizio segreto del ministero dell'Economia e del Lavoro, come una prova generale di un sistema per eliminare i pensionati prima che si avveri il fallimento dello Stato del Benessere, incapace di provvedere a una classe passiva così abbondante e longeva. Fu un incendio gigantesco, molto interessante per i mass media, uno dei migliori incendi di questo secolo e di questa costa, ritrasmesso *urbi et orbi* dalla CNN con la presenza di Jane Fonda in carne e ossa nelle vesti di presentatrice. Telma venne a trovarmi sino alla fine perché credeva di ossequiare così la memoria di mia madre, un'eccellente sartina, ripeteva, ma di fatto grazie a me riviveva la possibilità di essere stata tanto attraente quanto io sostenevo e di rendere altrettanto morbose la sua vita e la sua morte. La sua turbata fedeltà, sino alla fine, fu parallela a quella della professoressa di greco, della professoressa di francese e della von Rössli, sebbene con la contorsionista non si chiarì mai la faccenda del poeta punico balbettante che lei continuava a considerare superdotato. «Aveva la sensibilità di un computer colmo di bellissime citazioni. Sfioravi il tasto opportuno e il computer diventava un poeta irripetibile.» Non ammetteva di aver avuto un marito esperto di input-output. «Si tratta senza dubbio di una sua fantasia confusionale.» La von Rössli – a che serve insistere sul dubbio retorico di qualificarla come presunta o vera e propria, quando, a tutti gli effetti, nessuno può saperlo meglio di me, è l'unica von Rössli possibile – era invecchiata male, si era addirittura rimpicciolita, con la pelle disidratata dal molto sole preso, il muso screpolato e depilato con poca cura, la zazzera stopposa e ritinta, ma lasciava indovinare giunture corporee predisposte alle posizioni più sorprendenti, che assumeva in parte per dimostrare che era colei che sosteneva di essere, in parte perché mia moglie era stupita dalla versatilità del suo corpo e applaudiva alla fine di ogni esercizio. Uno dei suoi numeri di maggior successo consisteva nel fingersi la donna ragno, con le gambe sopra le spalle e la testa come polena del pube, per avanzare a quattro zampe nella cella davanti all'inquietudine di Seidita e alla gioia smisurata di mia moglie. Il frigorifero? Al compimento del cinquantesimo anno decise di selezionare ciò che era stato importante nella sua vita, e il frigorifero, fermo da cinque anni, la invecchiava con la sua vecchiaia. Destino meno degno del MOMA era quindi toccato all'orsetto metallico bianco, sommerso nelle cantine di un collezionista di elettrodomestici indulgente con i frigoriferi anziani, condannati al rottamaio o a venire esportati nella Città dei Morti del Cairo, il cimitero più importante del mondo di esseri viventi e di elettrodomestici.

Con gli anni, la professoressa di francese è progressivamente impazzita nella ricerca di una stazione termale all'altezza di quelle letterarie, angosciata perché in alcuni programmi del servizio sanitario sono ormai incluse le cure termali e invece di poeti reumatici e romanzieri storici con l'artrosi, in genere francesi, comincia a pesare la percentuale di scrittori latinoamericani, imbroglioni e idraulici nelle migliori terme d'Europa, per cui scarseggiano le citazioni in francese e le orchestrine. «La cultura francese perde terreno in tutto il mondo e oggi si ritengono citazioni colte le poesie di barbari come Pound o Eliot, che non sono all'altezza della suola delle babbucce di Valery.» Nessuno porta le babbucce, né i poeti francesi, né i poeti, non importa da dove provengano, e talvolta mi piacerebbe introdurmi in quella conversazione, per contraddirla gentilmente, ma dopo i primi sei mesi di vita, nella condizione di poppante a tutti gli effetti, nessuno cambia più. Lei ha inoltre raggiunto il formato di un'anziana dichiarata, di signorina vecchia e fragile, linda e magrissima, con i capelli non meno setosi che bianchi, come se avessero perso il colore senza acquistare anni. E questo basti per dare la misura della professoressa autentica, con capelli di lusso di un altro quartiere equivalenti a quelli che io vedevo ricadere sul libro, le cui labbra rosa pallido evocavano i più bei versi degli anni precedenti la guerra di Corea, una guerra che avrebbe cambiato tutto e in particolare la poesia e la gente di Boston. I prototipi coincidono coerentemente, e mentre la professoressa di francese cerca in me l'amante passivo della sua francofilia in decadenza, con la sagoma di ciò che la inducono a essere, quella di greco è invecchiata tarchiata e ossessiva, senza una ricerca che la giustifichi e con una bisunta stanchezza corporale e neoclassica piena di comedoni nel corpo e nell'anima. E non può nemmeno appropriarsi dei versi dell'epigramma di Giovenale:

> *Dum bibimus, dum serta, unguenta, puellas*
> *pocimus, obrepit non intellecta senectus.*

No, non ha bevuto abbastanza, né le hanno donato ghirlande di trionfo o di festa, né profumi, si è salvata dall'onta di giovani alunni che le abbassassero le mutande e la facessero godere e quindi si è accorta dell'arrivo della vecchiaia in un universo che ha smesso di riconoscersi nel greco e nel latino classici. Sino a tre anni fa, era ancora in tensione per i suoi saggi inutili, che non servivano a nessuno e nessuno aspettava, ma la giudico sulla settantina ed è drogata di televisione al punto che quando mi viene a trovare tira fuori dalla borsa un televisore a pile, giapponese nella sua piccolezza, a cui rivolge l'occhio che non mi destina per non perdersi una sola puntata delle telenovela venezuelane, catalane, argentine o brasiliane, quest'ultime di maggior levatura intellettuale. *Senectus ipsa est morbus,* scrisse Terenzio, nella consapevolezza che la vecchiaia è una malattia essenziale. La vecchiaia della professoressa di lingue classiche mi inquieta in quanto premonizione della mia stessa vecchiaia, di quando, ormai vinte le mie difese, flaccidi i muscoli dello spirito, avrò forse bisogno di ciò che ora mi angoscia come un virus, per esempio, di comunicare. Desiderio che provai verso la mia debole cugina contadina, così terrorizzata dalle rivelazioni che fu costretta ad accettare come parte del suo ruolo, e che dovette presumere di essere in qualche modo mia debitrice se ha continuato a spedirmi salamini piccanti e formaggi freschi caserecci fino a quando è morta in un incidente automobilistico sproporzionato. Non vollero mai chiarirmi la faccenda, forse perché non lo chiesi e mi attengo soltanto a quanto ho udito via via, ma suo marito era talmente ricco che, quando lei rimase vedova, si comprò un'auto decappottabile inglese, una Jaguar – credo di averne già accennato, ma l'immaginaria Jaguar mi eccita – la stessa che porta a spasso Lady D, inadatta alla sua identità e a tutte le sue circostanze.

Tempo fa, la sola cosa che mi sconcertasse era la sovrapposizione delle immagini e l'irrealtà dei resuscitati sulla mia stessa irrealtà, ossia, credevo di fantasticare sulla resurrezione dei miei strangolati quando non riuscivo a tenerli al loro posto come impostori. Ho temuto per la mia salute mentale. Che ne sarebbe di me, mi dicevo, se entrassi per sempre nella fantasticheria delle resurrezioni delle mie vittime? Adoperavo persino quella che ritenevo legittima cultura del sospetto quando mi domandavo e domandavo: perché non mi hanno portato una finta vicina del piano di sopra o dei finti genitori?

11

Per fortuna, ho abbandonato la rischiosa cultura del sospetto, così rivelatrice della superbia degli strangolatori intellettuali, e ormai mi fido solo della cultura necessaria, che sia patrimonio imprescindibile o progetto strettamente possibile. Inoltre vanno scomparendo, addirittura morendo, coloro che io avevo strangolato. È morto Dotras, una volta sbrigata l'incombenza di venire a rimproverarmi e di prendersela con me per le mie pretese di strangolatore, indignato, come se io non fossi all'altezza delle mie fantasie. È morto di stanchezza cardiaca, hanno affermato i suoi famigliari, per tutto il gran lavoro fatto dopo aver perso l'ultima guerra civile vissuta a Boston e per i dispiaceri procuratigli di continuo dai falsari di Art Déco, senza ammettere di aver sbagliato trincea nella guerra del collezionismo e dell'estetica. Fu un ambizioso senza mezzi, ma anche un eccellente maestro che parlava con grande proprietà.

Anche l'editore è invecchiato e mi ha usato per ricordare se stesso, con la scusa di ricordare "i nostri inizi", e di avermi procurato un posto come aiutante d'archivio, con il solo compito di maneggiare un paio di forbici con cui ritagliare i giornali del mondo intero, perché i ritagli aiutassero un giorno i protagonisti della Storia a invecchiare, aggiungendo la quotidianità alla loro vocazione d'immortali. Non è più quell'ardito industriale e commerciante che prima della lobotomia metaforica mi rivolgeva monologhi pubblicabili: «La ricordo, certo, con la fronte aggrottata, interamente dedito a ritagliare quei giornali. Ebbi fiducia in lei perché gli ex seminaristi e i poeti sociali poveri hanno dato sempre ottimi risultati come negri nel lavoro editoriale. Ricorda quando la promossi e la feci diventare aiutoredattore delle voci su idraulica, arredamento d'interni e indumenti intimi femminili? Giunse a sapere tutto su quelle materie, tant'è che mi resi conto che, indipendentemente dalle sue conoscenze e dalla volontà di sapere, lei avrebbe potuto scrivere voci di economia politica o di psicologia. Uomini come lei, ecco quel che mi serviva per la grande impresa di redigere e pubblicare una grande enciclopedia illustrata di Boston. Una visione bostoniana del patrimonio culturale in grado di competere con l'Enciclopedia Larousse o con la Britannica, per non parlare della Colliers, che è una enciclopedia senza classe e senza ambizioni. Adesso deve fare un salto qualitativo. Le sue memorie, Cerrato... le sue memorie. Le memorie del miglior strangolatore di Boston, perché lei ha accettato un simile immaginario, senza alcun pregiudizio per quel che si potrebbe sentire o dire. Le potremmo pubblicare in dispense e venderle in tutti i supermercati, persino regalarle se troviamo lo sponsor adatto, e credo di averlo trovato. La Kenwood. È un elettrodomestico enciclopedico e aggressivo. Quasi un robot! L'edizione gratuita da supermercato può giudicarla una banalizzazione del suo sforzo immaginativo, ma sarebbe un ottimo affare e ci consentirebbe di intraprendere l'edizione in volumi rilegati, addirittura in pelle, ed edizioni ridotte per le scuole e per le casalinghe». Non gli risposi. Mi limitavo ad alzarmi, andare verso la madia dove giace l'incompleta edizione del *Dizionario illustrato* di Boston e constatare il suo disgusto ogni qualvolta ne adoperavo i volumi per erigere costruzioni primarie, come se i libri fossero stati i pezzi di un gioco di architettura. «Ma che fa con questi libri? Sono monumenti culturali. Non si meritano un simile trattamento...» Pativa perché ne rovinavo la rilegatura, come se fosse lui a subire i crolli, gli scantonamenti, persino il lento e continuo staccarsi dei fogli dei libri che io maltrattavo per colpa sua. «Lei è spesato di tutto, Cerrato, ma pensi alla sua vedova e ai suoi figli. Io le pagherei il sette per cento di diritti di autore per le prime centomila copie, e superato questo quantitativo, potremmo parlare del dieci. Forse del dodici, se si superano le centocinquantamila.» Interpretava i miei silenzi come furbizie da mercante, e alle mie spalle, credendosi al riparo dello sguardo ubiquo degli strangolatori, cercava di attirarsi la solidarietà di mia moglie perché mi convincesse.

Durante l'ultima visita, ho notato che l'editore è invecchiato totalmente, credo che venga a trovarmi per credersi in migliori condizioni delle mie, senza stabilire alcun genere di complicità, né con me né con María Asunción. La sola persona che cerca di stabilire qualche complicità con questa donna è Muriel. Ogni volta che entra in cella guarda la patetica Penelope dalla testa ai piedi, apre la carnosa bocca da pianta carnivora oloturia lesbica che vuole mettere alla prova il suo spirito dongiovannesco sessagenario e ha per lei invecchiate affettuosità, mentre a me dedica supposti ricordi camerateschi o qualche confidenza intellettuale e spassionata, in tono con la cultura neutrale di Muriel vissuta nella vecchia Unione Sovietica senza mai venire a sapere dei fatti dell'ottobre 1917, perché Ovidio non aveva scritto nulla in merito. In Muriel si avvera la battuta di Oscar Wilde: «La cosa più profonda dell'uomo è l'epidermide», che suppongo venisse ispirata a Wilde dai culattoni, ma che a mio parere è estensibile agli eterosessuali e a quel terzo sesso composto dalle donne, indipendentemente da quanto la cultura sia riuscita a umanizzarle. Muriel è vissuta senza per fortuna venire a sapere che il mondo era fatto male, e io rappresento un'esperienza interessante procuratale da poliziotti, giudici e psichiatri, mentre accanto a me tesse e disfa una vecchia che potrebbe essere il suo penultimo boccone. Quanto alla tessitrice, osservo che capta le vibrazioni sessuali della lesbica e che ne è lusingata, perché alla sua età si sentirebbe lusingata persino dalla sfrenata aggressione della libido di una cocorita, maschio o femmina che fosse – talvolta mi racconta ancora che gli uomini le dicono cose per strada – e le ha promesso di farle un golf appena avrà finito quello che sta facendo per l'ex segretario generale del PC di Boston. Auguro ogni bene a entrambe. Mi fa tenerezza che questa vecchia voglia ancora sentirsi desiderata, e se non la ossequio con il mio desiderio – nonostante lo psichiatra mi abbia spesso fatto capire che la direzione dell'Ospedale Psichiatrico avrebbe chiuso un occhio – è per non limitare la sua libertà di rendersi disponibile.

Questi personaggi salgono su un palcoscenico immaginario, recitano per me, il loro solo pubblico, e io li osservo quasi sempre con emozione, ma talvolta anche come epifenomeni portati dai giorni, diversamente illuminati a seconda delle ore e percepiti a seconda dei miei stati d'animo, condizionati soprattutto dalla lotta, sempre più debole, tra la memoria e i frammenti di paesaggio che di tanto in tanto i miei occhi rubano ai carcerieri. Naturalmente, appena provo questa inquietante e poco equilibrata sensazione, ne do atto sul mio diario di pensieri negativi. Ma... che cosa proverei se a un tratto scomparissero, appena udito il fischio degli psichiatri che ordina la ritirata generale? Recupererei ancora la sensazione della solitudine o mi insidierei per sempre nel sollievo provato dai ricoverati condannati a morte quando a fargli visita non resta più che sorella morfina?

Tra tutte le visite, sempre più distanziate, la più terminale è quella dell'ex segretario generale del Partito Comunista di Boston. Negli ultimi tempi non mi racconta più nessun piano rocambolesco del KGB per rapire la signora Roosevelt o violentare l'anziana madre dei Kennedy. Mi ha risparmiato il suo reiterato monologo sull'ingiustizia dei dizionari enciclopedici che lo hanno abbandonato in quel momento della sua vita e della sua storia in cui era un politico temuto. «Appena ho smesso di essere un politico temuto non hanno aggiunto né una riga né un epiteto alla mia biografia, e per mia fortuna lei ne conserva un'edizione precedente alla caduta del muro di Berlino, ma nei dizionari aggiornati riducono via via le righe a me dedicate. L'altro giorno ho approfittato di una mia visita a certi grandi magazzini per interessarmi, per finta, è ovvio, a un'enciclopedia in trenta volumi, trenta, può immaginare la quantità di pagine, di spazio potenziale per la mia vita, e ho constatato che Karl Popper, Carl Lewis, Hillary Clinton, Madonna e Jim Morrison hanno ventitré righe più di me e che la voce dedicata alla mia vita ha un tono assai simile a quello impiegato per Assurbanipal, un piccolo dittatore dell'antichità che annientò i propri nemici e abbellì Ninive... Tutto qui. La faccenda diventa ancor più grave se consideriamo che il *Dizionario* viene pubblicato nella nostra città ed è comunista. Ricorda quegli anni, quando bastava che io alzassi il pugno perché tutta Boston ammutolisse e i borghesi si autoesiliassero in Canada?» Mia moglie, per consolarlo, gli ha promesso un golf e lo incoraggia a sperare in tempi migliori, quando le contraddizioni del capitalismo si acuiranno e la rivoluzione mondiale sarà inevitabile, con tenera ma pericolosa pietà, perché so di certo che questa donna con gli anni è diventata elettrice potenziale di George Bush, membro della Trilaterale, l'Internazionale dei Figli di Papà Stronzetti del Mondo, non per complicità, ma perché ritiene che una dittatura democratico-fascista neoliberale guidata dai figli di papà stronzetti internazionali più intelligenti sia la sola a poterci salvare dalla dittatura risultante dall'alleanza dei giovani skinhead e dei fondamentalisti islamici. L'ex segretario scuote la testa malinconico. «Non vivrò abbastanza per vederlo. Durante tutta la mia giovinezza ho aspettato non solo la rivoluzione, ma il suo superamento e l'avvento di una nuova antitesi... E Dio volendo, anche per via della mia età, avrei potuto permettermi la libidine di vedere una nuova sintesi. Sono stato sempre molto dialettico. Ma quanto mi ingannavo!» Dice così, sebbene di tanto in tanto alcuni psicopatici delinquenti comuni gli chiedano l'autografo e gli offrano i loro rimpianti per un mondo più giusto in cui la pazzia venga legalizzata. «Se un giorno ci sarà una rivoluzione, Cerrato, non sarà razionalista, come me l'ero sognata, ma irrazionalista, e temo il peggio, che non sia all'altezza manco di quella nazista perché non verrà avallata da irrazionalisti di grosso calibro come Fichte, Nietzsche, Schopenhauer o Spengler, ma da filosofi, sociologi e politologi da supermercato, come conseguenza dell'insostenibile leggerezza del sapere e dell'essere. Un irrazionalismo da figli di papà stronzetti. Una dittatura democratica sotto l'egemonia dei figli di papà stronzetti. Ho fatto molte conferenze fornendo scusanti per essere stato comunista e chiedendo ai miei vincitori l'apporto di una nuova razionalità riconoscibile. Non mi hanno rivolto nemmeno qualche sorriso di commiserazione. A loro basta fare rassegne di cinque righe sulle mie abiure e i titoli dei loro resoconti ignorano le sfumature della mia analisi. Noi vinti non possiamo servirci di sottigliezze. Si sono limitati a portarmi in giro nei circhi del sistema con falce e martello in bocca. Ho i piedi stanchi e ho la gotta in quello sinistro, a furia di brindare nella vecchia Unione Sovietica, dove mi offrivano la miglior vodka e i più raffinati vini della Crimea. Ricordo una scena spezzata, un frammento di un film in cui il vento accumula terra sull'iscrizione di una tomba fino a renderla illeggibile, come accadde nel passato alle città sepolte dalle distruzioni, dalla loro stessa erosione e dalla terra che il vento implacabile muove nell'intento di annientare ogni memoria. Le città, Cerrato, hanno gli archeologi e le persone gli eruditi. Lo sa quante tesi di dottorato facevano su di me dieci anni fa? Quattrocentododici, e nelle migliori università della Ivy League. Adesso? Nessuna.»

La peggiore nostalgia è quella che si morde la coda. Rassegnazione. Voleva essere accettato dai suoi nemici di classe, invece i figli di papà stronzetti gli concedono solo la parte del rinnegato. Talvolta prende in considerazione di fare il missionario e andarsene a curare i lebbrosi in un'isola delle Filippine, seguendo il consiglio datogli dalla missionaria laica una sera in cui capitarono insieme a farmi visita. «Ammiro sempre più voialtre suore, persino voi che non portate la tonaca. Direi anzi di ammirare maggiormente voi che non la portate.» Quando mia moglie gli comunicò che la missionaria era morta martirizzata da certi banditi musulmani filippini, che molto influenzati dalla cultura cristiana del martirio le tagliarono le tette, la cacciarono nuda in un barile pieno di schegge di vetro e la fecero rotolare lungo una rampa, l'ex segretario generale recitò un padrenostro, non perché credesse che Dio sia così in terra come in cielo, ma perché persone come la missionaria meritavano di essere in cielo. La notizia della morte della missionaria fu parte di una campagna per implicarmi in una complicità emozionale, e quelli ci riuscirono, non senza aver vinto l'aggressione del ricordo che la missionaria rappresenta, il mio supposto tentativo di stupro immaginario che lei rifiutava persino in quanto immaginario, lasciandomi più scornato che mai. Fatico a re-identificarla con quella vecchia, alla quale si sovrappone l'immagine di una vulva bagnata dietro l'assorbente delle mutande, l'umidità solida di flusso e sudore che lasciava un'ombra di caffè annacquato sul tessuto, mentre tutta la città cantava l'inno del Congresso eucaristico:

In ginocchio, Signore, davanti al tabernacolo
che custodisce quanto resta
di amore e umiltà.
Veniamo con i fiori di un desio
perché tu li trasformi in frutti di verità:
Cristo in tutte le anime e nel mondo... Pax!

12

Eppure mi sento disorientato nella mia segreta città quando ricompaiono i deliri che, fugacemente, possono essere più poderosi della mia volontà di essere tanto normale quanto lo può essere uno strangolatore seriamente malato, e quando da dietro le sbarre guardo la terra, vedo il mare, la sua freddezza estranea a ogni speranza di patria, allora mi avviluppo nel mito di Alma, come il bambino febbricitante si avviluppa nelle lenzuola in cerca di una patria alla sua misura, e le dico: «Alma, il freddo ci attende al di là delle patrie, al di là dei nomi conosciuti e dei gesti senza sorpresa. Le orme ci seguono senza immaginazione e muoiono quando tu riposi. È possibile morire di sincerità scoprendo che passiamo sempre di inganno in inganno, di morte in morte e ricordare è tornare a vivere, dissero gli antichi, con un impudico classicismo da chi ha già il funerale di terza classe pagato. Al di là? Al di là, domandano gli adolescenti e nemmeno sanno le risposte quando tornano nella città dove nascondono petali lilla tra i mattoni e le fanciulle senza fiore si appendono bambini ai seni perfetti e guardano, tra le fessure dei loro loculi, l'Onan adolescente fucilato faccia al muro.

Ragazzo! Ragazzo! Svegliati! Sono le otto di mattina e ancora non sei morto, l'architettura della memoria trasformerà le agonie? Rimbaud pensava che la poesia avrebbe cambiato l'agonia – o forse scrisse "la vita" in un guizzo di ottimismo improprio in un omosessuale francese piuttosto colto – ma nessun labirinto altera il risultato... nessun labirinto altera il risultato... nessun labirinto altera il risultato... eppure è vero che si trova maggior diletto nei giochi lunghi che non annoiano, nella perenne improvvisazione del non sapere che fare, mentre si muore... Disincantata città, perso il destino come un gabbiano, ho guardato la terra e ho visto il mare, marciapiedi marinari ci porteranno in angoli incerti, senza un aldilà... Salmi di cenere. Appannati i vetri e il viso evocato, Alma, fantasma necessario, che ci corregge memoria e desiderio... Disorientata città, perso il destino come un gabbiano, ho guardato la terra e ho visto il mare». Lo psicoanalista mi pregò di tradire, eccezionalmente, il mio silenzio e di recitare questo brano, perché intuiva che vi fosse un certo ritmo poetico, e così feci. L'argentino scoppiò a piangere e mi disse che gli ricordava un tango bellissimo: «...il giorno che mi amerai / non vi sarà che armonia / sarà chiara l'aurora / e allegra la sorgente...». Con l'età, questi lacaniani finiscono coll'arrendersi a Gardel.

O muoiono o mi abbandonano, le mie comparse. Seidita ha finito di scontare la pena qualche giorno fa, ma ha chiesto di prolungare il suo soggiorno in quest'infermeria sostenendo che le sue tendenze aggressive sarebbero rinate appena messo piede per strada, in particolare quelle indirizzate contro i guardiani di segherie, tutta gente, a suo parere, che muore malissimo. «Dove posso andare coi miei anni? Tutta la mia vita è associata al segnale del silenzio e della sveglia, prima negli orfanotrofi, poi nella Legione, poi nelle carceri. Ricordo soltanto quattro anni di libertà durante i quali non uscii quasi dalla cucina di un locale di Boston dove si ballava il flamenco, il più prestigioso, il che mi consentì di conoscere le più importanti stelle giapponesi del canto e del ballo spagnolo. Ma la mia vita senza repressione non avrebbe alcun senso, sono un pozzo di esperienza sul comportamento umano in cattività. Prima di venir destinato all'infermeria, i secondini si servivano di me per fiutare sommosse e altre ribellioni. Sono bravissimo a fingermi epilettico e mi cacciavano come epilettico nelle corsie degli esperti in evasioni e degli assassini recidivi, che sono gli animali carcerari più pericolosi e tragici, pericolosi precisamente in quanto tragici e incapaci di sfuggire al proprio destino. Ho conosciuto esperti in evasioni che accumulavano quattro secoli di pena per delitti che non avevano commesso, ma accettavano di venire incastrati per essere processati, tradotti e approfittare della traduzione per tentare la fuga. Sono esperti molto devoti alla causa. Sono come cacciatori in tensione ventiquattro ore al giorno, veggenti di brecce da cui fuggire e le vedono ovunque, sebbene vengano solitamente riacciuffati e questo fa aumentare la loro ostinazione, come una brutta malinconia, una malinconia che cessa di essere suicida per diventare assassina. Prima o poi l'esperto in fughe morirà o ucciderà e io fiuto l'odore che precede la fuga. Odorano di paura e fallimento. Mi bastava allora mettermi nel centro della prigione e portarmi un dito al naso, e i secondini sapevano già che l'esperto in fughe in questione stava per riprovarci. Se una vita vale l'altra, io bado alla mia. Questo posto da barbiere nell'infermeria era molto richiesto, me lo sono guadagnato denunciando i fratelli James, assassini dello stupratore della loro sorella, condannati a cinque secoli di galera perché erano fuggiti tredici volte, e una volta sequestrando il direttore della prigione. Con gli esperti in fughe non rischi la pelle, anche se capiscono di essere la tua preda. Finiscono col diventare dei professionisti del fallimento e con l'accettare di morire di vecchiaia in un penale o centrati da una pallottola nella schiena durante un tentativo di fuga. La pelle la rischi, e sul serio, con gli psicopatici condannati all'ergastolo, perché uccidono per uccidere, per autoaffermarsi, e se gli capiti tra i piedi sei tu a beccarti la pugnalata, come quella che mi assestò Juanillo, il tizio dei piccioni, quel malnato che aveva preso a coltellate la fica della moglie adultera perché non scopasse mentre lui era al fresco e fingeva di dormire durante l'appello perché i piccioni gli si posassero sulle spalle. Li acchiappava, li strangolava, li spennava e li mangiava crudi come se fossero stati dei confetti. Avevo studiato il suo ritmo di caccia e deglutizione e sapevo che quando cacciava troppo e mangiava troppo in fretta stava per combinare un bel casino. Una volta, a mezzogiorno, era l'ora del rancio, notai che aveva lo sguardo tipo culo di bottiglia, pesante, verde e opaco. Guardava senza vedere e camminava girando intorno a un passerotto che non aveva potuto imparare a volare in tempo. E scoppiò. Tirò fuori dalla tasca un coltello fatto con la latta di una scatola di conserve, tagliò la gola a un suo amante ragazzino che lo aveva piantato per un piccolo spacciatore di eroina e poi voleva fare altrettanto agli altri, in particolare a me, sapendo che ero lo spione del capo, anche se uno spione rispettato da quasi tutti perché le mie soffiate evitavano sgradevoli pasticci da cui poi è tanto difficile uscire... Capisce. Io qui come il capo del safari. Conosco bene queste belve e la giungla. Fuori di qui, che ne sarebbe di me?»

Nonostante i suoi timori e le sue argomentazioni è stato messo in libertà, ma prima di andarsene venne a congedarsi e promise che non avrebbe tardato a ritornare, pur dubitando di poter trovare allora un posto tanto buono come quello di barbiere degli psicopatici. Capivo che continuava a menar il can per l'aia senza decidersi a prendere la porta, sperando che gli regalassi uno dei trentaquattro golf che mi ha fatto la mia devota moglie. Ma manco ci provai. Avrei esposto me al suo ringraziamento e lui a un vischioso debito di gratitudine umiliante. Fu quella santa donna a regalargli un golf troppo stretto per *nostro* figlio, il triste cornuto, e suppongo che fosse troppo stretto di collo per l'apertura delle sue corna, al punto di non poterselo infilare dalla testa. Lo so che Seidita tornerà, ma non vorrei che riprendesse il posto di barbiere in quest'ospedale perché mi sento liberato dall'etica dell'angelo sgozzato con cui ho affrontato il suo parkinsoniano rasoio, senza poterlo rifiutare per non mostrare debolezza, perché mostrarla sarebbe stato come accettare tutte le irrealtà di cui mi hanno circondato. Se io credessi che tutti questi figuranti che cercano di mantenere il mio equilibrio fossero dei simulatori, griderei di terrore quando su di me si avventa il rasoio dell'assassino della segheria. Se io gridassi, ciò significherebbe proclamare che Seidita non è Seidita, ed evitando invece di gridare collaboro alla mia guarigione e al benessere generale, così alterabile da qualsiasi grido che possa violare lo statuto universalizzato dei sordi. Come referente del Seidita reale, quel barbiere era diventato necessario al trascorrere delle mie notti e dei miei giorni, come è diventata necessaria questa donna che tesse e disfa, come se fosse la composizione metaforica dell'inutilità del tempo recluso, come un orologio di fili di lana con il tempo di matassa, il suo tempo di gomitolo, il suo tempo di maglia.

È diventata necessaria per me e per lei stessa, e lo esprime prontamente quando le cadono i ferri sul grembo, con lo sguardo tra i sentieri sommersi del bosco e l'animo ridotto in un singhiozzo. Come se allora sentisse il bisogno di commentare a voce alta il senso di quel che fa e non fa, comincia a monologare. «Grazie... grazie... grazie, Albert, per consentirmi di essere qui tutti i pomeriggi, per consentirmi di essere da qualche parte tutti i pomeriggi, per consentirmi di attaccare con la colla da carpentiere delle favole i miei ricordi rotti, i miei desideri rotti... sono felice essendoti utile, e anche se tu non lo hai mai ammesso so di esserti utile... La gente che ti vuole bene mi si è costantemente raccomandata: "Anche se lui in apparenza rifiuta la solidarietà, bisogna essere solidali con lui perché sotto la corteccia dell'autistico relativo traspare il timore di aver troppo bisogno degli altri..." Nel mio inizio, Albert, è la mia fine. Le case cadono e si erigono successivamente, crollano, si spargono, si levano di mezzo, si distruggono, si restaurano o al loro posto appare l'aperta campagna o una fabbrica o una strada di periferia... Vecchie pietre per nuovi edifici, vecchi legni per nuovi falò, vecchi falò per ceneri e ceneri per la terra composta da carni, pelli e feci, ossa di uomini e animali, canne o foglie di vecchi campi di granoturco... Quando smisi di essere giovane mi abbandonarono i desideri e cominciai a essere realmente utile.»

È molto facile esprimere un senso maestatico della relazione dell'io con il tempo e le cose se ti servi di Eliot, in un gioco che in letteratura avremmo chiamato interletterario e che nella vita si risolve rendendo letterario il colloquiale quotidiano. Ma mi sorprende che per questa donna, senza pretese letterarie nel passato, East Coker sia qualcosa di più che un dato geografico e, come tutta la poesia di Eliot, l'espressione della malinconia del fallimento totale, qualcosa di sorprendente in un cattolico; o forse Eliot diventò sempre più monarchico e cattolico per partecipare alle uniche possibilità di eternità, così nella Storia come nella Vita, e intuisco che questa donna comincia a notare il peso del proprio fallimento e accetta che questa cella dell'infermeria sia la sola casa propizia che le sia rimasta, vecchia cornacchia minacciata dalla morte...

La casa è il luogo da cui si parte. Mentre invecchiamo
Il mondo ci diventa più estraneo, più complicata la
[trama
Dei morti e dei vivi. Non l'intenso momento
Isolato, senza un prima o un dopo,
Ma tutta una vita che brucia a ogni momento
E non tutta la vita di un uomo soltanto
Ma di vecchie pietre indecifrabili.
C'è un tempo per la sera sotto la luce delle stelle,
C'è un tempo per la sera sotto la luce della lampada
(La sera con l'album delle fotografie)...

Senza dubbio si deve essere impadronita di questi versi di *East Coker* e di altri, come di quell'oscena proposta eliotiana secondo la quale noi vecchi dovremmo sospendere ogni movimento e riprendere a muoverci con tutt'altra intensità per ottenere una comunione più profonda, attraverso il buio freddo e la vuota desolazione... Nella mia fine è il mio principio. Quanta compassione mascherata da geometria poetica! Comunione? Compassione. Se le dicessi qualcosa, per esempio, "buon giorno" o "per favore" o "che tempo fa a Parigi?", la ingannerei, sarebbe come darle la battuta per un duetto che non voglio interpretare, spalleggiati dalle sedie vuote di un'orchestra inesistente, nell'aria l'assenza di una musica che non deve avere partitura e sempre, sempre, questa truffa del supporre noi stessi. È stanca di una situazione dove io non l'ho convocata, come sono stanchi i miei figli, e ognuno reagisce a modo proprio. Il cornuto ha distanziato le sue visite, ma nelle ultime due mi ha già portato la sua nuova partner, una donna apparentemente dolce, con vertebre importanti e occhi castani, quasi color miele, che parla come i figli di papà di Boston o di Kuala Lumpur, come se le cose e le persone fossero una seccatura e il linguaggio la loro rappresentazione, vocali stanche, male appoggiate su consonanti di legno nobile, mogano, per esempio. Credo sia una lontana cugina di una nipote di una cognata dei Lodge, ma non specifica di quali Lodge, sebbene a mio figlio questo non importi e la guarda, mi guarda, in cerca di un'accettazione che sa già di ottenere anche se io non la esprimo con le parole. Questa divorziata bostoniana mi rompe il cazzo e lei lo sa, perché sento che persuaderà il suo futuro marito a non venirmi più a trovare, eppure cerca di fare la carina con me e pronuncia frasi in latino, sempre coi doppi sensi. Per esempio, per leccarmi i piedi in occasione delle mie ormai tenui discrepanze con lo psichiatra, ha recitato: *Doctrina scelesti est gladio insani similis*. Vale a dire: la conoscenza nelle mani di un malvagio è come la spada nelle mani di un folle. Come andrebbe interpretato? Chi è il malvagio e chi il folle? Se pensa di riuscire a stabilire un rapporto con me, sta fresca. Per il momento, e non è un vantaggio da poco, il cornuto non ha accennato a portarmi i figli dei suoi precedenti matrimoni, uno dei rischi più sgradevoli che posso correre. La stronzetta figlia di papà parla come una pappagalla su tutto, con una cultura da *Reader's Digest* bostoniano senza un Henry James che gliela incrini. Noto che negli ultimi tempi mi si scatena troppo spesso una certa aggressività e ciò, anche se il mio psichiatra non vi attribuisce troppa importanza – a che cosa attribuisce importanza quest'uomo? –, mi preoccupa.

13

Mio figlio, il malato di Aids, sta morendo. Questa donna non mi dice nulla ma lo intuisco perché evita sempre di nominarmelo, in quei silenzi improvvisi dove il suo nome si intrufola come se si trattasse esclusivamente di un ricordo. Una volta ho visto morire d'Aids un detenuto, anche se nel suo caso non vi fu molto merito perché si trattava di un tubercoloso cronico e squisito che chiese, come ultime volontà, del pane tostato spalmato di miele d'acero. Sorpresi tutti quanti recandomi accanto al letto dove agonizzava il tisico, e vidi un uomo uccello mummificato in vita da un pessimo tassidermista sbudellatore che gli aveva lasciato la pelle piena di croste e gli occhi marci, così sarà l'aspetto di *mio figlio* quando giungerà la sua ora, pensai, penso, e all'orizzonte del ricordo volava il bambino di cui questo frocio usurpa il posto, un bambino biondo col sorriso pallido e un po' invertebrato, che volava e volava sull'orlo della scogliera in attesa di una prodezza che poteva finire soltanto con la morte. Mi si ribalta quest'immagine di frequente... io cado da una barca, affogo e loro... loro se ne vanno su quella barca senza volerlo o evitarlo, nei loro visi non leggo la geometria, bensì la compassione ma anche l'impotenza di fermare il fuoribordo e tirarmi su. I miei occhi radenti l'acqua e la morte li vedono allontanarsi e il mio impotente desiderio di sopravvivenza diventa di piombo e mi fa affondare. Loro sono questa donna che tesse e disfa il mio tempo e quei ragazzi che hanno voluto crescere su loro stessi. Eppure non vedo mai i miei genitori su quella barca, al contrario, se i miei occhi attratti dal piombo del mio desiderio scendono in fondo al pozzo delle acque, è lì che stanno i miei genitori. Annegati.

Il vagabondo si è accomiatato l'altra sera. Vuole cambiar vita, attenzione, non cambiare la Vita, il che implicherebbe un progetto generoso improprio per uno strangolatore di Boston, tra i migliori strangolatori di Boston. Si era rasato, indossava il vestito più lussuoso che aveva trovato in un container e aveva rubato una Jaguar Sovereing di proprietà di uno dei leader intellettuali della frangia di ecomarxisti catastrofisti che incassa cinquemila dollari per ogni conferenza sull'irrazionalità del sistema capitalista e addirittura settemila se l'ente bancario che lo chiama è tra i più potenti. Il particolare della Jaguar ha tolto fascino al commiato, perché senza dubbio dettato dallo psichiatra argentino nella supposizione che tutta la mia famiglia abbia nostalgia di una Jaguar. «Dammi la tua benedizione, papà, voglio diventare ricco, anche solo per una breve stagione, comprare la presunta casa del Grande Gatsby a Long Island, ma non voglio una fine brutta come la sua e voglio incamminarmi come nei romanzi del Settecento, con la benedizione del padre.» Questo ragazzo mi emoziona. Meriterebbe di essere figlio mio. È uno strangolatore. Uno strangolatore di razza, lo capisco perché sua madre, quella chioccia capace di difenderlo come vagabondo, convinta che dorma sotto i migliori ponti della città coperto dalle più raffinate scatole di cartone, non tollera il cinismo con cui chiede la mia benedizione, quasi fosse un cinismo rivolto contro di me e non contro di lei e tutto quello che lei rappresenta. Così gli ho dato la mia benedizione e persino ho mormorato, infrangendo il mio autismo e cercando di imitare l'accento polacco del papa quando parla in latino, qualche parola dell'*Eneide: Fata viam invenient,* il fato troverà la strada, e intanto gli cacciavo un biglietto da mille dollari nella tasca della camicia di seta rammendata. Non avrei dovuto farlo, perché Penelope si è commossa e quando è venuto lo psichiatra gli ha comunicato un veritiero, ma secondo la sua logica falso, bollettino: «Si sente molto meglio». No. Non mi sento molto meglio, al contrario, molto peggio, più disorientato che mai, seriamente malato, essenzialmente malato.

Un altro a non sentirsi molto meglio è lo psicoanalista, al punto da non rallegrarsi quasi del mio miglioramento, che con una totale mancanza di considerazione ha cominciato a parlare di se stesso. Non riusciva a concentrarsi, non rendeva sul lavoro e di tutti i suoi fallimenti io ero il più grave, essendo il suo psicopatico preferito, quello a cui aveva dedicato più tempo e sul quale era tuttavia incapace di stendere la relazione comportamentista, come richiesto dall'Alto consiglio psichiatrico del Penitenziario. Poiché deve giustificare i nostri incontri mi chiede di collaborare: «Ecco... non avrebbe un'altra poesiola da farmi interpretare?... Quella sulla città è ormai quasi illeggibile...». Non collaboro per pudore e nascondo le poesie che continuo a scrivere. L'ultima che gli consegnai due anni fa era la spiegazione poetica di un falso sogno, un'autentica stronzata, poiché in essa sostenevo che un ippocarpo mi aveva detto che i miei desideri non mi sarebbero sopravvissuti e che, per quanto imparassi dai libri, nulla e nessuno mi avrebbe mai restituito un solo istante perduto. Poi mi trovavo in pieno rio delle Amazzoni, su una zattera spinta dai remi dei battellieri del Volga, e nel bel mezzo del mio desiderio i seni di Alma chiudevano i loro occhi, non quelli miei, e tra le mie dita il clitoride di Alma era di midollino. «Lei! Sì, dico a lei!...» mi gridava l'ippocarpo... «Lei può attaccarsi alle sottane di quel che non ha fatto, persino all'emisfero dei numeri immaginari.» Alma correva rabbuiata dalla notte, fredda, nuda, l'aria odorava di polvere da sparo notturna e bianca, e Alma mi aspettava pronta a concedersi... ma ricompariva l'ippocarpo: «Lei! Sì, dico a lei!... lei prescinde dalla logica elementare, quella che uccide ciò che vive e fa nascere speranze a base di oblii e distanze, bisogna scegliere tra memoria e desiderio». Il lacaniano decaduto leggeva e rileggeva il mio sogno... mi guardava... leggeva di nuovo... «Allora, un ippocarpo, eh, vecchio mio?... Questa sì che è nuova...» Talmente nuova che non sapeva che dire, perché, ne ero certo, in nessuna parte della letteratura psicoanalitica appare un ippocarpo parlante. Manco uno. Non ottenni risposta a quel finto sogno e decisi di non collaborare più, per cui ogni volta che mi chiede un piccolo aiuto, gli volto le spalle e lui si mette a camminare impaziente nella cella. L'ultima volta se n'è andato mogio mogio in cerca di una bottiglia di whisky e di un'infermiera nuda su cui piangere e a cui mordere le natiche, la sua aberrazione preferita. È probabile che la sposi, il che rappresenterà la quarta batosta sotto forma di alimenti da pagare quando divorzierà tra qualche anno. Il calzolaio ha le scarpe rotte e gli psichiatri, dopo l'apprendistato, sono incapaci di risolvere i propri problemi di dipendenza. Nemmeno l'ex segretario generale li ha risolti. I giornali di Boston danno notizia del suo arresto mentre cercava di organizzare la Lega dei Comunisti, un gruppo armato che vuole dare l'assalto al Palazzo d'Inverno nell'ottobre del 2017, in una coincidenza simbolica di dubbio buon gusto. Insieme alla notizia, la foto del "vecchio combattente", come lo chiamano i giovani pragmatici che occupano il potere dei media e che sperperano con questo matusa la loro quota di compassione per i coccodrilli feriti della Storia. Un ente bancario ha pagato la cauzione e la Walt Disney Corporation gli ha offerto un posto di consulente nella zona del parco dedicata alle rivoluzioni del ventesimo secolo nella Disneyland che stanno costruendo a Mosca, con laghetto navigabile persino dalla *Potemkin* e dall'*Aurora*, e celle del KGB dove i visitatori potranno ascoltare le deposizioni dei Processi di Mosca, sia quelle delle vittime sia quelle dei boia, e tutta una serie di robot – Lenin, Trotzkij, Stalin, Beria, Krusciov, Breznev, Gorbaciov e Raissa, Eltsin, Jasbulatov, Rutskoij – firmeranno autografi e pronunceranno brani dei loro discorsi e testi divenuti in seguito determinanti. L'ex segretario generale ha promesso di prendere in considerazione l'offerta. Qualsiasi protagonismo gli vien buono se gli ridà la sensazione sensoriale di essere l'uomo scelto dalla Storia per trasformare se stessa. Intuisco che tarderà a presentarsi da queste parti, dove lo aspettano le mie più scettiche occhiate, anche se non intendo arrivare a offenderlo. Nel caso si presenti, ho scritto sul muro un lungo graffito che riproduce un passo di *Stato e rivoluzione* di Lenin, direttamente ispirato a brani della *Critica al programma di Gotha* di Marx:

> Soltanto allora (nella società comunista) diventa possibile e agisce una democrazia realmente completa, senza eccezioni. Soltanto allora la democrazia comincia a estinguersi, per la semplice ragione che ormai liberi dalla schiavitù capitalistica, dagli innumerevoli errori, barbarie, assurdità, ignominie dello sfruttamento capitalistico, gli uomini si abitueranno a poco a poco a osservare le regole elementari della convivenza sociale, da secoli conosciute da tutti, ripetute da millenni in tutti i precetti, e a osservarle senza violenza, senza costrizione, senza sottomissione e senza quel particolare apparato di costrizione che viene chiamato Stato.

Non esiste una via di mezzo. O lo strangolatore o l'uomo totale. Soltanto lo strangolatore esiste, con la sua angoscia e disperanza per l'uomo totale. Tempo fa lessi una polemica tra stregoni squisiti (Brown, Cohn-Bendit, Fromm, Laing, Marcuse...) in cui discutevano, nel 1973, su una premonizione dell'Apocalisse, che partiva da *Urlo,* un testo poetico del grasso Ginsberg, che è sempre stato grasso come solo può esserlo un poeta cappone:

> Ho visto le migliori menti della mia generazione distrutte dalla follia, morire isteriche e nude, trascinarsi nelle strade all'alba..
> Quale sfinge di cemento e alluminio ha aperto il loro

cranio e mangiato il loro cervello e la loro immaginazione?
Moloch! Solitudine! Sudiciume! Bruttezza! Latte di cenere e dollari irraggiungibili! Bambini che urlano nei sottoscala! Uomini rovinati negli eserciti! Vecchi che singhiozzano nei parchi! Moloch, prigione incomprensibile! Moloch, acciaino della guerra! Moloch, la cui mente è fatta di macchine! Moloch, nel cui sangue scorre il denaro! Moloch, le cui dita sono dieci eserciti! Moloch, il cui udito è una tomba di fumo!

Mi irritava Ginsberg, e ancor più quando ricorreva al valore aggiunto della punteggiatura scandalosa per esacerbare se stesso e il lettore, rinnegando le splendide precisazioni sulla punteggiatura di Adorno, delle quali rinnego soltanto quelle riguardanti i puntini di sospensione... talvolta indispensabili. Ma di tanto in tanto Ginsberg coglie nel segno con alcune immagini dell'Apocalisse implicita che condividiamo, precedente alla scomparsa del genere umano, come per esempio: «Moloch, la cui fede è una nube di idrogeno senza sesso!». Immagine corretta, venendo da un omosessuale. Moloch, il dio re a cui si sacrificano i figli, un referente simbolico che succede a se stesso, come il potere astratto e incontrollabile, e che Ginsberg, un capellone degli anni Settanta, identifica con la corrente cieca dell'*american way of life* e con il suo riflesso nella Storia. Sulla scia di questo *ex abrupto* che potremmo chiamare poetico, gli stregoni del comportamento meditano e partono dall'idea che ogni cultura precipita verso il proprio crepuscolo in un'Apocalisse da cui nascerà l'uomo nuovo. Ci siamo arrivati. Nel momento in cui la scienza dimostra che siamo il risultato di una somma di vecchiaie biologiche – conserviamo sia il cervello dei pesci sia quello dei rettili, dei primati e dei fan di Hillary Clinton o di papa Giovanni Paolo II – di nuovo la fandonia dell'uomo nuovo, della "novità" come fuga in avanti per non cadere nell'orrore. Perché non accettare l'evidenza? Il non superamento dell'orrore? L'insediamento nel medesimo, nell'Apocalisse? Laing, in quel dibattito, faceva soprattutto riferimento all'evidente, e formulava alcuni concetti che già mi aveva esposto verbalmente, secondo cui la pazzia è una situazione e non il problema individualizzato di ciascun pazzo. Io sarei un soggetto rinchiuso in una struttura medica, così mi disse, e per il fatto di essere trattato come paziente vengo isolato dal sistema e non sono più una persona. Perché?

Qui comincia a scatenarsi l'iconoclasta. Perché si è persona solo quando si è inclusi in un contesto sociale, è la società a renderti "persona". Questa logica può servire ai pazzi o ai "non pazzi", per me fa lo stesso, convenzionali, ma non per noi strangolatori che entriamo e usciamo da questo contesto sociale senza perdere mai la nostra medesimezza, vale a dire, la nostra condizione di persona. Io non delego il mio io a nessuno, perché se ne impadronirebbero e mi verrebbe restituito irriconoscibile, non mi servirebbe più. I non pazzi di cui parla Laing, prodotti sociali, particolarmente molesti per lui quando sono yankee e uccidono innocenti vietnamiti col napalm, non supereranno mai loro stessi, e se non sono carne da psichiatra finiranno come residui statistici avallatori di una concezione orrenda del confine tra il normale e l'anormale. Durante la recente guerra del Golfo l'umanità si è divisa ancora una volta in assassini e assassinati e, indipendentemente dal fatto se gli assassini fossero gli interventisti del Nord o lo stesso leader iracheno Saddam Hussein, le vittime sarebbero stati gli iracheni pedoni della Storia e gli assassini indiretti quei politici e leader di opinione che sancirono le uccisioni con la loro intellettualizzazione delle bombe intelligenti. Thomas de Quincey implica gli spettatori nel crimine a cui assistono:

> ...se per il semplice fatto di assistere a un assassinio si acquisisce la qualità di complici, se basta esserne spettatori per spartire la colpa di colui che perpetra il delitto, diviene innegabile che nei crimini dell'anfiteatro la mano che fa partire il colpo mortale non è meno intrisa di sangue di quella di chi contempla lo spettacolo, e non è meno sporco di sangue neanche chi consente al suo spargimento; e chi applaude l'assassino e chiede che costui venga premiato prende pure parte all'assassinio.

In quali carceri si trovano Bush e i suoi complici mascherati da corresponsabili alleati di un nuovo ordine internazionale? In quali manicomi con o senza muri?

Laing ci chiede di diffidare dei leader, ma anche dei nostri peggiori nemici e dei nostri migliori amici, d'accordo, ma infine ci chiede di diffidare dell'*io* e di cercare, a un livello più profondo, il *noi*. Laing stava scoprendo l'acqua calda del personalismo cristiano, un'invenzione mélo francese imparentata con un'Art Déco ecclesiastica per dissimulare l'angoscia davanti alla morte o alla fuga degli dei.

14

Stavo tracciando i miei graffiti sul muro quando ricevetti l'ultima visita, come sottolineò lui, dell'editore, la sua ultima preghiera perché scrivessi le mie memorie, mentre lui si sarebbe preso il rischio della mia veridicità, fosse questa verosimile o no. A quanto pare, l'editoria di Boston è in crisi, da mesi il mercato non è stato scosso da un autentico best-seller: «Ho bisogno di un best-seller che non sembri tale e che regga la prova di una prima edizione di un milione di copie in dispense, per chiudere con una edizione limitatissima per bibliografi e linguisti, con la promessa di varianti nei codici raggiungibili soltanto dagli spiriti più eccelsi, e l'industria degli elettrodomestici ci ha aperto la strada. La produzione di frigoriferi standard Westinghouse ricicla i fondi di magazzino aggiungendo uno scomparto per il caviale di lumaca alla portata solo delle tasche e dei palati più scelti. Lei mi è debitore. Le ho fatto avere il suo primo impiego decoroso lasciandola ritagliare tutti i giornali del mondo, e in seguito ho continuato a promuoverla a mano a mano che ci sorprendeva con la sua metodologia per captare il sapere ed esporlo, alla maniera di un puzzle di cui interessa soltanto l'impressione globale del risultato. Poi accadde quel che accadde e il dizionario, senza di lei, non è stato più lo stesso. I rimanenti volumi hanno venduto parecchio di meno. Mi deve qualcosa.» Che accadde? Non mi permetto mai la sciocchezza di cacciar via qualcuno, incenerendolo con gli occhi, formula invecchiata che non appare più né nei romanzi di esordio né nei best-seller, ma cacciai via l'editore incenerendolo con gli occhi, dopo essere andato su e giù impaziente nella cella e poi, poiché fingeva di non capire, gli tirai in testa cinque dei nove volumi del *Dizionario illustrato* di Boston che mi consentono di tenere, perché quando ormai stavo per tirargli il sesto fuggì vigliaccamente. Mia moglie, che mi stava cucendo un bottone, si punse un dito, si succhiò il sangue, mi guardò senza un rimprovero e poi mi sorrise come per dirmi: «Non preoccuparti, vedrai che troveremo un altro editore».

La mia pazienza non ha limiti, ma la mia stanchezza sì, per questo ho proibito che concedano di comunicare con me a chiunque lo richieda, eccetto la donna che tesse e disfa e lo psichiatra, visite a cui non potrei oppormi, non già per via dei regolamenti ma delle emozioni, in quanto sono riuscite a rendersi necessarie. Come non posso rifiutare l'ingresso al direttore del carcere che mi esibisce come massima curiosità del suo penitenziario ai visitatori più illustri. Per di più, è stata annunciata la visita di Hillary Clinton e io intendo passare tutto il tempo a guardare quelle sue gambe elefantiache. Alla donna che tesse e disfa sono grato per la sua costante presenza, come sono grato alle pareti di questa gabbia da quel vecchio corvo che sono, incapace di accettare nuovi spazi, nuovi volti. Ma con lo psichiatra può finire da un giorno all'altro, perché ogni sua visita è un congedo depressivo, il riconoscimento della sua impotenza di stendere la relazione che gli chiedono sull'evoluzione del mio comportamento. La depressione dello psichiatra mi ha commosso perché ho fatto i miei calcoli geometrici. Se lo rimuovono, ne nomineranno un altro, possibilmente uno psichiatra postmoderno ed eclettico che cercherà di riciclarmi come cavia. Il veterano psichiatra argentino mi conosce già e mi dà per possibile e pertanto per impossibile. Mi chiede solo di prendere nota delle mie ricadute che lui non verifica più, di ascoltarlo, e non pretende nemmeno che lo compatisca, perché mi sa incapace di compassione e molto più adatto alla geometria. Bisogna scegliere sempre tra geometria e compassione, sia nell'arte sia nella vita. I calcoli interessati mi hanno portato a stendere una relazione sulla mia evoluzione psicopatologica, servendomi solo della lunga osservazione di me stesso nel corso degli anni in cui ho convissuto con questo strangolatore che è finalmente diventato la mia identità preferita nonché dei nove volumi del *Dizionario illustrato* di Boston, e tengo a precisare che se verrà trovato qualche errore nella mia relazione, bisognerà attribuirlo all'impossibilità di consultare il decimo volume e il supplemento. Una volta scritta la relazione, ho aspettato la solita visita dello psichiatra e quando ha cominciato ad accomiatarsi, ancora una volta, con il presentimento che non gli avrebbero rinnovato il contratto, poiché è incapace di decodificarmi, gli ho allungato la sua relazione, vale a dire la mia relazione, e quello è rimasto senza parole, senza sapere che cosa fare, perché tutto ciò che gli scendeva dal cervello alle labbra gli suonava di happy end degno di un film di Frank Capra mentre il massimo che è autorizzato ad accettare, in mia presenza, è che ci muoviamo all'interno dell'artigianale pellicola del figlio di Braccio di Ferro. Prima di ringraziare per il mio gesto, ha soffocato per non irritarmi la spontanea affettività che provava nei miei riguardi, e ha fatto bene, perché cominciavo a impazientirmi vedendolo sul punto di mettersi a piagnucolare, con la bocca piena di ringraziamenti insalivati e masticati, come sono insalivate e masticate le carni materiali e spirituali di tutti coloro che per sopravvivere dipendono dal mantenimento del proprio impiego, per esempio quelle tre divorziate che non riuscirono a sopportare il divagante parlare e ragionare di un argentino. «Ecco... vecchio, non posso dirle oggi a te, domani a me, ma in questa vita di merda quando la sorte troia ti frega e ti frega e ti molla come uno stronzo... quando sarai in mezzo alla strada, senza meta, disperato... quando non avrai né fede, né *mate* di ieri che si asciuga al sole... quando ti consumerai la suola delle scarpe cercando un po' di grano per poter mangiare... l'indifferenza del mondo – che è sordo ed è muto – allor sentirai... Vedrai che tutto è menzogna, vedrai che nulla è amor, che al mondo nulla gli importa... Troia! Troia!... anche se ti spezza la vita, anche se ti morde un dolor, non aspettarti un aiuto, né una mano, né un favor. Quando si saranno consumate le batterie di tutti i campanelli che suoni, cercando un petto fraterno a cui morire abbracciato... Quando ti pianteranno come uno stronzo dopo averti succhiato il sangue com'è capitato a me. Quando li vedrai davanti ai tuoi occhi provarsi gli abiti che stai per lasciar... Ti ricorderai di questo fesso che un giorno depresso si mise a frignar...»

RELAZIONE SULL'EVOLUZIONE DEL COMPORTAMENTO IN CATTIVITÀ DI ALBERT CERRATO, ALIAS "LO STRAGOLATORE DI BOSTON", FATTA DAL DOTTORE IN PSICHIATRIA DANTE CONTURSI MARONI, ASSISTENTE PSICHIATRICO DEL PENITENZIARIO DI BOSTON (MASSACHUSETTS)

All'attenzione del dottor William Dieterle
presidente dell'Alto consiglio direttivo
del Penitenziario di Boston

Il sottoscritto dichiara di aver ricevuto il 14 aprile 1975 l'incarico di tenere sotto osservazione il comportamento di Albert Cerrato, autodenominatosi "strangolatore di Boston", che sconta la pena dell'ergastolo nell'ospedale penitenziario di Boston per l'assassinio dei genitori, Albert e Noelia, e di una vicina di casa, Dulce Gatti, il 27 maggio 1968. L'équipe medica della quale sono entrato a far parte ha perso via via componenti, sia perché alcuni sono andati in pensione, sia perché altri sono stati trasferiti a destinazione diversa, circostanze già comunicate a suo tempo all'Alto consiglio. Finalmente sono stato designato come unico responsabile dell'osservazione del detenuto, con l'appoggio di tutto il lavoro di esame e diagnosi fatto dall'inizio dell'istruttoria sino a oggi, tra cui il contributo del gruppo Black Box, del laboratorio comportamentale di East Coker, diretto dall'eminente professore William Dieterle, e quello del collettivo psicoanalitico Rochester & Piazzola, oltre a quello di singoli professionisti che a diversi livelli hanno affrontato l'esperienza dell'esame, diagnosi e assistenza di Albert Cerrato. Questa osservazione ha dato origine a molteplici studi e relazioni, a cui rimando i membri dell'Alto consiglio che vogliano documentarsi sulla mia analisi, raccomandando vivamente alla loro attenzione *Delirio e delitto*, del professor Dieterle; *Lo strangolatore strangolato: oltre lo specchio del complesso di colpa*, di Edmund Barnes; *Il seno della Danae di Klimt e il caso Cerrato*, di Ana W. Segura; *Il falso strangolatore di Boston o lo psicopatico enciclopedico*, di Dante Contursi Maroni; l'*Evidente e deprecabile non influenza di «Paradiso» (Lezama Lima) nelle poesie del falso strangolatore di Boston*, di Norma Cateli, nonché le relazioni in merito pubblicate nel maggio 1969, aprile 1972, luglio 1983, settembre 1987, sulla *Revue des recherches presque inutiles*, Editions Gazier-Pardiñas, Parigi, e l'estratto monografico sul numero di dicembre 1991 di *Dynamic Psychology*. Questi contributi spiccano sui trecento studi sinora dedicati all'ergastolano in questione.

I successivi atteggiamenti di Cerrato in seguito all'arresto, processo e condanna del medesimo, possono riassumersi in tre: un primo periodo in cui ha sostenuto una spiegazione eutanasica dell'assassinio dei genitori, confutata efficacemente dalla dimostrazione che, nonostante l'avanzata età, i due anziani non avevano malattie di rilievo, e nemmeno acciacchi dolorosi, inoltre l'assassinio della vicina di casa riuniva tutti i caratteri del crimine aggiunto per coprire quelli precedenti. La vicina di casa si recò dai genitori di Cerrato per via del forte odore di gas che invadeva le scale, venne stordita da un colpo e introdotta nella cucina in cui agonizzavano i due anziani, dove subì la loro stessa sorte. Nel periodo di simulazione di innocenza, l'imputato sostenne che, mezzo svenuto, non poté impedire che la signora Gatti si introducesse nella cucina nel lodevole tentativo di salvare i due vecchi e che perì nel medesimo, senza che a lui riuscisse di dissuaderla o salvarla. Il medico legale dimostrò che la vicina era stata colpita alla testa, sebbene la morte fosse sopravvenuta in seguito per avvelenamento da gas. Smontata la linea difensiva dell'accusato, il che servì a far giustizia, si ebbe un mutamento psicologico nel condannato, le cui conseguenze furono: un secondo periodo di delirio logorroico in cui si attribuì fino a trentaquattro assassini gratuiti, avvalendosi di uno sfoggio di erudizione e di appropriazione di lessici specialistici, non sempre corretta, frutto del suo apprendistato come seminarista cattolico fino ai sedici anni di età, ai suoi studi come maestro di scuola e, in seguito, alla laurea in Pedagogia e Lingue classiche ottenuta in un'università minore, conoscenze meno determinanti per la sua superbia intellettuale di quanto non fosse il sapere enciclopedico acquisito negli anni, prima in quanto collaboratore e poi caporedattore del *Dizionario enciclopedico illustrato* di Boston per i primi nove volumi. Incarcerato all'inizio della compilazione del decimo volume, l'erudizione di Cerrato si fermava alla lettera esse e nulla dimostrò di sapere sui vocaboli inizianti con la ti, la u, la vu, la vu doppia, la ics, la ipsilon e la zeta, sebbene dissimulasse la propria ignoranza con un atteggiamento altezzoso. Essendo egli stato sottoposto alla minaccia di privarlo della consultazione del decimo volume allo scopo di studiare le sue reazioni, più di una volta mi sono rivolto all'Alto consiglio con la richiesta di sopprimere tale coazione, per studiare gli effetti dell'incorporazione del decimo volume e del supplemento, ma non mi è stata data una risposta soddisfacente, col pretesto di problemi economici quando non scientifici. Mi offrii di pagare di tasca mia, in comode rate, i volumi mancanti, ma il signor Cerrato entrò in una crisi aggressiva, per cui rinunciai a questa mia pretesa e allora gli ventilammo la possibilità di un intervento chirurgico, una lobotomia, soprattutto dopo il tentato omicidio di quella che gli avevano proposto come legittima consorte, concetto immaginario a cui lui soleva spesso riferirsi. La terza fase inizia circa dieci anni fa, dopo la minacciata lobotomia, a mano a mano che il recluso si abitua allo spazio della cella nell'infermeria del carcere e diventa lettore di manuali sul comportamento animale, sospettando che quello umano non sia che un mascheramento razionalizzato del comportamento istintivo, sospetto confermato dal crollo della razionalità convenzionale con tanto sforzo costruita sin dal Rinascimento fino alla sconfitta storica del comunismo sovietico, subita dal signor Cerrato come se fosse stato comunista, fatto che non figura in nessun archivio, nemmeno nella memoria dei militanti che in qualche occasione avrebbero potuto incontrare Cerrato, militanza certo non avallata dalla sua pretesa di aver ucciso il segretario generale del Partito Comunista di Boston, oggi ex segretario, che gode di invidiabile salute e si è socialmente reintegrato al punto da sembrare un ex comunista disegnato da Walt Disney. È possibile che il recluso abbia assistito a qualche riunione comunista ai tempi della legalizzazione del partito, ma è del tutto inspiegabile che abbia vissuto come una crisi profonda il crollo universale del comunismo, sebbene lui abbia manifestato di risentire del crollo non per il fallimento di quella dottrina, bensì per la perdita di identità di tutte le altre.

A contraddire le sue supposte affinità comuniste, sta il fatto che il signor Cerrato non ha mai manifestato simpatia per alcuna tendenza politica e che in più di una occasione, ai tempi della sua ascesa nel *Dizionario enciclopedico illustrato* di Boston, emise giudizi contrari a ogni tipo di affiliazione politica e approfittò dell'impegno politico dei suoi colleghi, malvisto nell'azienda, per arrampicarsi da vero parvenu e scalzarli dai loro posti. Si è sempre vantato di dovere tutto a se stesso, di essere lui la sua stessa rivoluzione e di non aver bisogno dei tacchi posticci della rivoluzione, come i giovani di buona famiglia. La sua passione per i graffiti fu rivelatrice da questo punto di vista, nel periodo in cui tenne scritto sulla parete della sua cella un brano di *A metà del viaggio* dello scrittore ex marxista Lionel Trilling: «Siete del tutto in errore. Non sono stato io ad attirarvi. La dialettica della situazione, notate, la dialettica della situazione ha svincolato dai loro interessi e legami naturali di classe determinati elementi insoddisfatti della classe media e li ha spinti a spartire gli interessi delle classi oppresse. Per caso voi eravate tra quegli elementi insoddisfatti della classe media. Non perché reagivate consapevolmente a bisogni esteriori, bensì perché eravate l'espressione di certi conflitti interiori che riflettevano alcune contraddizioni del mondo esterno».

Come redattore di base del *Dizionario* aveva dimostrato una minacciosa versatilità, in quanto era capace di connotare voci tanto diverse e opposte come matador, abside, Grundisse, Popper, Circolo di Vienna, Catullo, Pelé, imballatore di formaggi, canapa, Carrillo (Santiago), Klimt, fasciatura, pelo, cafone, Gil Calvo (Enrique), reificazione, Emerson, Eliot, effetto, modificazione, Betty Grable, pentola a pressione, ferie pagate, fine settimana, eccetera. Dopo la fase di delirio logorroico, caratteristica in questo tipo di paranoici come dimostrato da Dieterle nell'opera già citata e mai superata, Cerrato scelse di rifugiarsi nell'autismo e nell'incomunicabilità, all'inizio con orgoglio e negli ultimi tempi più come sintomo di impotenza di ogni lobotomizzato metaforico a cambiare la propria maschera che come atto volitivo, al punto da stabilire a modo suo legami comunicazionali come, per esempio, ascoltare con attenzione e regalare manciate di noci a determinate persone: il barbiere del carcere e altri reclusi che gli fanno qualche servizio assistenziale. Non ci troviamo davanti a un caso di autismo convenzionale, in nessuna delle tipizzazioni sino a oggi stabilite, ma davanti a un autismo volontario, teorizzato, intellettualizzato, connotato, interiorizzato, vale a dire, il signor Cerrato è diventato l'incarnazione di una possibile voce, autismo, che lui stesso avrebbe scritto per il *Dizionario enciclopedico* citato, assai lontana da ogni interpretazione compassionevole dell'individuo autistico come risultato dell'esilio del neonato dalla madre placentaria. In questo caso, lo strangolatore autistico sarebbe la prova della verità presente nell'enunciato di Schacht sulla pulsione dell'autonomia insita in ogni soggetto: «Il soggetto necessita del soggetto». Sebbene io ritenga, durante il periodo logorroico e delirante, di aver delineato con precisione la situazione del recluso nella mia tesi sul comportamento enciclopedista, è mia intenzione che la presente ricerca delinei l'ultimo periodo, a mio parere davvero terminale, dell'evoluzione psicologica di Albert Cerrato.

Manchiamo di una conoscenza diretta dei suoi modi di comportamento durante il periodo che sfocia negli assassini di cui sí è parlato, ma dalle rivelazioni dello stesso Cerrato nei suoi diari, che lo esortammo a scrivere sin dal momento del suo arresto e all'inizio della terapia, cosa che lui fece assai di buon grado, e da quelle di coloro che convissero con lui, si evince che attraversò un periodo di depressione durante il quale si convinse che i suoi genitori non avrebbero dovuto sopravvivergli, innanzi tutto per non affrontare il dolore di perdere un figlio, e per via dell'incontrollabile sensazione di essere il solo a poterli accudire nonché l'unica ragione della loro esistenza. Nella psicopatologia dei figli unici, e soprattutto nel caso Sturgeon, già studiato da William Castle e Rosalind Capland, i geniali nipoti del professor Dieterle («Adam Sturgeon: Dream and Reality», in *Review*, marzo-aprile 1974), viene descritto come un soggetto famigliare triangolare – padre, madre e un figlio o una figlia – crei un ambito autistico che comunica molto superficialmente con l'alterità, per poco che influiscano circostanze culturali di isolamento famigliare volontario o di rifiuto sociale. La regola culturale creata dal padre del signor Cerrato fu la diffidenza per tutto ciò che potesse provenire dall'esterno, conclusione a cui giunse come perdente economico, sociale e politico, in quanto non si sentiva coinvolto nell'*american way of life.* A mano a mano che Albert Cerrato acquisì ragioni per autocompatirsi, le trasferì nel soggetto triangolare formato con i genitori, e i fattori di accumulo della depressione lo spinsero a tramare un suicidio triangolare come unico finale possibile, che per certi versi legittimava la sua identità più segreta. Perché Albert Cerrato si autoconcesse la grazia e uscì dalla cucina della casa dei genitori lasciandoli morire intossicati? È possibile presumere una reazione istintiva di autodifesa oppure, al contrario, che inconsciamente tutto fosse stato tramato come un crimine moralmente perfetto, seppure imperfetto secondo gli schemi razionalisti giudiziari. In base alle lunghe conversazioni intavolate con il signor Cerrato, protendo per un transfert di intenzionalità (vedasi Dieterle e Watson, *Intenzionalità criminale e giustificazione*, in *Revue des recherches presque inutiles*) secondo cui Cerrato avrebbe ordito un autentico suicidio triangolare e come in piena realizzazione del medesimo – in ogni realizzazione vi è una verifica – si disvelasse la seconda intenzionalità sottostante, elemento a cui non abbiamo mai potuto fare riferimento durante le sedute di terapia con il recluso, poiché, appena vengono nominati i suoi genitori, ammutolisce, chiude gli occhi e diventa una pietra senza comunicazione possibile. L'omicidio circostanziale della vicina, invece, lo introietta nell'impostazione generale delirante delle sue "donne sognate", alle quali si mescolano personaggi reali della sua infanzia, adolescenza o vita professionale, con fantasticherie che nel caso della supposta Alma, quella dal seno destro perfetto, non sono altro che un referente idealizzato che talvolta gli è servito per idealizzare donne reali, la sua finta moglie – Cerrato non si è mai sposato né gli si conosce una partner fissa – per qualche tempo, o per porre tale referente al riparo dall'oscenità della concretezza delle donne reali, imperfette, traditrici o presunte traditrici, secondo la misoginia latente di Albert Cerrato, in qualità di bambino tendente alla misofobia che può essere all'origine del suo orrore specifico per ogni contatto con l'alterità femminile, vissuta come una minaccia. Da cui i frequenti riferimenti associativi al sesso femminile paragonato a un ragno, referente simbolico del tessere e disfare malcerto e autofago del destino. Il delirio di autoaccusa, pur basandosi su una frode, denuncia un inconscio aggressivo represso, difficile da esternare, tuttavia il fatto dell'omicidio reale commesso ai danni dei suoi genitori o della vicina del piano di sopra ha indotto i successivi gruppi di studio a pronunciarsi contro la concessione di amnistie parziali che gli avrebbero consentito di tornare in libertà, in regime di libertà vigilata.

Sostenne l'invenzione della moglie e dei figli come una rivendicazione retorica: perché non mi lasciano vedere mia moglie e i miei figli? Decidemmo di trovare una finta moglie di Cerrato che lo accudisse, e dei finti figli, e nel contempo gli presentavamo le sue supposte vittime, alcune ormai in età avanzata, come il professor Dotras, che poté prestarsi solo per una visita di terapia. Il contributo della finta famiglia oggi può essere ritenuto negativo, visto come aveva preso via via a rifiutarla fino a quando ne facemmo a meno, e da allora continua ad affabulare su di essa per potersi sentire a disagio con i suoi visitatori, inesistenti da quarant'anni a questa parte. La solitudine totale del personaggio viene a malapena lenita dal barbiere Seidita, da lui identificato con un amico d'infanzia del suo quartiere, una cisti di cattiva coscienza, e da me, che compaio e scompaio nella personalità dei diversi psicologi e psichiatri che lo hanno curato e che Cerrato ha assassinato nell'immaginazione. Il presunto strangolatore non uscì mai dalla sua casa del Sud di Boston, sebbene un giorno o l'altro sia uscito da quella casa, nonostante ci abitasse sempre. Quanto a me, si ostina a suppormi argentino e lacaniano, in una doppia associazione di luoghi comuni: psicoanalista=argentino, e psicoanalista argentino=lacaniano, fissazione associativa logica nel sapere enciclopedico e divulgativo di Cerrato. Per non procurargli motivi di irritazione e chiusura in se stesso finsi di essere argentino e riuscii a documentarmi sul mondo e la cultura argentini, al punto che le mie imitazioni di psicoanalisti argentini lacaniani sono molto gradite nelle riunioni e nei congressi, persino dagli psicoanalisti argentini lacaniani, e mi sono abituato a non parlare più in prosa, ma in tango.

Da un punto di vista analitico, non meno interessante che disvelare le ragioni di Cerrato di essere un omicida è capire per quale motivo assuma la personalità del malvagio e dell'inumano, studiata da Kingsley e Donaldson in *L'inumano; cromosomi e società*. La teoria di Kingsley e Donaldson, che sostiene che l'inumano è una tipologia autistica socialmente determinata e non il risultato di un marchio cromosomico – Kingsley e Donaldson rifiutano l'analisi di Kent per stabilire il cromosoma del comportamento criminale – non può essere applicata al caso Cerrato in quanto la sua mancanza di umanità, la sua efferata crudeltà sarebbero una semplice affabulazione. Siamo tutti degli strangolatori potenziali, finanche lo strangolatore di Boston, e la cultura salva noi da un tale abisso, ma non Cerrato: la stessa cultura lo costringe a precipitare nel baratro con il procedimento di acquisirla in proporzione di ciò che egli intende come razionalità geometrica contrapposta alla vischiosità della ragione compassionevole. Per via di questa affabulazione, nel suo periodo di logomachia, ogni volta che gli prospettavamo la ragione della condotta inumana e gli portavamo qualche esempio facilmente associabile alla realtà, come il caso di Manson, il pluriassassino di Beverly Hills, rifiutava il paragone e forniva una chiave sufficiente: Manson è un risentito sociale tossicomane e senza controllo, invece il malvagio o inumano autentico, come Jack lo Squartatore o lo strangolatore di Boston, versione Cerrato, sarebbero artisti dell'omicidio – "installatori", li chiama, poiché la sua spugna di significanti si è impadronita del termine "installazione" legato alle manifestazioni artistiche postconcettuali – come gesto di disprezzo per il tabù del "non uccidere", con la differenza che Jack lo Squartatore non si meritava un posto d'onore accanto allo strangolatore perché aveva assassinato soltanto prostitute, senza dubbio come riflesso di una morale vittoriana. Bisogna uccidere ciò che si ama e ciò che non si ama, senza favorire le differenze che la compassione possa stabilire. Bisogna uccidere con la geometria stabilita dalla ragione e con i gesti più idonei a distruggere coloro che più ci identificano, sia con il loro amore sia con il loro disamore. Cerrato ha attraversato lo specchio del pessimismo etico individuale e vive in un mondo che non gli offre alcun tipo di ottimismo etico collettivo; al contrario, il cannibalismo non solo è un referente etico metaforico, ma una possibilità fondamentale di sopravvivenza non corretta da alcuna speranza, o almeno dalla parusia dell'idea della speranza in manifestazioni concrete, così come intendono la speranza Bloch, Jaspers, Mann o Tillich, al di qua del concetto di virtù teologale. Il fallimento della risorsa di Bloch di concepire la speranza come un'utopia concreta in divenire o stato di aggregazione dell'ascendente, si riflette in un'aspettativa umana da elettroencefalogramma piatto che suggerisce salvezze individuali traumatiche del tipo Cerrato, come modello di comportamento tipificabile: lo strangolatore individuale o istituzionale. In un certo senso, la costruzione della modernità sociale in funzione del segmento di strangolatori emergenti che respirano a costo dell'asfissia dei segmenti di strangolatori sommersi, riflette quella impossibilità di parusia della speranza che può generare estranei alla maniera di Cerrato, per niente omologabili agli estranei o stranieri di cui ha parlato fino a oggi la psicologia o la letteratura. Si esamini per esempio il comportamento proposto da Cerrato paragonandolo a quello di Ripley, il personaggio di Patricia Highsmith, o a quello di Meursault, il personaggio di *Lo straniero* di Camus, tra il sopravvissuto senza scrupoli morali e l'estraneo psicologico, carne da *roman philosophique*. Con ragione Cerrato si beffava sfacciatamente di simili referenze quando le stabilivano in sua presenza, sia inopinatamente, sia per studiare le sue reazioni ricettive.

Dedicammo particolare attenzione all'analisi della sua poesia *Città*, di fronte all'evidente polisemia dello stesso titolo: Boston? la città interiore dell'autistico? la città della sua memoria? la città della memoria? il paese e il paesaggio urbano della sua infanzia? Alla luce di una interpretazione strettamente psicologista, non vi è dubbio che la poesia rafforza l'esistenza di una città immaginata, di uno spazio dell'immaginario in cui si muovono diverse immagini rotte, vere e finte, che girano intorno a una impossibile delimitazione possessiva di Alma. Quella città sarebbe come un'alcova dove Cerrato e Alma non si incontrarono mai, sebbene si sentano responsabili e complici nei suoi riguardi. A mio rischio e pericolo ho compiuto un'interpretazione simbolista e la città di Cerrato non coincideva con l'associazione di un mondo geometricamente organizzato, ordinato, con cui gli antichi mitizzarono la città rifugio contrapposta all'angoscia nomade. Le città sono solitamente geometriche e rispondono a una localizzazione dettata in origine dalle leggi della ragione (su colli di difesa, vicine all'acqua, in un incrocio di strade...), ma la città di Cerrato, contrariamente a quanto lui sosteneva, non era frutto della geometria, bensì della compassione per una medesimezza perduta e condivisa con Alma, annegata nell'acqua, città sommersa, morta nell'acqua, l'acqua, la morte. Non è la città *mandala*, ma un angolo urbano per l'occultamento dell'intrasferibile, città placenta, città madre, al di là dell'opposizione apocalittica tra Gerusalemme, la città delle ascesi, e Babilonia, città di dannazione, tanto simile alla Roma vista da san Giovanni come Bestia dalle sette teste, sette colli, sui quali siede Roma, l'anticittà, la madre corrotta e corruttrice che porta maledizione e morte, per far fronte alla quale sono necessarie la presenza purificatrice e la guida della ragazza dorata, di Alma. Meno sintomatica mi è parsa la poesia su uno strano ippocarpo che gli diceva certe cose, e ho temuto che si trattasse di un pastiche tramato per disorientarci. La poesia *Città* descrive l'ingresso nell'autismo, città chiusa o dolente: «...per me si va nella città dolente...». Boston, no. Boston è il meno, ma ha qualcosa a che vedere con l'evoluzione psicotica del recluso.

Se Boston non fosse quella che è, Cerrato sarebbe stato un viennese del periodo terminale dell'Impero austroungarico, fruitore ironico della carenza di parusia della speranza, sfiduciato da ogni braccio di ferro con la Storia e riduttore di ogni conoscenza al suo linguaggio con la pigrizia intellettuale degli stronzi figli di papà dell'Impero, che contribuirono a rendere possibile la logomachia del Circolo di Vienna e le sue derivazioni inglesi. Ma Boston suscita ira, è un'adirata cosmogonia che reprime adiratamente la propria ira e Boston è il mondo, questo mondo attuale che è un mondo austroungarico, un impero caduto e senza finalità apparente, percepito da Cerrato nella decomposizione dell'io borghese, la stessa decomposizione che in Klimt generò creatività e in Cerrato genera follia e malvagità immaginaria. Se Cerrato non provenisse dai cosiddetti ceti popolari, avrebbe potuto sentirsi compartecipe del dilettantismo "logomaco" o introverso, ma difficilmente i figli dei ceti popolari si sentono proprietari della filosofia di vita dei ceti dominanti, anche se vi si possono avvicinare con un colpo di fortuna culturale o economico. Se avesse avuto talento creativo e non meramente divulgativo-enciclopedico – da cui la pulsione farraginosa a dimostrare erudizione, non importa in quale campo – Cerrato avrebbe avuto accesso alla ribellione della conoscenza all'interno dell'angoscia della conoscenza, come vi avrebbero avuto accesso a Vienna, ciascuno secondo le proprie pulsioni, Freud o Klimt. Il fatto, incontestabile, che Cerrato abbia scelto la creatività distruttrice fondamentale dello strangolatore è nel contempo frutto di un clima di speranza individuale e collettiva, e dell'impotenza nei riguardi dell'utopia falsificatrice o dell'ironia relativizzante, e temo quindi che si possa trattare di un modello di comportamento in espansione che, a un dato momento, non saremo più in grado di incanalare o reprimere. L'uomo è un pazzo per l'uomo, sottolineava Cerrato di frequente nelle sedute di terapia precedenti la dissuasione dalla lobotomia, nella convinzione che le regole di condotta fissate dalla morale o dal realismo giuridico, che reprimono la tendenza naturale a essere un lupo per il prossimo, non lascino altra via di uscita che essere un pazzo per il prossimo, con o senza capacità e volontà di dissimulazione, di maschera, poiché sia l'arte sia la cultura sono le maschere più compensatrici ma anche le più ipocrite.

Nella fase attuale di autismo pessimista e quindi collaborazionista, di un pessimismo tale da non essere nemmeno aggressivo, ritiro le mie diagnosi precedenti in favore della scarcerazione di Albert Cerrato. Nel silenzio non operativo, il recluso ha trovato una patria morale innocente, possibile soltanto nel chiuso di una cella, sia quella di un carcere, sia quella di un convento di clausura, seconda possibilità improponibile in quanto la capacità di indignazione attiva conservata da Cerrato viene da questi rivolta contro l'attuale papa polacco di Roma, che Dio ce lo conservi per molti anni. Pertanto faccio questo esposto all'Alto consiglio e lo supplico di archiviare clinicamente il caso Cerrato, nonché di consentire al recluso di rimanere in questo ospedale penitenziario modello sino alla fine dei suoi giorni, senza aggredirlo con nuove indagini che ormai portano soltanto alla tela bianca del silenzio dove vanno a scontrarsi i nostri rumori. Conoscitore più idoneo di me dei dati per stabilire la presente diagnosi è il mio ammirato professor Dieterle, e colgo qui l'occasione per augurargli un ottimo Natale e un felicissimo Anno Nuovo, e per inviargli un cesto natalizio colmo di quelle saporite cialde che tanto gradisce, e per ricordargli la sua generosa promessa di appianare gli ostacoli che si oppongono al rinnovo del mio contratto. Con la spaventosa cultura della disoccupazione che ci circonda, sarebbe per me disastroso perdere il posto di lavoro, tenuto conto che sto ancora pagando le rate della mia casa estiva a Newport e che riesco solo con grandi sacrifici a pagare puntualmente gli alimenti delle mie tre mogli, mentre cerco di rifarmi una vita sentimentale con una bella infermierina, anche lei divorziata tre volte. Posso essere felice di nuovo. Nel giardino incantato dell'illusione canta l'amore. Nel verziere primaverile il mio cuore ha trovato un roseto. E nel roseto nascosto e fiorito, ebbro di luce, un bocciolo di amore, che si accese e tremò al mio arrivo. Dal roseto dell'amore strappai un fiore, e a questo fiore con timore del mio amore domandai... E il roseto dell'amore cominciò a fiorire. E la rosa incantata rispose che la mia amata vi stava per comparire. E il roseto si trasformò in una donna. Tempo dopo, vecchio e sfiduciato, volli tornare nel giardino e trovai che il verziere non era che un roveto dove tra le spine spuntava un roseto. E avvicinandomi per cogliere un fiore da quel roseto del giardino dell'amore, rabbrividii vedendo che lì un altro cantava così... (*ritornello*).

Quando consegnai la "sua" relazione allo psichiatra, tollerai l'autocompiacimento che celava la sua gratitudine, ma pensai che ben diversa sarebbe stata la sua reazione dopo averla letta, di fronte all'evidente scommessa sulla negazione di ogni tipo di certezza, a cominciare, machiavellicamente, dalla mia. Intuiva che se reagiva sulla difensiva e non accettava come propria la relazione, sarebbe stato distrutto come analista e avrebbe perso l'impiego, e se l'accettava: che autorità scientifica e terapeutica avrebbe mai mantenuto nei miei confronti, disposto come ero ad adottare il suo punto di vista e tutte le figurazioni costruite da lui e dai suoi compari? Era psichiatra, ma anche intelligente quanto basta per capire che io non gli regalo il lieto fine di dare per buona la sua versione, bensì che la denuncio per il semplice fatto di oggettivarla fino alle sue totali frontiere conoscitive. Questi stregoni, ogni tipo di stregoni, io li posseggo fin dal momento in cui capisco come codificano e decodificano, come *mi* codificano e come *mi* decodificano, sono capace di ragionare secondo quella decodificazione e, per di più, che non si traggano in inganno, grazie alla mia lobotomia metaforica e all'autolobotomia che hanno applicato a se stessi per tutta la vita selezionando conoscenze mutilanti, continuano a vivere e a sopportare se stessi al punto di desiderare di vivere molti anni, ragion per cui si accaparrano sostanziosi fondi per le pensioni. Ma il mio lieto fine è il principio del riconoscimento della loro demente inutilità e ipocrisia.

Immaginate la mia sorpresa quando un carceriere, di quelli veri, mi venne a dire che lo psichiatra era stato destituito, perché in un ultimo gesto di irresponsabilità aveva preso per buona la mia relazione dopo aver letto soltanto le prime pagine senza notare che alcune parti del contenuto non erano eccessivamente ragionate, «quantomeno all'interno delle regole della razionalità che un Alto consiglio psichiatrico può aspettarsi da un collega», come sentenziava la lettera di licenziamento. Miserabili. Nonostante la loro installazione nella cupola del sistema, sentivano il bisogno di nutrirsi con il sacrificio di colleghi minori.

Giorni dopo, lo psichiatra mi si presentò alla porta della cella, ma sospettando che avesse cattive intenzioni, gridai più forte che potei, lo perquisirono e gli sequestrarono un coltello giapponese da cucina di grandi dimensioni. Vedendosi scoperto, dimenticò stanchezza e rassegnazione per trasformarsi in un pazzo insufficiente, delirante e vociferante che asseriva di volermi uccidere perché avevo mandato in malora i migliori anni della sua vita avvicinandogli quelli peggiori. Brandiva la mia relazione, ossia, la sua relazione, e mi accusava di tradimento, verso chi? verso che cosa? Perché non si era preso il disturbo di leggerla prima di consegnarla all'Alto consiglio? È stato rinchiuso in una cella-infermeria al piano di sopra, in un punto dal quale non può manco perseguitarmi verbalmente, come lui vorrebbe. Esorto le persone sensate a giudicare se vi è ragione per un simile sproposito, sostenuto dall'opinione di mia moglie, che ha letto la relazione e mi ha detto: «Albert, dovresti dedicarti alla letteratura o alla psichiatria. Io ti cercherei un editore o qualche pazzo che ti capisca».

Del resto, quasi in coincidenza con la caduta in disgrazia e la pratica sparizione fisica del possibile argentino lacaniano, tutti i miei visitatori hanno smesso di venirmi a trovare, mia moglie inclusa, e qualcosa di vero dev'esserci nella teoria dei riflessi condizionati, perché tutti i pomeriggi comincio a salivare all'ora precisa in cui la vedevo scendere dall'autobus, con la sporta piena di manicaretti e la testa di inutili memorie. È possibile che l'uomo sia l'animale che più fatica a superare un'interruzione dei riflessi condizionati, perché nella soffitta della sua memoria conserva risorse che allungano l'aspettativa quando ormai l'azione dello stimolo si è esaurita. La memoria, questo romanzo, questa cultura interiore, ci impedisce di essere spontaneamente degli animali, e non credo che costruirla ci abbia fatto del bene. Alcune volte la memoria è talmente ricca da avere un riferimento vagante per ogni dato della realtà, e finisce col mascherare ogni possibilità di realtà. Ma una volta superata la cospirazione della mia memoria per ricordarmi i dati emozionali del mio passato, ho smesso di salivare di pomeriggio, e ottenuto che mia moglie e i miei figli vengano sostituiti da una merenda speciale che mi manda il nuovo psichiatra, e mentre la mangio divoro le immagini rotte e ormai assai sfumate della loro possibile esistenza.

Ma non la tua immagine, Alma. Finalmente soli. Lo psichiatra caduto, nella sua delirante eccitazione, minaccia di assassinarmi perché ho abusato della sua fiducia e so che ha cercato di ammazzare alcuni funzionari, per cui gli hanno messo la camicia di forza e lo tengono a mollo di continuo a furia di docce scozzesi. Ciò ha favorito la designazione di un nuovo psichiatra che mi abbia in cura, perché ormai faccio parte del bilancio generale dello Stato come curiosità psichiatrica senza precedenti, e il nuovo stregone, che ormai disperava di ottenere un impiego sicuro prima di compiere cinquant'anni, il che era causa di frequenti rimbrotti da parte dei suoi bostoniani genitori e della sua bostoniana moglie, pieno di gratitudine, mi ha esentato dal mettere per iscritto le mie impressioni, persino le più apertamente negative, essendo ormai evidente che sono un caso senza soluzione, probabilmente perché non ne ho bisogno, e la parte del bilancio generale dello Stato a me dedicata non mira a un mio reinserimento sociale, ma a lasciarmi così come sono.

«Lei appare ormai nelle guide turistiche della Nuova Inghilterra e tutti i giorni decine di autobus raggiungono le mura di questo carcere, pieni di visitatori morbosi che vogliono vedere il luogo dov'è rinchiuso uno degli strangolatori più importanti della Storia. La Storia gradisce gli eccessi e ignora la mediocrità.»

Mi è sembrato un ragionamento così altamente geometrico che ho cercato di baciarlo, ma gli psichiatri giovani vogliono essere poco effusivi e sessualmente piuttosto astemi. Ha dimostrato di essermi grato consentendomi succulente merende sostitutive di qualsiasi possibile nostalgia di affetto famigliare, e mi ha permesso anche di salire sul terrazzo dell'infermeria per contemplare il paesaggio di East Coker e il vuoto lasciato dall'autobus che portava quell'impostora tutti i pomeriggi, con le sue gambe varicose e la borsa piena di tempo inutilmente speso. Da qui, Alma, scorgo soltanto le rovine della città della nostra adolescenza che per me odorava di aprile, il mese proclive a qualsiasi Settimana Santa, agli aromi delle piante agitate davanti all'arrivo dei Messia. Aprile? È vero, aprile è il mese più crudele, perché genera false speranze di eternità, genera lillà dalla terra morta, mescola memoria e desiderio, ci toglie il cappotto che ci protegge dalla verita dell'inverno, come le domeniche ci proteggono dalla verità dei giorni lavorativi. Sono disorientato fuori dai miei confini, in questo terrazzo perso tra il Sud e il mare, tra il Nord e la terra, labirinti di ferro, lunedì comandati, cimiteri di pane duro come l'acqua, più tenero il sale, se per caso rematori di pietra e affanno mi tendono scie che non devo seguire. Io voglio una morte che lasci vivere, perso terrazzo, tra il Sud e il mare, tra il Nord e la terra, labirinti di ferro, lunedì comandati. Distrutte persino le rovine, le nostre rovine, Alma, chiederemo loro di costruire città falsate dove palpare tramonti di seni che aspetteranno le mie mani, dove le ragazze vorranno giocare a inseguire crepuscoli sui tetti feriti dal collezionista di morte città della memoria o della pietra... la pietra fallica e implacabile dell'uomo abituato a non parlare, a non dire nemmeno buongiorno sulla porta degli ascensori, che mai conducono a piani che non esistono... In quella città, Alma, io tornerei come un colono prospero rimpatriato dalle Indie, sposato con te, la ragazza più dorata del *non plus ultra*, arricchito naufrago del Mare della Tranquillità, tornerei come un uccello furtivo a beccheggiare tra le macerie della nostra città immaginaria... era tanto bella... era tanto bella... era tanto bella... raccontano i cronisti, che venne distrutta e non ne rimase pietra su pietra quando i barbari decisero di costruire paesaggi artificiali. Per sempre al riparo dall'agguato della SOVVERSIONE.

Postfazione

Memoria e desiderio: lettura di una devianza

Nessuna poesia è rivolta al lettore, nessun quadro allo spettatore, nessuna sinfonia agli ascoltatori.

Walter Benjamin

La natura è una sfera spaventosa, il cui centro sta dappertutto e la cui circonferenza in nessun luogo.

Blaise Pascal

Nulla inaridisce una mente quanto la ripugnanza a concepire idee oscure. In questo grande dormitorio dell'universo, l'incubo è la sola forma di lucidità.

Emile Cioran

Walter Benjamin ci ricorda in *Tesi di filosofia della storia* che l'*acedia*, la pigrizia del cuore, «era considerata dai teologi del Medioevo come il fondamento ultimo della tristezza. Flaubert, che ne aveva fatto la conoscenza, scriveva: *Peu de gens devineront combien il a fallu être triste pour ressusciter Carthage*». E questo perché Flaubert aveva scelto di scrivere la storia dei vinti. Vázquez Montalbán, paladino a sua volta dei perdenti e mai interamente stanco di aspettare i barbari, ha pagato spesso con la tristezza questo gioco di estenuazione. Ma quando lo scibile non ha più certezze e, perso tra memoria e desiderio, appare come una spaventosa sfera tra sfere senza centro, può accadere allo scrittore (creatore a sua volta di sfere) di adirarsi come un dio gnostico in mezzo a tanta *melancholia* e di voler attingere all'oscuro dell'Es, e non con intenti di dominio sul cattivo selvaggio per sfruttarne le risorse, ma per esprimere con la voce sua una grande ansia di sarcasmo giustiziere. Vázquez Montalbán, nel vortice di questa presumibile turbolenza, decide quindi di immedesimarsi nello strangolatore, compiere la discesa agli inferi sino al fondo della notte dell'ospedale psichiatrico e dell'autismo («pietra fallica dell'uomo abituato a non parlare») facendo del suo protagonista un folle che risulta, specchio dell'autore, un personaggio talmente emblematico da consentire letture interlineari multiple, un capro espiatorio (o eccellentissimo semicadavere) che è letteratura e ricerca, l'abominio incarnato del dio-fanciullo invecchiato un po' male. Il testo è così denso di commistioni, sdoppiamenti e "rumore" che mi pare più che mai opportuno proporre un'interpretazione, una sola e mia personale, tra i molti approcci possibili a un testo che lo stesso autore ha vissuto, lo confessa, come «voce dietro la scena» o numinoso dettato. E se è stato deciso di collocare queste mie pagine in fondo al libro, è proprio nella presunzione che il lettore conosca già la storia e mi consenta di impelagarmi senza altri preamboli nel torbido mai prima rivelato, quantomeno tanto esplicitamente, dell'animo del nostro Vázquez Montalbán.

Incontriamo quindi la voce in prima persona dello strangolatore (di Boston, Barcellona, delle Città del Mondo) che parla a se stessa, ma che comunica quasi solo per iscritto (diaristica, frammenti poetici) grazie a un sistema di depistaggi, plagi e sbruffonate da vero credente nell'assassinio inteso come una delle belle arti. Uomo enciclopedico, fallito uomo totale laocoontiano, deluso non già del nozionismo e delle sue bazzecole ma della stessa conoscenza, apprende l'insipienza dell'apprendere e del sapere, disprezza confutandola la realtà oggettivabile e scommette soltanto sulla propria medesimezza. Da notare che lo strangolatore parla di "medesimezza" e non di "identità", ché l'identità presume uno scrutatore identificatore esterno, vale a dire l'Alterità. Nella medesimezza lo strangolatore vede l'Isola del naufrago di tutte le battaglie, preesistente allo stesso naufragio e a ogni coscienza: l'unicità inviolabile e innominabile, atrocemente mortale, che è scoria dell'essenza. Essa è soggetto e oggetto e pertanto salva: eppure non salvifica, perché non mediata. Così, nell'adamantino codice dello strangolatore, salvezza sta per dannazione, e dannazione per pulsione di vita, l'intatto *daimon* che come Cronos si nutre dei suoi stessi giorni e, proprio perché atrocemente mortale, si trova funzionalmente costretto a infrangere tabù di vita. Lo strangolatore vivifica il rito di sangue con cerimonie più o meno seriali (è la serialità a fare del rito un rituale) ch'egli inventa via via, da vero *enfant terrible* con una ben precisa missione. Sceglie di circondare con una corte dei miracoli composta da vittime minori e umiliabili (maestre e professori suppuranti umori e fetori, prostitute, una missionaria corruttrice, il rivale zoppo, parenti in inarrestabile decadenza, psichiatri disispirati o critichesse d'arte) quelle che saranno le sue poche vere vittime sacramentali. Che, non c'è santo che tenga, finiscono tutte morte e dissacrate. Solo così vale la pena di far fuori padre e madre (due sconfitti storici); i figli colpevoli di credere ciecamente nella protezione del padre strangolatore; la ragazza dorata per eccellenza, Alma, Anima, Animula, la sola persona con cui lo strangolatore potrebbe spartire e scambiare medesimezze nella Città sognata del Desiderio, la sola su cui investire la pulsione di immortalità, «speranza che non va mai patteggiata con i figli». Tant'è che lo strangolatore, seppur poco proclive a credere nella bontà degli esempi, ammira e sempre dove può imita, con una punta di invidia, Onan – quel peterpanesco personaggio biblico – rammaricandosi di non essere stato castrato da bambino, sistema che gli avrebbe evitato le infinite noie dell'istinto riproduttivo, mal compensate dal piacere sempre troppo breve nel maschio o dall'illusione infame del procreare.

«Nel sacrificio della messa,» spiega Jung «si fondono due idee in sé distinte, e cioè quelle di *deipnon* e *thysia*. *Thysia* viene da *thyein*: immolare, macellare, ma anche divampare, alzarsi fiammeggiando.» Per lo strangolatore, questo fuoco sacrificale è l'erezione cannibalesca che con il suo stesso divampare eiaculante allagherà di morte (fuoco=acqua; sorgente=luce) lo *spiritus niger* che giace imprigionato nell'oscurità della materia. «È quel dio, o parte di dio,» prosegue Jung «che fu divorato dalla sua stessa creazione, lo stesso che nel mistero della trasformazione alchimistica fa ritorno alla sua originaria condizione luminosa.» *In umbra erat aqua de petra quasi sanguis ex Christo.* Perché nella sconvolta visione dello strangolatore (ma sarebbe meglio chiamarla profonda, perché allo sconvolto solo la normalità pare sconvolta), acqua è sempre morte. Ai genitori agonizzanti legge l'*aurea laminilla* che descrive la sorgente dell'Ade e quella della Laguna della Memoria, custodita da fieri guardiani a cui si attinge per regnare insieme agli altri eroi. Le fantasmagorie acquatiche dell'incivilito Eliot (da sempre fonte di ispirazione e di saccheggi per Vázquez Montalbán) porteranno lo strangolatore all'elegiaco inventario delle sue Morti per Acqua preferite, passando dal cadavere ingorgato di Phlebas il Fenicio (la Boston-Barcellona dello strangolatore fu fondata, raccontano leggende locali, dall'ex fenicio Asdrubale Barca, e il nome di Asdrubale indicherà nel nostro testo sia un frigo complice e assassino sia un poeta cartaginese e balbettante; mentre lo stesso autore, non va dimenticato, è figlio di Barcinona e poeta di ottima dizione). L'inventario si sofferma sulla «corrente sottomarina» che raccoglie ossa in sussurri, sebbene trascuri l'implacabile verso «Queste sono perle che furono i suoi occhi» con cui Eliot fa annunciare all'indovina Madame Sosostris la spenta medesimezza di Phlebas. Incontriamo elencata l'Ofelia preraffaellita di Everett Millais, chissà se annegata nell'«enorme bosco sottomarino nutrito di rame», come lo stesso colore delle acque indicherebbe; e le sirene che trascinano in fondo al mare con i loro canti saffici (*singing each to each*). E non è forse reminiscenza dello Sweeney eliotiano lo psichiatra ucciso nella vasca da bagno? Quanto a saccheggi delle Scritture, il laico Vázquez Montalbán sa il fatto suo. Come per esempio, nell'interpretazione attribuita allo strangolatore: «contro il simbolismo dell'acqua viva e fattore di vita, culminante nell'oscenità dello Spirito Santo, suprema acqua di saggezza che lava le anime. Ma nel bell'Antico Testamento l'acqua è fondamentalmente morte, come le acque del Mar Rosso, aperte perché Mosè possa fuggire con il suo popolo, e nella sua condizione di morte l'acqua acquista la sua vera levatura: "Salvami, Signore, perché di acqua mi si è riempita l'anima..." grida con panico da affogato interiore il libro dei Salmi».

Quanto sia determinante il citazionismo per Vázquez Montalbán (nonostante costringa lo strangolatore a odiare la cultura e il detective Pepe Carvalho a bruciare libri), ce lo riconfermano i titoli delle parti in cui il libro è suddiviso: «Ritratto dello strangolatore adolescente» si ispira – come il lettore italiano avrà subito capito – a Dylan Thomas; mentre «Ritratto dello strangolatore seriamente malato» è un omaggio alla diaristica di Jaime Gil de Biedma, poeta e indiscusso maestro anche del nostro autore. *Lo strangolatore* era nato a sua volta come omaggio a un testo visivo, il film di Fleischer *Lo strangolatore di Boston*, da cui il nome, storico, di Albert DeSalvo.

I toponimi del romanzo risultano ripresi, in gran parte, dalla Nuova Inghilterra eliotiana. La scelta di Cape Ann come scogliera da cui far precipitare i figli, i Dry Salvages, East Coker (forse anche bizzarra reminiscenza della reclusione psichiatrica di Pound, miglior fabbro), «i fondi sentieri», il paesaggio contemplato dal terrazzo dell'ospedale, provengono tutti dai *Quattro quartetti*, ed è ancora da Eliot che Vázquez Montalbán ha ben appreso, sin dall'adolescenza, non solo l'imperterrito atteggiamento di aprile, o la gran desolazione di terre e anime, ma anche l'uso del «correlativo oggettivo». Ed è proprio in questo correlativo oggettivo che vanno inseriti molti elementi precisamente biografici riscontrabili nel testo: il quartiere stesso dello strangolatore e di Alma, già descritto dall'autore nel suo *Il pianista*, le strade delle solitarie scorribande infantili, il «sorriso pallido», le scuole e i maestri con la mano di pietra, l'incursione nei bar dei quartieri alti (a cui si accenna anche ne *Gli allegri ragazzi di Atzavara*), le case di chiusi orizzonti del quartiere presso il porto, le gabbie del luna-park. Uno sfogo personale? Senz'altro sì, ma soprattutto una tecnica, riuscitissima, per presentare una sostanza che all'autore bruciava dentro. Come possiamo supporre gli bruciassero dentro incomprensioni, delusioni politiche, personali scalfitture in parte sublimate nella pagina, ma comunque esorcizzate con il filtro dell'ironia e del distacco critico. Anche le vicende psichiatriche, come il documentato quadro clinico dello strangolatore, sono qui, a mio parere, soprattutto la risposta o proposta oggi possibile – oltre che, come no, emblema di devianza e repressione in una delle loro forme più contemporanee – alle domande formali che inquietano lo scrittore. Come continua a inquietarlo la Città.

«La città interiore dell'autistico?» si domanda uno psichiatra lacaniano, eteronimo evidente dello strangolatore, «la città della memoria? [...] città immaginata, come una alcova» dove lo strangolatore e Alma non si incontrano mai, «città sommersa, annegata nell'acqua», *cathédrale engloutie*, città placenta, città madre «al di là dell'opposizione apocalittica tra Gerusalemme, la città dell'ascesi, e Babilonia, città di dannazione, tanto simile alla Roma vista da san Giovanni come una Bestia dalle sette teste, sette colli, sui quali siede Roma, l'anticittà, la madre corrotta e corruttrice che porta maledizione e morte, per far fronte alla quale sono necessarie la presenza purificatrice e la guida della ragazza dorata, di Alma». Paesaggio di vecchie pietre indecifrabili da cui sempre si parte (*navigare necesse est*) per farvi ritorno, per tornare con Alma in quel principio che è ciclica nostra fine, nell'ambito riconoscibile della loro coincidente medesimezza. Alma-Danae compresa da Klimt, chiusa in se stessa, scrigno che non riceve oro ma lo sparge, *orto concluso e lustrale*: «finalmente soli tra le piante agitate dagli arrivi dei Messia».

Sappiamo di un popolo che riconosce in un libro la propria significazione. Di un poeta che sognò l'universo come una biblioteca. Del sogno di Paolo e Francesca su un libro che li condusse nel sogno di un altro libro, l'Inferno. Sogno ora io così, che la città sognata dallo strangolatore non è altro che un libro, il solo libro le cui pietre egli voglia sfogliare e decifrare. Che incontrando un giorno questo libro-città incontrerà Alma. Che questo libro sarà stato scritto per lui dal buon Vázquez Montalbán, capacissimo per incuria di bruciarglielo nel caminetto di casa. Che Alma è il Libro stesso, tutte le sue pagine e il suo verbo. Che la città è la rosa. (Rosa di Fuoco: così gli anarchici chiamavano Barcellona. Il nome le fu dato da Engels, ammirato delle sue molte barricate.)

HADO LYRIA

I MITI

John Grisham, *Il Socio*
G. García Márquez, *Dell'amore e di altri demoni*
Kuki Gallmann, *Sognavo l'Africa*
Erich Fromm, *L'arte di amare*
Ken Follett, *I pilastri della terra*
Wilbur Smith, *Sulla rotta degli squali*
Rosamunde Pilcher, *Settembre*
Leo Buscaglia, *Vivere, amare, capirsi*
Dominique Lapierre, *La città della gioia*
Thomas Harris, *Il silenzio degli innocenti*
Peter Høeg, *Il senso di Smilla per la neve*
Italo Calvino, *Il barone rampante*
Danielle Steel, *Star*
Stefano Benni, *Bar Sport*
Luciano De Crescenzo, *Storia della filosofia greca*
Giovanni Paolo II, *Varcare la soglia della speranza*
Patricia Cornwell, *Postmortem*
Sveva Casati Modignani, *Il Cigno Nero*
Jack Kerouac, *Sulla strada*
Hermann Hesse, *Narciso e Boccadoro*
Terry Brooks, *La Spada di Shannara*

Alberto Bevilacqua, *I sensi incantati*
Andrea De Carlo, *Due di due*
Scott Turow, *Presunto innocente*
Marcello D'Orta, *Io speriamo che me la cavo*
G. García Márquez, *Cent'anni di solitudine*
Giorgio Forattini, *Andreácula*
George Orwell, *La fattoria degli animali*
Marco Lombardo Radice, Lidia Ravera, *Porci con le ali*
Erich Fromm, *Avere o essere?*
Ernest Hemingway, *Il vecchio e il mare*
John Grisham, *L'uomo della pioggia*
Hermann Hesse, *Il lupo della steppa*
P.D. James, *Sangue innocente*
Sidney Sheldon, *Padrona del gioco*
Stephen King, *Il gioco di Gerald*
Ezio Greggio, *Presto che è tardi*
Enrico Brizzi, *Jack Frusciante è uscito dal gruppo*
Kuki Gallmann, *Notti africane*
Patricia Cornwell, *Insolito e crudele*
Barbara Taylor Bradford, *La voce del cuore*
Francis Scott Fitzgerald, *Il grande Gatsby*
Ken Follett, *Un luogo chiamato libertà*
Stefano Zecchi, *Estasi*
Sebastiano Vassalli, *La chimera*
Dean Koontz, *Il fiume nero dell'anima*
Alberto Bevilacqua, *L'Eros*
Luciano De Crescenzo, *Il dubbio*
John le Carré, *La passione del suo tempo*
Robert James Waller, *I ponti di Madison County*
Rosamunde Pilcher, *I cercatori di conchiglie*

Aldo Busi, *Seminario sulla gioventù*
Susanna Tamaro, *Va' dove ti porta il cuore*
Stephen King, *Misery*
G. García Márquez, *Cronaca di una morte annunciata*
Patricia Cornwell, *La fabbrica dei corpi*
Luciano De Crescenzo, *Panta rei*
David B. Ford, *Il potere assoluto*
Robert Harris, *Enigma*
Frederick Forsyth, *Il giorno dello sciacallo*
Topolino & Paperino, 40 anni di grandi storie Disney
John Grisham, *La giuria*
Willy Pasini, *Intimità*
Sveva Casati Modignani, *Disperatamente Giulia*
John le Carré, *La spia che venne dal freddo*
Anthony De Mello, *Chiamati all'amore*
Il diario di Anna Frank
Patricia Cornwell, *Oggetti di reato*
Margaret Mitchell, *Via col vento*
Andrea De Carlo, *Treno di panna*
Tiziano Sclavi, *Dylan Dog*
Luciano De Crescenzo, *Ordine e Disordine*
Frederick Forsyth, *Icona*
Paolo Maurensig, *Canone inverso*
Fabio Fazio, *Anima mini tour*
Ken Follett, *Il terzo gemello*
Thomas Keneally, *La lista di Schindler*
Omero, *Odissea*
Susanna Tamaro, *Per voce sola*
Ian McEwan, *Lettera a Berlino*
Gino & Michele, Matteo Molinari, *Anche le formiche*

nel loro piccolo si incazzano
Madre Teresa, *Il cammino semplice*
Roberto Benigni, *E l'alluce fu*
Dean Koontz, *Intensity*
D. Lapierre - L. Collins, *Stanotte la libertà*
Bonelli - Galleppini, *Tex la leggenda*
Enzo Bettiza, *Esilio*
Patricia Cornwell, *Quel che rimane*
G. García Márquez, *Notizia di un sequestro*
Rosamunde Pilcher, *Le bianche dune della Cornovaglia*
Andrea De Carlo, *Uccelli da gabbia e da voliera*
Ken Follett, *Notte sull'acqua*
Aldo Giovanni e Giacomo, *Nico e i suoi fratelli*
James Ellroy, *L.A. Confidential*
Anthony de Mello, *Sadhana*
Carlo Castellaneta, *Notti e nebbie*
Walt Disney, *Paperinik il vendicatore*
Christian Jacq, *Ramses. Il figlio della luce*
Jorge Amado, *Teresa Batista stanca di guerra*
D. Lapierre - L. Collins, *Gerusalemme, Gerusalemme!*
John Grisham, *Il partner*
Christian Jacq, *Ramses. La dimora millenaria*
Susanna Tamaro, *Anima mundi*
Willy Pasini, *La qualità dei sentimenti*
Enrico Brizzi, *Bastogne*
Christian Jacq, *Ramses. La battaglia di Qadesh*
P.D. James, *Morte sul fiume*
Patricia Cornwell, *Il cimitero dei senza nome*
Walt Disney, *Pippo. Pensieri in libertà*
Christian Jacq, *Ramses. La regina di Abu Simbel*

Rosamunde Pilcher, *Neve d'aprile*
Luciano De Crescenzo, *Nessuno*
Christian Jacq, *Ramses. L'ultimo nemico*
Maria Bellonci, *Rinascimento privato*
Patricia Cornwell, *Il nido dei calabroni*
Alberto Bevilacqua, *Lettere alla madre sulla felicità*
Margaret Mazzantini, *Il catino di zinco*
Heinrich Harrer, *Sette anni nel Tibet*
Omero, *Iliade*
Martin Cruz Smith, *Gorky Park*
Omero, *Iliade*
Patricia Cornwell, *Causa di morte*
Mary Higgins Clark, *Testimone allo specchio*
Scott Turow, *La legge dei padri*
David Baldacci Ford, *Biglietto vincente*
Alberto Bevilacqua, *Gialloparma*
G. García Márquez, *L'amore ai tempi del colera*
Rosamunde Pilcher, *Ritorno a casa*
Andrea De Carlo, *Di noi tre*
Daniele Luttazzi, *Cosmico!*
John Grisham, *L'avvocato di strada*
Andrea Camilleri, *Un mese con Montalbano*
Rosamunde Pilcher, *La casa vuota*
Ken Follett, *Una fortuna pericolosa*
Angela e Luciana Giussani, *I grandi colpi di Diabolik*

Oscar Mondadori
Periodico bisettimanale:
N. 3158 del25/03/1999
Direttore responsabile: Massimo Turchetta
Registr. Trib. di Milano n. 49 del 28/2/1965
Spedizione abbonamento postale TR edit.
Aut. n. 55715/2 del 4/3/1965 - Direz. PT Verona

ISSN 1123-8356

45305
1999